천재셰프
회귀하다

천재 셰프 회귀하다 2

2024년 1월 9일 초판 1쇄 인쇄
2024년 1월 12일 초판 1쇄 발행

지은이 신사
발행인 김관영

기획 이기헌 왕소현 임동관 박경무 강민구 조익현
책임편집 천기덕
마케팅지원 이원선

발행처 (주)로크미디어
출판등록 2003년 3월 24일
주소 서울시 마포구 마포대로 45 일진빌딩 6층
Tel (02)3273-5135 Fax (02)3273-5134
홈페이지 rokmedia.com E-mail rokmedia@empas.com

© 신사, 2024

값 9,000원

ISBN 979-11-408-2146-4 (2권)
ISBN 979-11-408-2144-0 04810 (세트)

신사 현대 판타지 장편소설

천재셰프
회귀하다

2

Contents

당연한 결과, 화제의 첫 방송

첫 번째 아뮤즈 부쉬는 '연어 타르트'였다.

직사각형 형태의 타르트 위······.

자몽 크림, 잘게 다진 연어, 그리고 연어 알까지.

'일단 식감이 재미있네······.'

타르트의 바삭한 식감과 연어의 보드라운 식감이 마냥 잘 어우러지는 와중에······.

연어 알이 연신 '톡톡.' 하고 터져 대며 씹는 재미를 훨씬 배가시켜 주고 있었다.

맛은 어떠한가?

단순히 '재미있는 식감'을 위해 고안된 요리는 아닌 듯 보일 따름이었다.

담백한 타르트, 새콤달콤한 자몽 크림, 레몬 향이 묻은 연어, 짭조름한 연어 알······.

모든 재료가 조화를 이루고 있었다.

교향곡.

마치 유명 필하모닉 오케스트라가 연주하는 교향곡을 듣는 기분이었다.

'맛있어. 이건 아마추어 수준이 아닌데?'

윤희정은 입안에 든 것을 채 삼키기도 전에 바로 옆에 놓여 있는 또 다른 아뮤즈 부쉬, '에클레어'로 눈길을 옮길 수밖에 없었다.

다음 요리는 어떤 맛일까?

가운데를 길게 잘라 속을 파낸 뒤 연갈색의 모렐 버섯 크림과, 잘게 다져 구워 낸 모렐 버섯이 듬뿍 얹어져 있는 아뮤즈 부쉬였다.

심지어 그 옆으로는 자그마한 식용 꽃 몇 송이와 각종 허브가 놓여 있어, 마치 땅을 헤집고서 기어이 피어난 꽃을 보는 기분이 들기도 했다.

파삭-.

에클레어를 한 입 베어 물자마자 입안으로 짙은 버섯 향이 퍼지기 시작했다.

'재미있네.'

자고로 아뮤즈 부쉬란 코스를 시작하기 전의 '인사말'과 같은 역할을 했다.

오늘 선보이게 될 요리에 대한 암시나 일련의 메시지가 담겨 있는 디쉬.

아뮤즈 부쉬를 토대로, 앞으로 펼쳐질 코스를 담당할 '셰프'에 대해 짐작해 보자면……

'아주 섬세하게 요리를 하는 사람이다.'

그렇게 앞으로 전개될 코스에 대한 기대감이 천정부지 솟구치던 찰나였다.

"앙트레 서비스해 드리겠습니다."

서버가 *앙트레(*Entree : 전채 요리)가 담긴 접시를 재차 테이블에 내려놓았다.

"청매실 랠리쉬를 곁들인 숙성 학꽁치입니다."

그 말에 윤희정이 접시에 담긴 앙트레 메뉴를 슬쩍 살펴봤다.

오목한 접시 위.

랠리쉬(*relish : 과일, 채소에 양념해서 걸쭉하게 끓인 뒤, 차게 식혀 먹는 소스)가 곁들여진 학꽁치가 반듯하게 놓여 있었다.

"랠리쉬를 듬뿍 찍은 뒤 함께 서비스된 배를 곁들여 드시면 됩니다."

나직이 '감사합니다.' 하고 답한 그녀가 곧장 배 위에, 청매실 랠리쉬를 듬뿍 묻힌 학꽁치를 얹어 한입에 넣었다.

그 순간.

입안으로 산뜻하고 향긋한 향이 물씬 퍼졌다.

'와…….'

혹시나 '너무 비리지 않을까?' 염려했으나 전부 한낱 기우에 불과했다.

회와 상성이 좋은 유자와 청매실의 향이 비릿한 향을 모두 잡아냈다.

심지어.

유자와 청매실 향이 과하지 않도록 잘 조율해 숙성을 거친 학꽁치의 풍미만큼은 선명하게 느껴질 따름이었다.

식감 역시 훌륭했다.

부드럽다 못해 뭉근하게 바스러지는 학꽁치의 식감과, 아삭아삭하고 시원한 배의 식감이 절묘하게 어우러졌다.

"맛있어……."

코스가 계속해서 전개됐다.

"양파 수프를 곁들인 구운 농어입니다."

오목한 접시 안으로 잘 구워 낸 한 마디 크기의 농어가 덩그러니 놓여 있었고.

"양파 수프 서비스해 드리겠습니다."

서버가 그 위로 주전자에 담긴 양파 수프를 끼얹어 주는 식이었다.

다음은 시금치, 단호박, 마늘 줄기를 가니쉬로 곁들인 이베리코 뼈 등심구이였다.

길게, 또 두툼하게 썰어 낸 이베리코 등심 위로는 걸쭉한 퓌레가 끼얹어진 채였다.

"메인 디시 이베리코 뼈 등심입니다. 함께 서비스해 드린 시금치, 단호박, 마늘 줄기, 마카다미아넛 등을 곁들여서 드시면 됩니다."

코스에서의 메인 생선 요리를 뜻하는 '푸아송'도, 육류 요리를 뜻하는 '비앙드'도, 그 이후로 전개된 *프로마주(*Fromages : 치즈)와 *데세르(*Desserts : 디저트)까지 모두 완벽했다.

이렇게 만족스러운 프렌치 코스가 얼마 만이더라?

만족스럽게 식사를 마친 윤희정이 계산서를 받기 위해, 홀매니저를 호출했다.

그리고 이내 깨달았다.

이 요리들은 이곳에서만 먹을 수 있는 음식이다.

이런 코스를 서비스하는 업장은 실존치 않고…….

앞으로 다시는 경험할 수 없을지도 모를 터였다.

홀 서버들의 자연스러운 소개와, 흐름이 끊기지 않도록 적당한 텀을 두고 서빙된 요리들.

도저히 아마추어라고 볼 수 없는 맛의 퀄리티와 특히 눈에 띄던 감각적인 플레이팅.

그녀는 완전히 잊어버리고 있었다.

'평가……!'

윤희정은 지금, 서바이벌 국민 셰프의 시식 평가단으로 이

자리에 와 있었다.

그녀는 이제야 부랴부랴 처음 받았던 평가지를 작성하며 생각했다.

'한 번만 더 먹고 싶다…….'

만약 실존하는 업장이었더라면 계산과 동시에 다음 예약 날짜를 잡았을 터였다.

'누가 만든 건지만 알 수 있어도…….'

평가지의 모든 항목에 거의 만점에 가까운 점수를 써 넣느라 여념이 없던 그녀가 잠시 펜을 멈추고는 상념에 잠겼다.

"흠."

이토록 맛있는 음식에 제대로 된 값을 치르지 않고 먹는다는 건 그녀로서는 절대 용납할 수 없는 일이었다.

그래, 답례를 하고 싶었다.

이 황홀한 프렌치 코스를 탄생시킨 셰프와, 그의 지휘를 따라 움직였을 요리사들에게 어떻게든 답례하고 싶었다.

방법은 간단했다.

다행스럽게도 자신에게는 '영향력'과 '인지도'라는 아주 큰 무기가 있지 않은가?

해당 촬영분이 방영되는 날짜에 맞춰 칼럼을 공개한다면 제법 그럴싸한 답례가 될 터였다.

톡, 톡, 톡…….

기다란 검지로 테이블을 두드리던 그녀가 금세 입꼬리를

말아 올렸다.

이들이 자신에게 선사해 준 프렌치 코스의 후기를 다룰 칼럼의 제목이 떠올랐다.

프렌치 코스의 정석, 새로운 스타 셰프는 과연 누가 될 것인가.

그러고는 평가지의 최하단부, 공란에 자필로 좁쌀만 한 글씨를 적어 넣었다.

Thank you, Chef. 정말 감사히 잘 먹었습니다.

실로 만족스러운 식사였다.

모든 평가단이 식사를 마치고 스튜디오를 떠난 뒤.

"다들 고생 많으셨습니다!"

서로가 서로에게 감사 인사를 전하기 시작했다.

"정말 고생 많았어요–!"

"감사합니다!"

"다들 수고하셨습니다–!"

참가자들의 얼굴에는 후련하면서도 아쉬운, 시원섭섭한 감정이 깃들어 있었다.

지난 준비 기간 동안 분명 몇 번이고 연습했으나 연습과 실전은 명백히 달랐다.

　그렇기에 이번 미션은 실제 주방에서 일해 본 이들이 압도적으로 유리할 수밖에 없었다.

　'한 번만 다시 해 볼 수 있다면…….'

　다들 그런 표정이었다.

　심지어.

　주방 일선에서 일해 본 경력자들로 구성되어 있어 유력한 우승 후보인 정희준의 그린 팀마저 같은 생각이었다.

　'이변이 없다면 아마도 지난 코스 요리 1등 한 정희준이 있는 그린 팀이 우승하겠지.'

　모두가 그렇게 추측하던 찰나였다.

　－자, 다들 고생 많으셨습니다.

　큐 카드를 손에 쥔 노연우를 필두로 한 심사 위원진이 장내에 들어서자마자, 장내 전체에 짙은 적막과 더불어 긴장감이 감돌기 시작했다.

　－우선 결과부터 발표하도록 하겠습니다.

　노연우가 손에 쥔 큐 카드를 한 장 뒤로 넘겼고…….

　－우선 2등부터.

　그 말에 이랑이 양손을 깍지 낀 채로 중얼댔다.

　"제발, 제발……!"

　이랑도, 인호도, 정희준도 자신들의 팀이 2등이기를 기도 하는 중이었다.

하지만.

애석하게도 노연우가 결과를 발표하자마자 그들의 얼굴 위로 고민이 들어섰다.

-2위, 100점 만점에 평균 점수 88점을 기록한 블루 팀.

이내 노연우가 블루 팀에 속한 참가자들의 면면을 한차례 쭉 둘러보고는 말했다.

"다들 고생 많으셨습니다."

그린 팀 참가자들이 서로를 껴안고, 다독이며, 덕담을 아끼지 않던 찰나였다.

"큰일이네."

이랑이 엄지손톱을 깨물어 대기 시작했다.

"이제 1위 아니면 3위뿐인데……."

말끝을 흐린 그녀가 시선을 슬쩍 옮겨서는 저 멀리 옹기종기 모여 서 있는 그린 팀 참가자들을 물끄러미 바라보기 시작했다.

그린 팀.

아무리 생각해 봐도 실무 경험이 출중한 참가자들로만 구성된 그린 팀을 이기는 건 쉽지 않으리라는 생각이 들 따름이었다.

반면.

도진은 무슨 생각을 하고 있는지 당최 가늠할 수 없는 얼굴을 한 채로 팔짱을 끼고 묵묵히 서 있을 따름이었다.

"누나."

그런 도진이 이랑을 불렀다.

"응?"

정적이 흐르기를 잠시.

"빈 접시는 거짓말을 안 한다고 생각해요."

그러고는 웃는 낯으로 덧붙였다.

"그래서."

이랑이 도진을 물끄러미 바라보던 찰나.

"왠지 예감이 좋네요."

말을 마친 도진이 제 팀원들을 쭉 둘러봤다.

"제발, 제발, 제발……."

"하나님, 부처님……."

긴장한 기색을 전혀 감추지 못하고 있는 건 이랑만이 아닌 듯 보일 따름이었다.

왠지 서먹해 보였던 인호와 호준 역시도 서로를 부둥켜안은 채로 주문을 읊는 중이었으니까.

－자, 그럼 1위 발표하도록 하겠습니다.

다음 순간.

사락－.

큐 카드를 넘긴 노연우가 재차 말을 이었다.

－1위, 100점 만점에 평균 점수 98점.

점수가 공개되자 참가자들의 웅성거림이 커졌다.

"저, 저게 가능한 점수야?"

사실상 나머지 2점도 호불호의 차이일 뿐.

만점과 다를 바 없는 점수였다.

이윽고 노연우가 곧장 1위 팀을 발표했다.

-레드 팀입니다.

다름 아닌, 도진의 팀이었다.

누구도 예측하지 못한 결과.

놀람을 금치 못하고 있는 건…….

"잘못 들은 거 아니지?"

"뭐……?"

"우, 우리가 1위라고?"

당사자들 역시 마찬가지였다.

"거봐요, 왠지 예감이 좋았다니까요."

마냥 얼떨떨해 보이는 세 사람과는 달리 도진만큼은 유일하게 결과를 믿어 의심치 않았다는 양 태연하게 웃음 짓고 있었다.

이윽고.

심사 발표를 담당했던 노연우가 사뭇 부드럽게 느껴지는 투로 그간의 노고를 치하해 주기 시작했다.

-이번 미션은 그저 요리 실력만으로 되는 게 아니었기 때문에 고생이 많으셨으리라 생각합니다.

심사 위원들마저 이번 미션은 경력이 많은 이들의 즉각적인 대응 능력이나 노련함이 중요하다고 생각했다.

그렇기에 이번에도 도진이나, 도진이 속한 팀이 우승을 차지하기에는 쉽지 않으리라 생각했다.

─저희가 기대하지 못한 부분까지 섬세하게 신경 쓰셨던 덕에 좋은 결과로 이어진 게 아닐까 싶네요. 모쪼록 축하드립니다.

중간 점검 차 도진이 레시피와 원가 계산 자료를 제출했을 때는 놀라웠다.

상세하게 적혀 있는 코스트와 레시피에서 느껴졌던 건 비단 정성만이 아니었다.

효율성.

대다수의 셰프들이 지닌 약점인 '숫자'를 완벽히 극복한 것처럼 보였다.

마치 정말 몇 년이고 파인다이닝을 운영해 본 이의 노련함이 느껴졌달까?

물론.

그럼에도 이론과 실전은 다르니 막상 주문이 들어오기 시작하면 정신없이 허둥대리라 예상했건만…….

도진은 심사 위원들의 예상을 뛰어넘었다.

카메라 너머로 엿본 도진의 주방은 흠잡을 데 하나 없이 완벽했으니까.

팀원들의 동선은 물론이고, 모두가 각자의 역할을 정확히

수행해 주고 있었다.

쉽지 않은 일이었다.

이 모든 것은 확실하게 중심을 잡고 있었던 헤드 셰프, 도진이 이끌고 있음이 분명했다.

'처음이라고 하기에는 정말 말도 안 되는 움직임이었지. 2위 팀과의 점수 차 역시 10점 이상일 줄은 몰랐는데 말이야……'

최석현은 '과연 이게 가능한 일인가?'라는 의문을 품을 수밖에 없었다.

주방에서 도진은 때로는 부드럽게, 때로는 강하게 세 명의 구성원들을 이끌었다.

완벽한 완급 조절이었다.

아직 스무 살도 채 되지 않은 이가 주방 구성원을 완벽하고 정밀하게 다루지 않았던가?

대체 실무 경력이 없는 이가 어떻게 저토록 능숙하게 통솔할 수 있단 말인가?

'보면 볼수록 놀랍다니까.'

이런 최석현의 마음을 아는지 모르는지.

도진은 그저 팀원들과 1위의 기쁨을 누리고 있었다.

목요일 밤 10시.

'서바이벌 국민 셰프'의 첫 방영일.

이른 새벽부터 정신없이 미션을 치러야만 했던 오늘.

분명 피로가 한가득 쌓여 있음이 분명할 터였지만…….

참가자들은 단 한 명도 빠짐없이 TV 앞에 모여 있었다.

방송 시작 전 광고 시간.

어느새 팀별로 삼삼오오 모여 앉은 참가자들이 오늘 미션을 주제로 대화를 나누고 있었다.

"아까 우연히 들었는데, 오늘 우리 팀 평가단 중에 윤희정 씨가 있었다던데……."

인호가 말끝을 흐리자 안호준은 물론이거니와 외국에서 오래 생활했던 이랑마저 그녀를 안 다는 양 호응해 보였다.

"헉, 진짜!? 왜 하필이면 우리 팀 평가단으로…….."

"윤희정? 나도 그 사람 몇 번 들어 본 것 같아."

이내 도진이 되물었다.

"유명한 사람이에요?"

그 말에 안호준이 답했다.

"응, 독설로 유명한 비평가야. 과장을 조금 보태서 말하자면 칼럼 한 편으로 어지간한 파인다이닝의 매출에 직접적인 영향을 행사할 수 있을 정도로 유명한 사람이라고 보면 될 것 같네."

인호가 조심스레 끼어들었다.

"저, 도진아."

"네?"

"그 사람."

그러고는 걱정이 가득 서린 투로 물었다.

"혹시 우리에 대한 비평을 남기는 건 아니겠지……?"

만약 '네, 그럴 것 같네요.'라고 답한다면 당장이라도 울음을 터뜨릴 것처럼 한없이 불안정해 보이는 눈을 한 채였다.

"에이, 설마요."

도진은 '윤희정'이라는 칼럼리스트가 어떤 인물이기에 인호가 저렇게까지 걱정하는 것인지 의문이 들었다.

'나중에 찾아봐야겠다.'

그때였다.

─꿈과 열정을 가득 담은 도전자들의 질주!

걱정 가득한 인호를 달래던 도진이 TV 소리에 시선을 돌렸다.

비단 도진만이 아니었다.

거실에 모여 있던 모두가 한곳에 눈길을 빼앗긴 채였다.

언제, 어디서였더라?

분명 한 번쯤은 들어 본 것 같은 묵직한 목소리의 내레이션.

-서바이벌 국민 셰프! 지금 시작합니다!

첫 방송의 시작이었다.

꿀꺽.

금세 조용해진 거실에는 숨소리와 침 삼키는 소리밖에 들리지 않을 따름이었다.

잠깐 살펴본 결과 편집의 방향성 자체는 여타 오디션 프로그램과 별반 다르지 않았다.

참가자들이 잔뜩 모여 있는 스튜디오의 열기를 보여 준 뒤에 심사 위원들이 소개됐고…….

1차 미션의 주제가 발표되더니 연달아 참가자들의 스토리가 차례로 송출되는 식이었다.

"어-?!"

초미를 장식한 참가자는…….

"왜, 왜, 왜 하필 나부터야!"

다름 아닌 이랑이었다.

뭐랄까?

지금과는 사뭇 다른 모습을 한 채였다.

독기 가득한 눈 무표정한 얼굴. 차갑게 느껴지는 목소리.

-저는 싸우러 왔어요. 정확히는 이기러 왔죠.

-그야 당연히 우승을 목표로 출전했죠.

–지는 건 제 인생에 있을 수 없는 일이에요.

–어떤 심정으로 한국행 비행기에 올랐는지.

–요리를 통해 보여 드리도록 하겠습니다.

이내 쪼그려 앉은 채 제 무릎을 끌어안고 있던 이랑이 무릎 틈새에 붉게 달아오른 얼굴을 파묻었다.

"아, 진짜 나 못 보겠어."

그 모습에 인호가 속삭이듯 낮은 목소리로 약을 올려 댔다.

"이랑, 여기에 싸우러 왔구나."

"그만하지?"

"나는 요리하러 왔는데."

"하지 말라고!"

"이랑, 화내는 거야?"

"화내는 거다!"

"화도 요리를 통해 내면 어떨지……."

이랑이 '백인호!' 하고 소리치는 모습에 도진이 저도 모르게 키득대던 찰나였다.

"어, 1차 미션 시작한다!"

본격적인 미션 진행 과정이 송출되기 시작했고.

"와, 저 조리법은 정말 생각지도 못했는데?"

"대박이다."

"탈락한 사람들도 다 같이 보면 좋았을 텐데."

거실이 금세 시끌벅적해지기 시작했다.

도진은 한 화가 다 끝나 갈 시간에 접어들자 천천히 방송 분의 내용을 복기해 봤다.

한데, 착각일까?

자신의 분량이 '과하다.'고 느껴질 만큼 많았다는 느낌을 떨칠 수 없을 따름이었다.

'뭐지……?'

때마침 예고편이 송출되기 시작했고…….

　

　 -본선 첫 번째 미션은 팀 미션! 본선 진출자 'TOP3' 참가자들에게는 팀 선택 우선권이 부여됩니다.

　 -그럼 상위권끼리만 팀을 이룰 수도 있는 거잖아요?

　 -그게 대체 무슨 상관인데?

　 -그런 게 어디 있어요! 치사하게 잘하는 사람들끼리만!

　 -안 된다는 규정이라도 있어?

　 -참가자들의 숨 막히는 경쟁!

　

자연스럽게 짜깁기 된 참가자들의 음성이 연달아 송출됐다.

　

　 -몰라! 그냥 나랑 팀 해! 나랑 등을 맞대고 싸우자!

천재셰프 회귀하다

박력 넘치게 도진에게 팀을 이룰 것을 부탁하던 이랑의 모습.

　　ㅡ저, 저기, 단 거 좋아하지?

　　단 음식으로 도진을 회유하던 인호의 모습.
　　마지막으로…….
　　제 할 일을 묵묵히 하고 있는 도진의 모습과.
　　"저게 뭐야?"
　　각각 떨어진 자리에서 도진을 바라보고 있는 이랑과 인호의 모습을 동시에 잡아낸 앵글이 송출되기 시작했다.

　　ㅡ매섭게 흔들리는 우정!
　　ㅡ안타까운 삼각관계!
　　ㅡ과연, 그 결과는……?

　　절묘하게 편집된 영상과 자막.

　　ㅡ다음 주를 기대해 주세요!

　　이윽고.
　　"얼씨구?"

클로징 자막을 목도한 도진이 실소를 흘렸다.

⧖

고등학생은 지친 몸을 이끌고 집에 돌아왔다.

"하아……!"

평소 같았더라면 피로에 이기지 못한 채 씻자마자 깊은 잠에 빠졌을 터였다.

한데.

이상하리만큼 부실하고 형편없었던 오늘의 학교 석식 메뉴가 화근이었을까?

"배고프다……."

낮게 중얼거린 고등학생이 거실에 들어서던 찰나.

"엄마, 지금 보고 있는 거 뭐야?"

평소라면 관심도 없었을 TV에 괜스레 눈길이 갔다.

"뭐더라? 요리 오디션 프로그램?"

여타 예능프로그램을 통해 얼굴을 비쳤던 까닭인지 익숙하게 느껴지는 심사 위원단.

저마다 각기 다른 서사를 품고 있으나 우승을 목표로 출전한 참가자들은 물론이고, 그런 참가자들의 손끝에서 탄생한 온갖 자극적이고 화려한 비주얼의 요리들까지.

'꽤 재미있네.'

고등학생은 시간 가는 줄도 모르고 TV 화면 위에 시선을 고정해 두고 있을 뿐이었다.

-김도진입니다.

그때 제 또래쯤 되어 보이는 참가자의 인터뷰가 송출됐고.

-예, 지난 서울시 전국 요리 대회에서 대상을 받은 이력이 있습니다. 백반집을 운영하시는 부모님 덕에 어깨너머로 요리를 배워 왔습니다.

허기 탓에 대리만족이라도 할 겸 프로그램을 시청하고 있던 고등학생이 나지막이 중얼댔다.

"잘생겼다."

사실 참가자 김도진이 나온 순간부터는 요리가 아니라 비석치기나 공기놀이하는 프로그램이었더라도 멍하니 시청했을 법한 모양새였다.

"엄마, 이런 프로그램 맨날 혼자 본 거야?"

"애가? 오늘이 첫 방송이야."

"아니, 아침마다 요리 프로그램 보잖아."

화면 너머, 참가자 김도진이 완성해 낸 요리를 빤히 바라보던 고등학생이 침을 삼켜 냈다.

꼴깍!

요리 오디션 프로그램 참가자가 요리를 잘하는 게 특별한 일이겠느냐마는.

"심지어 요리도 잘하네."

괜히 목덜미를 북북 긁어 대던 그녀는 결국 예고편마저 끝날 때까지 자리를 지켰다.

"후우ー."

그러고는 나직이 결심을 곱씹었다.

"다음 주, 무조건 본방 사수한다."

그렇게 그녀가 평소보다 늦은 시간에 침대로 향했고…….

뒹굴, 뒹굴…….

금세 잠을 이루지 못하고 뒤척여 댔다.

맛이 절로 궁금해지는 요리들, 몰두하고 몰입한 참가자들의 모습.

"하아, 진짜 궁금하네."

방금 시청한 이미지들이 잊히지 않은 까닭이었다.

"김도진, 누구랑 팀 하게 되는 거지……?"

뒤척이며 좀처럼 쉽게 잠을 이루지 못하던 고등학생은 결국 핸드폰을 들었다.

그러고는 평소에 자주 들어가던 커뮤니티 사이트에 들어가 글을 작성하기 시작했다.

[NEW]요즘 요리는 잘생긴 사람만 할 수 있냐?

–너네 혹시 오늘 처음 방송한 서바이벌 국민 셰프 봤어? 계속 가수 지망생 오디션만 보다가 이런 거 보니까 되게 신선하고 재미있더라. 침샘 자극 장난 아님.

나 결국 이 새벽에 못 참고 라면 끓여 먹었다;; 근데 본선 진출한 사람들 진짜 뭔데 다 예쁘고 잘생기고 요리도 잘하고 다 가졌냐 지전 덕통사고ㅋㅋㅠㅠㅠ

그거 보면서 엄마한테 나는 이제 주방에 발 들일 자격을 잃었다고 했더니 댕소리하지 말고 설거지나 하라고 등짝 맞음ㅜ

그 뭐냐, 나랑 동갑인 남자애도 나오는데 진짜 장난 아니더라. 제일 어린데 예선 1위로 본선 올라갔는데 댕멋있음.

프로그램의 감상평을 길게 적고 나니 그제야 속이 조금 후련해지는 기분이었다.

"됐다……."

이제야 잘 수 있겠다고 생각하고 잠을 청하기 시작했고…….

띠링!

띠링!

띠링!

프로그램이 제법 화제를 끈 까닭인지 계속해서 답 댓글이 달리는 중이었으나, 정작 깊은 잠에 빠진 고등학생은 알 길이 없을 따름이었다.

     └오! 나도 요리하는 거 좋아해서 그거 봤는데 되게 재밌더라. 예고편 미친 것 같애! ㅋㅋㅋㅋ
     └참가자들 프로필 예능 공식 사이트에 올라와 있던데 관심 있으면 함 살펴 보슈. [고딕][링크]
     └와 진짜 말 안 됨. 김도진 사기 캐야? 저렇게 쟁쟁한 참가자들 사이에서 제대로 배운 것도 아닌데 어케 1위로 본선 진출;;
     └너무 밀어주기 방송 아니냐.
     └그래 봤자 고등학생인데 뭘 밀어주긴 밀어줘;;; 쓸데없는 어그로 자제 좀.
     └진짜 시간대 너무함ㅠㅠ 절대 야식 갈기면서 봐야 해.

끊임없이 달리는 댓글 덕에 멈출 생각을 모르고 요란하게 울려 대는 알림 음처럼……
'서바이벌 국민 셰프'는 케이블 방송사의 신규 예능답지 않은 관심을 받고 있었다.
그렇게 첫 방송이 성황리에 마무리됐다.

첫 방송의 여파는 거기서 그치지 않았다.

천재 셰프
회귀하다

가장 먼저 반응을 보인 곳은 예능국 한복판에 자리한 한 회의실이었다.

"됐습니다! 됐어요!"

김 PD와 '서바이벌 국민 셰프' 팀은 서로 얼싸안고 춤이라도 출 기세였다.

　－서바이벌 국민 셰프 1회 5.8%

보통의 케이블 예능 시청률이 고작 해 봐야 2%대에서 시작한단 점을 고려하면 전례 없는 숫자였다.

"야, 이씨! 잘만 하면 이거 진짜 터지겠다!"

"맞죠, 우리만 잘하면 되는 거예요."

"다음 회 차에는 이쯤에서 편집 점을 잡아서……."

그렇게 '첫 방송'을 통해 거둔 쾌거의 기쁨을 나누기를 잠시, 제작진이 곧바로 다음 회 차 편집 회의를 시작하려던 찰나였다.

따르릉…….

소란스러운 분위기 속에서 상석에 앉아 있던 김 PD의 휴대폰 벨 소리가 울려 댔고…….

"조용! 조용! 다들 조용!"

발신자명을 확인한 김 PD가 마른침을 꿀꺽 삼켜 내 보이고는 조심스레 전화를 받았다.

"예, 국장님……."

그 말에 모든 이들의 시선이 김 PD에게로 집중되기를 잠시.

–어, 방송 잘 봤어.

"감사합니다!"

–제법 재미있던데.

다름 아니라 JTBN 예능국 내의 절대 권력자라고 봐도 무방할 '예능 국장'이었다.

–다른 건 아니고, 원래 10부작으로 기획된 프로였지?

"에, 예. 맞습니다!"

–반응 좋은 것 같던데, 그냥 20부작으로 기획해 봐.

그 말에 김 PD가 두 눈을 동그랗게 뜬 채로 아무런 답도 하지 못하던 찰나였다.

–내 편성부에는 따로 얘기해 두겠네.

"가, 가, 감사합니다!"

–감사는 무슨, 모쪼록 고생하고.

예능국장이 대강 통화를 마무리했고…….

"허어……."

멍하니 휴대폰 액정을 내려다보던 김 PD가 끝내 허공에 주먹을 내지르며 환호하기에 이르렀다.

"터졌다! 터졌어!"

예능국장 선에서 전화가 와서 10부작으로 편성된 프로그램을 20부작으로 늘리라는 말인 즉…….

천재셰프
회귀하다

"터졌다고!"

프로그램이 정말 성공가도를 달리고 있다는 뜻이라고 봐도 무방할 터였다.

"왜요? 국장님이시죠? 뭐라시는데요?"

메인 작가의 물음에 김 PD가 한껏 고조된 목소리로 답했다.

"국장님께서 20부작으로 늘려서 방영하라신다! 편성부 쪽에는 직접 언질해 주시겠대!"

그 말에 환호가 터져 나왔고…….

"일단 참가자들 휴가부터 보내!"

"휴가요?"

"프로그램 커리큘럼 다시 짜야지!"

어떻게 하면 프로그램을 늘릴 수 있을지에 대한 회의가 거듭 이어졌다.

"원래 다음 미션 기획안이 이거였죠?"

"이거 뒤로 더 미루고 이번에는……."

"예산은요? 예산도 두 배 늘어난 거예요?"

그렇게 서바이벌 국민 셰프 팀은 입가에 웃음을 머금은 채로 쉴 틈 없이 아이디어를 나눴고…….

본래 10부작으로 기획된 프로그램을 20부작으로 늘려야 한단 명목하에…….

"휴가는 며칠이나 보내요?"

참가자들의 '휴가'가 결정됐다.

"한 3일 정도면 충분하지 않을까?"

촬영이 시작된 이후로 줄곧 긴장을 유지한 까닭일까?

"와, 휴가-!"

갑작스러운 휴가 소식을 들은 참가자들은 대부분 기쁜 기색을 여과 없이 드러냈다.

단, 한 명.

출연을 위해서 홀로 귀국한 터라 국내에 아무런 연고가 없는 이랑을 제외하고 말이다.

"누나, 같이 있어 드릴까요?"

합숙소 거실 한복판에 앉아 짐을 싸느라 여념이 없던 도진이 넌지시 건넨 물음이었다.

"괜찮다니까."

다른 참가자들은 이미 진즉에 가벼운 발걸음으로 귀가를 시작한 상태였다.

"그래도……."

도진이 머뭇대자 이랑이 재차 답했다.

"괜찮아, 혼자 이 넓은 집에서 푹 쉬는데 오히려 잘됐지."

외로울 법도 한데 오히려 덤덤한 반응이 이어졌다.

'이 넓은 곳에 혼자라니…….'

걱정은 되지만 본인이 괜찮다는데 별수 있겠는가?

"그럼 돌아와서 봐요."

이내 이랑이 도진을 합숙소 입구까지 배웅해 줬다.

"조심히 잘 다녀와!"

그렇게 도진 역시 합숙소를 떠났고……

시장 밥집

실로 오랜만에 부모님의 가게 앞에 도착했다.

도진이 한차례 심호흡을 해 보이고는…….

거침없이 문을 열고 안으로 들어서기 시작했다.

띠링-!

문이 활짝 열리며 종소리가 울렸고…….

"몇 분이세요?"

상을 닦던 어머니의 목소리에 도진이 활짝 웃으며 답했다.

"다녀왔습니다."

다음 순간.

"어머! 아들!"

어머니께서 손에 쥐고 있던 행주를 바닥에 내동댕이치다
시피 해 가며 뛰어나와서는 도진을 와락 끌어안아 주셨다.

"아들! 왔어? 밥은? 밥은 먹었어?"

몇 주 만에 본 어머니는 어제의 방송을 본 탓인지 도진을 더욱 반기는 느낌이었다.

그뿐이랴?

식당 주방 안쪽에서 '뭐야? 도진이 온 거야?' 하는 아버지의 목소리가 들려왔으며…….

"이야, 우리 동네 인기 스타네!"

"도진아, 이모도 방송 봤다!"

"온 김에 사인이나 한 장 해 줘!"

한창 식사 중이던 시장 상인들 역시 도진을 반겨 주었다.

뭐랄까…….

장원급제를 하고 돌아온 선비가 된 것 같은 기분이었다.

그나마 플래카드는 안 걸려 있어서 다행이랄까?

그야말로 금의환향이 따로 없어 보일 뿐이었다.

"도진아, 일단 사진부터! 사진 한 장만 찍어 줘!"

"나 먼저 찍어 줘! 금방 가게 들어가 봐야 해!"

그저 TV에 얼굴 한번 비췄을 뿐인데 마치 연예인이라도 된 듯 사인은 물론 사진 요청까지…….

이런 관심이 조금도 익숙지 않은 도진으로서는 민망함을 감출 길이 없을 따름이었다.

"예, 한 분씩…….."

그렇게 사진 촬영은 물론이거니와 일수 메모지에 방금 급조한 사인 몇 장까지 그려 내는 것으로 간략한 팬 서비스(?)를 마치고는 곧장 주방으로 향했고…….

천재셰프
회귀하다

"아버지, 다녀왔습니다."

이내 아버지께서 괜히 멋쩍은 양 답하셨다.

"녀석, 피곤할 텐데 집에 가서 쉬지 않고."

"가 봐야 혼자 있어야 하는데요, 뭘."

"그래? 그럼 제육 좀 낭낭하게 재워 둬라."

간만에 돌아왔으나 모든 게 그대로인 양 보였다.

가게는 정신없이 돌아갔고…….

부모님은 여전히 일손이 부족해 보였으니까.

결국 도진은 가게 마감 시간까지 부모님의 일을 거들었고…….

"헐, 대박! 뭐야? 맛있는 냄새!"

밤 10시가 넘어서야 학원을 마치고 돌아온 도진의 동생 도희가 신발장에 신발을 대강 벗어 던지며 헐레벌떡 뛰어 들어왔다.

"와, 한우잖아―!"

이내 어머니께서 그런 도희에게 말씀하셨다.

"모처럼 네 오빠 집에 왔는데 맛있는 거 먹여 보내야지."

그 말에 도희가 도진의 옆자리를 꿰차고 앉으며 구김살 없이 말을 이었다.

"이야, 내가 오빠 덕을 다 보네?"

그렇게 모처럼 온 식구가 모인 저녁 식사 자리가 시작됐고.

"오빠, 오빠! 백인호랑 친해?"

"인호 형?"

"응, 진짜 아이돌 뺨칠 것 같은 미남이던데."

이내 도희가 재차 얼굴을 슬쩍 들이밀며 말했다.

"친하면 집에 좀 데려오지 왜 혼자 왔어!"

"엄마, 아빠, 애 말하는 것 좀 보세요."

"고자질하는 것 좀 봐! 진짜 대박 옹졸해!"

그러고는 혀를 내밀며 재차 덧붙였다.

"그렇게 옹졸해서 팀 미션 같은 건 할 수 있겠어?"

"이미 했거든요? 내가 완전 살신성인했지."

"살신성인 같은 소리 하네! 살찐 성인이셨겠죠!"

괜히 날이 바짝 선 것만 같은 어투로 도희와 대화를 주고 받던 도진이 끝내 웃음을 터뜨렸다.

도희와는 그리 나이 차이가 크게 나지 않던 탓에 오래전부터 자주 티격태격하기 일쑤였다.

특히 말은 이렇게 하면서도 언제나 제 뒤를 졸졸 쫓아다니던 도희는 꽤나 귀여운 동생이었다.

"그만하고 밥들 먹어라."

그렇게 온 가족과 행복한 시간을 보내고 있노라니.

'정말 혼자 괜찮으려나……'

문득 숙소에 홀로 남겨져 있을 이랑이 떠올랐다.

그 넓은 곳에 혼자 남아 있다고 생각하니 자꾸만 마음 한 편에 묵직한 돌이 찬 느낌이었다.

"엄마, 아빠."

이내 도진이 진중한 투로 말문을 열었다.

"저 내일은 숙소에 돌아가 보려고요."

그러자 어머니는 아쉬움이 묻어나는 목소리로 물었다.

"왜? 3일 휴가라고 하지 않았어? 더 쉬었다가 가지 않고……."

그 말에 도진이 에둘러 답했다.

"다음 미션 연습 좀 해 둬야 할 것 같아서요."

완전히 새빨간 거짓말은 아니었다.

그런 말이 있지 않은가?

요리를 하루 쉬면 본인이 알고, 이틀을 쉬면 동료가 알고, 사흘을 쉬면 손님이 안다는 말.

다음 미션이 무엇인지는 알 수 없지만, 감을 잃지 않으려면 손에 쥔 칼을 놓지 말아야 했다.

"그리고."

물론…….

"숙소에 홀로 남아 있는 친구가 신경 쓰이기도 하고요."

비단 연습 때문만은 아니었다.

이랑이 마음에 걸렸다.

이내 어머니가 눈을 빛내며 물었다.

"친구? 누구? TV에도 나온 사람이야?"

자칫 잘못했다간 대화가 원치 않는 방향으로 흘러가게 될

지도 모르겠다고 짐작한 도진이 손사래를 쳐 가며 횡설수설
답했다.

"예, 나오긴 했는데 워낙 잠깐 스쳐 지나가서……."

그렇게 얼마 지나지 않아 자연스레 화제가 전환됐다.

연거푸 일상적인 이야기가 오갔고.

도진은 식구들과 화기애애한 분위기 속에서 식사를 마쳤
다.

다음 날.

합숙소로 돌아가야 한다는 생각 때문이었을까?

이른 시간에 저절로 눈이 떠졌고…….

거실로 나서자마자 인기척이 느껴져 잠시 멈췄다.

"어?"

냉장고 앞에 웅크려 앉은 채 이런저런 반찬거리와 주전부
리를 챙기고 계신 아버지와 어머니가 눈에 들어왔다.

어둠이 내려앉은 거실.

냉장고 안에서 새어 나온 불빛이 그런 두 분 부모님의 옆
얼굴을 환히 비추고 있을 따름이었다.

"꽈리고추는? 도진이 좋아하잖아."

"어디 보자……."

"거참, 답답하긴. 나와 봐."

왜일까?

두 분의 뒷모습이 어째서 사무치도록 슬프게 느껴졌을까?

야무진 손길로 주섬주섬, 반찬 통 몇 개를 가지런히 쌓고 계신 모습이.

왜 그리 슬프게 느껴졌을까?

부모님.

고작 세 음절로 이루어진 짧막한 단어가.

온 세상을 통틀어…… 가장 슬픈 단어처럼만 느껴졌던 걸까?

다시금 다짐했다.

이번에는 성공만을 좇지 않겠노라고.

기어이.

주변을 둘러보며 한 걸음씩 나아가겠노라고.

어슴푸레한 새벽녘이었다.

"후우, 무거워."

합숙소 근처에 다다른 도진이 양손 가득 들린 짐을 바라봤다.

-챙겨 가래두!

　정말 괜찮다고 몇 번을 만류했음에도 두 분 부모님께서는 끝내 종이 가방 가득 이런저런 주전부리와 반찬거리를 챙겨 주셨다.

　'곤란하네, 둘이 먹기에는 너무 많은데.'

　그런 생각을 하며 숙소 마당에 들어서던 찰나였다.

　"어?"

　저 멀리 현관 바로 앞에 서 있는 인호의 뒷모습이 보였다.

　"인호 형……?"

　도진의 부름에 뒤를 '휙!'하고 돌아본 인호가 마치 못 볼 것을 본 사람처럼 두 눈을 휘둥그레 뜬 채로 횡설수설하기 시작했다.

　"휴가는 잘 보냈니? 휴가란 학교, 회사, 군대 등에서 일정한 기간 동안 쉬는 일을 말한다. 영어로는 Vacation, 프랑스어로는……."

　"형! 지금 꼭 위키 백과처럼 말하고 있어요!"

　"근로기준법상 휴가는 3주에서 5주 이상 주게 되어 있으나 실제 직장인의 통계치는 5일에 불과하다. 그나마도 피서철에……."

　"형! 지금 위키 백과처럼 말하고 있다니까요!"

　이내 도진이 입가에 미소를 머금은 채로 물었다.

"혹시 형도 이랑 누나 때문에 빨리 오신 거예요?"

"이, 이랑 누나가 왜? 뭐? 아닌데?"

"혼자 계시는 게 신경 쓰여서 오신 거 아니에요?"

"그, 그런 거 아냐. 내가 왜 신경을 써?"

아닌 척 그렇게 말하지만, 인호는 정말 거짓말을 할 줄 몰랐다.

삐걱거리며 말하는 인호의 모습에 도진이 피식 웃음을 흘렸다.

"그래요, 그냥 아닌 걸로 해요."

"진짜 아닌데……!"

"예, 예, 알겠다니까 그러시네."

이내 도진이 먼저 합숙소 현관을 열며 중얼거렸다.

"그나저나, 이랑 누나는 뭐 하고 계시려나……."

두 사람의 예상과 달리 이랑은 생각보다 잘 지내고 있었던 듯 보일 따름이었다.

거실 TV에 제작진이 가져다 놓은 플레이스테이션을 연결해서 게임을 즐기는 중이었으니 말이다.

"도진! 인호!"

이내 이랑이 곧장 양손으로 쥐고 있던 플레이스테이션 콘솔을 집어 던지고는 두 사람을 반겨 주기에 이르렀다.

어째서인지 그 모습이 꼭 하루 웬 종일 출근한 주인을 외롭고 쓸쓸하게 기다린 대형견처럼 보일 따름이었다.

"왜 이렇게 일찍 왔어?! 아직 이틀이나 남았는데—!"

그 말에 도진이 어깨를 들썩이고는 답했다.

"그냥 마땅히 할 게 없어서요."

그러고는 두 사람을 차례로 둘러본 뒤에 물었다.

"두 분, 아직 점심 식사도 못 하셨죠? 오늘 길에 어머니께서 이것저것 잔뜩 챙겨 주셨는데 같이 점심이나 먹을까요?"

그 말에 이랑이 '집밥 최고!' 하고 소리치기에 이르렀고…….

"자, 식탁으로 모입시다!"

그렇게 도진을 시작으로, 이랑, 인호에 이르기까지.

세 사람이 식탁 앞에 옹기종기 모여 앉았다.

여느 때와 다를 바 없는 식사 시간이랄 수 있었으나…….

휴가로 인한 짧은 이별(?) 덕이었을까?

어쩐지 오늘의 식사가 유독 값지게 느껴질 뿐이었다.

"있잖아요."

도진이 젓가락으로 애꿎은 밥알을 콕콕 찌르며 말문을 열었다.

"이렇게 다 같이 밥 먹는 게 너무 익숙해진 것 같네요."

그 말에 인호가 고개를 끄덕이고는 답했다.

"나도."

그러고는 기어들어 가는 목소리로 부연했다.

"집에서는 다들 따로 먹는데……."

그 말을 들은 이랑이 별생각 없다는 듯 말을 툭 던졌다.

"맞아, 나도 익숙해졌어."

그러고는 잠시 망설이다가 속내를 덤덤히 털어놓았다.

"왠지 가족 같아."

말을 마친 이랑이 괜히 '큼, 흠.' 하고 헛기침을 해 보였다.

저도 모르게 속내를 내비쳤던 걸까?

곁눈질로 살펴보니 이랑의 귓불이 붉게 물든 채였다.

그저 혼자 지내는 게 익숙했을 뿐.

이랑이라고 해서 외로움을 아예 모르는 건 아니었다.

그렇기에…….

합숙소 생활이 더더욱 소중하고 각별히 느껴졌으리라.

"가족이라……."

이내 도진이 오뉴월 들풀처럼 씩 웃으며 동조했다.

"맞아요, 꼭 가족 같아요."

역시 일찍 돌아오기를 잘했다는 생각이 들었다.

그렇게 얼마나 지났을까?

식사를 마친 세 사람이 거실 바닥에 나란히 누웠다.

다름 아니라…….

거실 바닥에 나란히 드러누워 소파에 두 다리를 올린 채로, '오이 팩'을 하기 위함이었다.

"오이 누가 썰었어?"

얼굴 위에 오이를 빼곡하게 올린 이랑의 물음이었다.

"나."

이내 마찬가지로 오이를 빼곡히 올린 인호가 답했고…….

"얇게 잘 썰었네요?"

역시나 오이를 빼곡히 올린 도진의 답이었다.

이윽고.

세 사람이 약속이라도 한 양 헤실헤실 웃어 대기를 잠시.

"도진아."

이랑이 도진을 불렀다.

"네?"

정적이 흐르기를 잠시.

"혹시 프로그램 끝나고 나면 뭐 할 거야?"

"글쎄요, 아직은 잘 모르겠어요."

"생각해 둔 거 없어? 취직이라든지…….."

도진이 잠시 상념에 잠겼다가 답했다.

"음, 하고 싶은 게 너무 많네요."

*인턴십(*internship) 형태로 유명 파인다이닝에서 근무하면서 경험을 더 쌓고 싶기도 했고.

만약 가능하다면 투자자를 유치해 전생보다 더 빠르게 이름을 내건 파인다닝을 개업하고 싶기도 했다.

아니면, 전생에서는 한 번도 요리를 전문적으로 배워 본적이 없었으니, 르 꼬르동 블루나 CIA와 같은 명문대를 다녀 보고 싶기도 했다.

"대학."

그때 인호가 불쑥 끼어들었다.

"나랑 같이 대학 다니자."

그 말에 도진이 오, 하고 잠시 침음하고는 답했다.

"같이 학교 다니면 재미있을 것 같긴 하네요."

"그치? 내 생각도 그래……."

"그런데 형이 훨씬 먼저 졸업하는 거 아니에요?"

"으응, 그건 그러겠네……."

이번에는 이랑이 아이디어를 냈다.

"차라리 다 같이 명문 레스토랑에 취업하는 건 어때?"

그 말에 도진이 답했다.

"그것도 방법이겠네요."

그러고는 잠시 틈을 두고 덧붙였다.

"아니면, 제가 투자자 유치에 성공해서 파인다이닝 개업할 때."

그 말에 두 사람이 마치 미어캣처럼 동시에 '휙!' 하고 고개를 돌려서는 도진을 바라봤고…….

"그때 다 같이 일해요."

이내 두 사람이 약속이라도 한 양 번갈아 가며 채근했다.

"Really?"

"저, 정말이야?"

"대답해!"

"계약서 쓰자."

그런 두 사람의 모습에 도진이 저도 모르게 '픕.' 하고 웃음을 터뜨렸고.

툭—.

그 여파로 얼굴에 붙어 있던 오이 한 조각이 떨어졌다.

"엥?"

이내 도진이 떨어진 오이를 집어 들었고.

"흠."

장난기가 발동한 덕에 인호의 입가에 가져다 댔다.

"형, '아' 해 봐요."

이내 인호가 아기 새처럼 입을 벌리자 도진이 곧장 오이를 쏙 집어넣어 주었다.

오물오물…….

그렇게 얼마 지나지 않았을 무렵, 인호의 미간 사이가 한없이 좁아지기에 이르렀다.

"도진아, 내가 잘 몰라서 그러는데……."

"네?"

"원래 오이 팩 하기 전에 밑간 해?"

"예?"

"나는 오늘 처음 해 봐서 잘 몰라."

정적이 흐르기를 잠시.

"음, 그러니까……."

잠시 다음 말을 고르던 인호가 적합한 표현을 떠올려 낸 것처럼 '아!' 하고 침음한 뒤 말을 이었다.

"엄청 짭조름해, 꼭 장아찌처럼."

그 말에 도진이 잽싸게 화제를 전환했다.

"어, 어, 그나저나 다음 미션은 뭘까요."

그런 와중에도 인호가 재차 중얼댔다.

"진짜 짭조름하네……."

어쩐지 미안해질 따름이었다.

그렇게 휴가를 마치고 숙소로 돌아온 이들의 얼굴 위로 여유가 감돌았다.

긴장감을 놓을 수 없는 생활을 영위하다가 맛본 휴식이 실로 달콤했던 까닭이리라.

하지만.

그 여운을 즐기기도 잠시.

"자, 다들 모이셨나요?"

합숙소로 복귀하자마자 거실로 모여 달라는 말에 참가자들은 다시금 긴장할 수밖에 없었다.

"잘 쉬고 오신 것 같아 다행입니다."

거실 중앙에 선 담당 PD가 참가자 전원의 면면을 '쭉' 한 번 훑어보기를 잠시.

"오늘 모인 이유는 여러분께 드릴 선물이 있기 때문인데요!"

이어지는 김 PD의 말에 금세 긴장을 풀었다.

선물이라니, 갑자기 도대체 무슨 말일까.

참가자들은 대부분 의심에 눈초리를 하고 있었다.

"갑자기 선물을요……?"

한 참가자의 물음에 담당 PD가 능청스럽게 답했다.

"다들 속고만 사셨나? 이번에 시청률이 너무 잘 나와서 특별히 기획했습니다!"

그러고는…….

"주사위를 굴려라!"

담당 PD가 별안간 진행자처럼 말하자마자 막내 작가가 커다란 주사위 하나를 들고 왔다.

"자, 모두 이 주사위가 보이시죠? 주사위의 눈금에 따라 각기 다른 선물이 정해져 있답니다! 무조건 높은 숫자가 나온다고 해서 좋은 것도 아니고, 낮은 숫자가 나온다고 해서 나쁜 것도 아니니 편하게 던져 보세요!"

그 말에 참가자들의 술렁임이 시작됐다.

"뭐야? 진짜 선물 주시는 건가?"

김 PD는 자신의 앞에서 아무것도 모른 체 기대에 찬 얼굴을 한 어린 양들을 잠자코 지켜보고 있자니 자꾸만 헤실헤실 웃음이 새어 나왔다.

'다들 이렇게 순진해서야……'

이내 그가 '큼, 흠.' 하고 헛기침을 해 보인 뒤에 말했다.

"자, 이제 차례로 주사위를 굴리시면 됩니다!"

그렇게 참가자들이 하나둘씩 주사위를 굴렸고…….

"오예! 육이다!"

"나는 일이네……."

"삼! 중간이 좋지!"

이윽고.

"자, 이제 다들 주사위를 굴리신 것 같으니 선물을 공개하도록 하겠습니다."

담당 PD가 재차 참가자들을 훑어보고는 물었다.

"자, 그럼 모두 다 자기 숫자는 기억하고 계시죠?"

한차례 '네에!' 하는 소리가 울려 퍼지기를 잠시.

"공개하겠습니다!"

이윽고 막내 작가가 두꺼운 하드 보드지를 가져왔다.

"이게 무슨……?"

"어?"

"뭐, 뭐, 뭐야?"

1번부터 6번까지 숫자에 따라 적혀 있는 지역 이름.

경상도, 충청도, 전라도, 그 밖에도 기타 등등…….

그리고 여기저기서 들려오는 탄식에 이르기까지.

김 PD는…….

그 소리를 들으며 생각했다.

'그림 좋고…….'

김 PD는 참가자들의 적나라한 날것 그대로의 반응에 한 없이 만족한 모양새였다.

"다들 여기 적혀 있는 1번부터 6번까지 지역들 보이시죠?"

김 PD의 말에 어렴풋이나마 예측을 마친 참가자들이 나직이 웅성거리기 시작했고…….

"정답입니다−!"

그에 화답하듯 김 PD가 외쳤다.

"저희 제작진은 열 띤 회의 끝에 여러분이 직접 뽑은 숫자에 해당하는 지역으로 무료 여행을 보내 드리고자 합니다! 숙식 제공! 경비 지원! 썹고, 뜯고, 맛보고, 즐길 수 있는 환상의 미식 여행!"

그 말에 한 참가자가 야유를 보냈다.

"거짓말! 이것도 미션이잖아요!"

정적이 흐르기를 잠시.

"예, 맞습니다! 경비를 조금이나마 회수하기 위해 어쩔 수 없이 미션을 접목시켰답니다! 참가자 여러분께서는 직접 뽑은 숫자에 해당하는 지역으로 여행을 가신 뒤 다음 미션에서…….'"

김 PD가 다시금 참가자들을 좌에서 우로 훑고는 덧붙였다.

"여행하신 지역의 특산품을 이용해 요리를 해 주시면 됩니다!"

그제야 참가자들은 자신이 뽑은 숫자를 되새기며 재차 자신의 지역을 확인해 보기 시작했다.

제법 의기양양해 보이는 참가자부터 도저히 어떻게 해야 할지 갈피를 못 잡는 참가자들까지.

"특산품을 고르는 데에는 총 5일간의 시간을 드릴 예정입니다. 무슨 재료를 사용하게 될지는 해당 지역으로 내려가 직접 고를 수 있도록 진행될 예정이며…….."

본인의 말에 집중한 이들을 보며 김 PD는 씩 웃더니 격양된 목소리로 말을 이었다.

"다음 미션의 주재료로 사용할 특산품을 고르시는 데 도움이 됐으면 하는 바람으로 제작진이 엄선한 진짜 선물이 있습니다!"

이미 신뢰를 잔뜩 잃은 상황이었기에 참가자들 중 그 누구도 선물이라는 단어에 기대감을 품지 않고 있는 양 보일 뿐이었다.

"각 지역의 특산품을 고르기 위해서는 해당 지역 고유의 맛을 제대로 느껴 봐야 하지 않겠습니까? 여러분은 주어진 5일의 시간 동안 각 지역의 명인을 만나 그 지역의 맛을 느껴 보고 배워 볼 수 있습니다!"

그 말에 대다수의 참가자가 화색을 해 보였다.

"와, 그럼 완전 이득 아니야?"

"대박!"

"이 정도면 진짜 선물이잖아?"

명인(名人).

어떠한 분야에서 기예가 뛰어나 유명세를 얻은 이들을 칭하는 말이 아니던가?

국내에서는 20년 이상 한 분야에서 전통 방식을 원형 그대로 보존할 뿐만 아니라…….

이를 실현할 수 있는지를 판단하여 가공, 조리 분야의 장인을 명인으로 지정했다.

참고로 명인이라는 칭호를 무단으로 사용 시 과태료가 부과될 정도로 공증된 호칭이기도 했다.

이내 참가자들은 슬며시 피어오르기 시작한 기대감을 숨기지 못할 따름이었다.

"이번 미션 최고…….

"빨리 가고 싶다!"

"바로 출발하죠!"

그때였다.

"저, PD님."

한 참가자가 손을 번쩍 들어 올렸다.

"그럼 같은 숫자를 뽑은 사람들끼리 경쟁하게 되는 건가요?"

도진 역시 내심 궁금하게 생각하던 질문이랄 수 있었다.

그도 그럴 게, 공교롭게도 이랑, 인호와 같은 지역을 뽑은 까닭이었다.

"다음 미션의 심사는 오로지 특산품을 활용해 선보인 음식의 맛을 기준으로 진행될 예정입니다. 다만 아무래도 같은 특산품을 고른 그룹이 생기면 심사 위원분들 입장에서는 상대적으로 비교를 하게 될 겁니다."

주사위의 경우 결과 값이 천차만별이었으므로…….

'한 지역에 적게는 한 명, 많게는 세 명 이상도 몰렸네.'

참가자 분포가 고르지는 못한 상황이었다.

도진 역시 마찬가지.

자신이 뽑은 '5번'은 전라도 지역이었다.

또한 하필이면 이랑과 인호 역시 같은 숫자를 뽑은 채였다.

그 말인 즉.

향후 5일간 함께 여행을 해야 한단 뜻이기도 했다.

"와! 우리 또 같이 가? Team?"

이랑이 먼저 물었고…….

"이거 팀전 아니에요."

"그럼? Competition-?"

"그런 건 또 아니지만…….."

그때 인호가 불쑥 물었다.

"도진아, 너는 어떤 특산품으로 하고 싶어?"

그 말에 도진이 재차 고개를 내저었다.

"이거 팀 전 아니라니까요⋯⋯."

두 사람은 아직 룰에 대한 이해도 하지 못한 모양이었다.

⊗

고속도로를 빠르게 내달리는 승합차 안.

도진은 생각했다.

이렇게 미션을 기획하게 된 건 분명 첫 방송이 흥행을 거두며 발생한 여파가 있으리라고.

첫 방송의 시청률은 방송을 잘 모르는 도진이 보기에도 높았고, 시청자들의 반응 역시 뜨거웠다.

서바이벌 국민 셰프.

해당 프로그램은 '서바이벌 요리 오디션 프로그램'인 동시에 예능이기도 했다.

아마.

첫 방송의 흥행 여부를 몸소 체감한 제작진은 분명히 이렇게 생각했으리라.

물 들어올 때 열심히 노를 저어 보자!

그런 게 아니고서야 이런 미션을 대뜸 제안했을 리 없었다.

'암, 그렇고말고…….'

숙소에서의 참가자들은 이미 익숙해져 제집처럼 지냈기 때문에 특별한 것이라고는 없었다.

아마도 이런 '이벤트성 기획'을 통해 참가자들의 색다른 모습을 보여 주고 싶었던 거겠지.

이번 미션은 지난 미션들에 비해 확실히 예능 쪽으로 치우쳐져 있음이 분명해 보였다.

그런 와중에도…….

차량에 동승한 막내 작가는 촬영 지시를 내리느라 여념이 없어 보일 뿐이었다.

"도착하는 데 오래 걸리니까 주무셔도 괜찮아요! 혹시 중간중간 자연스럽게 평소처럼 담소 나눠 주신다면 정말 감사하고요!"

덜컹, 덜컹-.

흔들리는 승합차 안이 금세 시끌벅적해졌다.

"감독님! 휴게소! 휴게소 들르자! 휴게소 먹방 New trend야!"

"알 감자……."

"아 진짜, 백인호! What the……! 휴게소는 당연히 호두과자지!"

여느 때와 다름없이 시끄러운 왼쪽 자리의 이랑과 조곤조곤한 어조로 제 할 말은 꼭 하고 있는 오른쪽의 인호.

'그리고…….'

그걸 지켜보는 나.

아니.

도진에 이르기까지.

착각일까?

전라도로 향하는 길이 유난히 멀게만 느껴졌다.

그러거나 말거나…….

세 사람이 탄 차는 전라도를 향해 달려가고 있었다.

윤 숙수

고속도로를 타고 서울에서 약 네 시간.

긴 여정 끝에 도착한 곳은…….

전라남도 담양군에 있는 한옥이었다.

"자, 다들 고생하셨습니다."

이내 도진, 인호, 이랑이 차례로 차 안에서 내려섰다.

"예, 다들 고생하셨습니다……."

불과 몇 시간 새에 도진의 얼굴이 눈에 띌 정도로 수척하게 변한 것처럼 보일 따름이었다.

오는 내내 쉴 틈 없이 떠들었던 이랑과 그 말에 조곤조곤하게 전부 다 답해 준 인호 덕이었다.

"Holy, 여기 뭐야? 완전 경복궁같이 생겼잖아-!"

저 멀리 보이는 한옥 형태의 음식점을 발견한 이랑이 꺼낸 말이었다.

이내 이들과 동행한 작가 하나가 고개를 끄덕이고는 넌지시 설명을 시작했다.

"경복궁은 아니고 '윤 숙수'라는 한정식집이에요."

그 말에 도진이 고개를 들어 올려 대문 위에 걸린 문패를 슬쩍 올려다봤다.

尹 熟手

한차례 미소를 지어 보인 작가가 손수 대문을 열어 주었고…….

"자, 우선 들어가서 살펴볼까요?"

그 말에 세 사람 역시 작가의 뒤를 따라 대문 너머에 첫발을 내디뎠다.

"So beautiful! 너무 예뻐!"

문을 열자마자 널찍한 정원이 그들을 반겨 주었다.

오래된 고목 한 그루…….

낮은 담장이 펼쳐진 고즈넉한 한옥의 정원이었다.

"와……."

왼쪽 구석에는 작은 우물과 장독대가 놓여 있었고…….

"와, 여기 좀 봐!"

이랑이 곧장 정원 한편의 연못을 가리켰다.

"여기에 물고기 있어!"

또한 연못 안으로는 살이 통통하게 오른 잉어 몇 마리가 잘 어우러져 헤엄치는 중이었다.

그뿐이랴?

연못 위로는 짧은 돌다리가 놓여 있었으며, 한눈에 봐도 관리가 잘된 고목 몇 그루가 그 주변에 자리하고 있었다.

그렇게 세 사람이 넋을 놓고 구경하던 찰나.

저벅, 저벅.

백발이 성성한 개량 한복 차림의 노인이 느릿한 걸음으로 나와 그들을 반겨 주었다.

"하하, 오셨군요."

다름 아니라 이곳 한옥의 주인이자 숙수인…….

"윤형수라고 합니다."

그 말에 도진, 이랑, 인호가 차례로 인사를 건넸다.

"안녕하십니까? 김도진이라고 합니다."

"백인호입니다……."

"집 끝내주게 멋지네요! 김이랑입니다."

이내 작가가 재차 소개를 이어 나갔다.

"여러분, 혹시 '숙수'라는 단어의 뜻을 아시나요?"

그 말에 이랑이 'Nope!' 하고 답했고…….

"도진아, 알아?"

인호가 넌지시 물음을 건네 왔다.

이윽고.

도진이 손을 들어 올리며 답했다.

"요리사의 옛말 아닌가요?"

자고로 '숙수'란 잔치와 제사 따위의 큰일이 있을 때 음식을 만드는 이를 칭하는 말이었다.

"예전에는 전문적으로 요리를 업으로 삼은 남자 조리사들을 숙수라고 부르곤 했답니다."

작가의 말을 듣던 이랑은 궁금증을 참지 못하고 질문을 던졌다.

"그럼 보통 드라마에 나오는 주방 상궁이랑은 다른 거예요?"

"평상시의 수라상에 올리는 음식은 주방 상궁들이 만들었으며, 궁중의 여러 잔치와 제사 때는 숙수들이 만들었는데요."

대답을 마친 작가는 의미심장하게 한마디를 덧붙였다.

"솜씨가 좋은 숙수들은 대부분 대를 이어 가며 궁에 머물렀고 왕의 총애도 받았는데, 이들은 왕명을 기다린다고 하여 대령숙수(待令熟手)라고 불렀다고 합니다."

이내 도진이 손을 들어 올리며 물었다.

"아아, 그럼 이곳도 오래도록 계승되어 온 한정식집인가 보군요?"

그 말에 '역시 도진 씨!' 하고 답한 작가가 활짝 미소를 지으며 말을 이었다.

"조선 후기 무렵, 궁궐에서 대령숙수로 지내셨던 1대 사장
님을 시작으로, 무려 100년에 걸쳐 대대손손 이어져 온 전통
한정식집이랍니다."

연달아 현재 이곳 윤 숙수의 숙수직(職)을 맡고 있는 윤형
수는 무려 3대째이며, 조리기능장인 동시에 한식 명인으로
국내 여러 매체를 통해 수도 없이 소개됐을 만큼 유명한 분
이라고 밝혔다.

"또, 무려 5년 연속으로 미슐랭에 등재됐답니다."

작가의 입에서 나온 '미슐랭'이란 말에 모두가 눈을 휘둥그
레 떠 보이기를 잠시.

"*빕 구르망(*Bib Gourmand) 말씀이시죠?"

도진의 물음에 작가가 곧장 답했다.

"예, 맞아요."

전 세계 각국의 파인다이닝에 별을 통해 등급을 매기곤 하
는 미슐랭 가이드는 세계에서 가장 권위 있는 미식 매거진이
라 해도 과언이 아닐 터였다.

그중에서 빕 구르망.

빕 구르망은 비록 '별'을 받을 수 있을 정도까지는 아니지
만 소개하지 않자니 아쉬운, 훌륭한 음식을 꽤 합리적인 금
액대로 제공해 주는 식당을 소개하는 섹션이랄 수 있었다.

비록 소위 말하는 '미슐랭 스타'에 비할 바는 아닐지 모르

나 '빕 그루망'에 선정되는 것 역시 충분히 자부심을 느낄 수 있는 대목이라고 볼 수 있었으며…….

'5년 연속이라…….'

자그마치 5년 연속으로 선정되었다는 점에서 식당 윤 숙수의 저력을 절절히 느낄 수 있었다.

"정말 대단하십니다."

도진의 칭찬에 윤 숙수가 머쓱하게 웃으며 답했다.

"하하, 운이 좋았을 뿐입니다."

그러고는 진심이 묻어나는 투로 부연했다.

"요리를 업으로 삼은 이들이 으레 그러하듯 선 자리에서 각자 맡은 바 임무에 충실하면서, 손님상에 올라가게 될 요리에 대해 골몰하는 나날을 보내다 보니 그런 저희의 노고를 치하해 주시는 분들이 늘어났을 뿐이지요."

윤 숙수가 인자한 미소를 머금은 채 부연했다.

"간혹 식사를 마치고 돌아가시며 '정말 맛있게 잘 먹었다.' 하고 말씀해 주시는 분들이 계십니다. 여러분께서도 아시다시피 그럴 때면 다시금 요리를 업으로 삼기를 정말 잘했다는 생각이 들곤 하지요……."

말끝을 흐린 그가 모두를 쭉 둘러보고는 재차 덧붙였다.

"그 어떤 권위 있는 매체의 호평이라고 한들 평범한 손님의 '정말 맛있게 잘 먹었다.'라는 칭찬과 무게가 크게 다르지 않다고 생각합니다."

그 말에 도진이 '아.' 하고 침음했다.

'여러 셰프들이 이런 마음가짐을 본받아야 할 텐데.'

돌아보면 자신이 파리에서 근무하던 때만 하더라도 그랬다.

여러 요리사들 사이에, 미슐랭 측 인사들을 구별하는 방법이 알음알음 떠돌곤 했다.

　-포크나 나이프를 한 번 떨어트려서 서버들의 서비스 능력을 점검해 본대.

　-꼭 둘이서 다닌다던데? 남자 한 명에 여자 한 명인 때도 있고 아니면…….

　-아냐, 요즘에는 두 명으로 예약했다가 나중에 한 명을 취소하는 경우도 있대.

　-알레르기가 있다면서 특정 식재료를 빼 달라는 주문을 하기도 한다고 들었어.

　-와인을 꼭 주문한다면서? 아니면 조리법을 꼬치꼬치 캐묻는 경우도 부지기수고.

　그런 소문들에 대해 도진의 스승인 카르만은 이렇게 답했다.

　-염병. 요리나 잘하라고 해.

어떤 점에서 본다면 제 스승인 카르만과 윤 숙수의 마음가짐이 일치한다고 볼 수 있었다.

미슐랭 스타를 받느냐, 못 받느냐, 혹은 받게 된다면 몇 개를 받느냐에 따라 운명이 갈린다지만…….

불 앞에 서서 칼을 쥐고 팬 손잡이를 쥐는 이들이 본받아야 할 태도는 두 사람의 그것이 분명했다.

"와, 영감님! Mind set이 정말 멋지네요!"

이내 윤 숙수가 '허허…….' 하고 너털웃음을 흘리며 몇 걸음 정도 앞장서서 걷기 시작했다.

"우선 어서들 오시지요."

그러고는 곧장 식당의 구조를 설명해 주기 시작했다.

"가운데 대청마루를 기준으로 왼쪽은 거처와 주방, 오른쪽은 식당으로 쓰고 있습니다. 그럼 일단은 향후 며칠간 여러분께서 묵게 되실 방부터 안내해 드리도록 할 테니 다들 따라오시지요."

마루를 따라 들어간 가장 왼쪽의 방.

비록 넓지는 않지만 세 사람이 자기에는 무리가 없는 따뜻한 온돌방이었다.

이내 막내 작가가 제 손목에 채워진 시계를 힐끔 내려다보며 말을 이었다.

"우선 짐부터 푸시고……."

그 말에 모든 이들이 그녀를 바라봤고…….

"윤 숙수의 음식을 시식해 보는 시간을 갖도록 하겠습니다!"

이내 모두가 약속이라도 한 양 환호성을 터뜨렸다.

세 사람이 짐을 모두 풀어 놓은 뒤 식당으로 향했다.

"Amazing……!"

한 상 가득 차려진 한정식이 그들을 반겨 주었다.

"와, 정말 상다리 휘겠는데요……."

굴비와 수육을 비롯한 스무 가지의 밑반찬과 찌개.

김이 모락모락 올라오고 윤기가 흐르는 흰 쌀밥까지.

꿀꺽-!

세 사람이 약속이라도 한 양 침을 삼켰고.

"자 자, 식기 전에 식사 들어요."

상석에 앉은 윤 숙수의 말에 세 사람이 '잘 먹겠습니다!' 하고 외친 뒤 곧장 식사를 시작했다.

모두 한마디씩을 던지며 식사를 이어 나가는 와중에 도진은 조용히 모든 반찬을 한 입씩 음미했다.

'구색 갖추려고 내놓은 찬이 하나도 없네.'

상 위에 빈틈이 없다고 해도 과언이 아닐 지경이건만 정성이 담기지 않은 찬이 하나도 없었다.

전부 하나같이 손이 많이 가는 건 물론이거니와 상당히 많은 품을 요구하는 찬뿐이었으니까.

'이 정도 구성에 인당 5만 원이라…….'

확실히 소개되지 않기에는 아쉬운 곳이 분명했다.

그렇게 얼마나 지났을까?

세 사람이 얼추 식사가 끝나 갈 무렵이었다.

"자, 이제 밥값을 주셔야 하는데……."

윤 숙수가 멋쩍게 말문을 열었고.

"예?"

세 사람이 토끼 눈을 한 채로 서로를 번갈아 보기를 잠시.

"저, 저기, 작가 누나?"

도진의 떨리는 물음에 이랑이 거들었다.

"Are you fu××ing kidding me? 망할! 또 속인 거야?"

또, 연달아 인호가 한숨을 푹 쉬고는 말을 이었다.

"도진아, 사실 나는 어제부터 조금 불길했어……."

"예? 왜요? 언제부터요?"

"어제 우리한테 지갑 놓고 오라고 하셨잖아."

"그렇죠, 경비 대 주신다고……."

"도진아, 아무래도 우리 또 당한 것 같아……."

세 사람이 약속이라도 한 양 작가를 바라봤다.

"에이, 걱정하지 마세요!"

이내 작가가 음흉한 미소를 지어 보였고…….

천재셰프
회귀하다

"돈이 없으면 몸으로 때우면 되니까요!"

곧장 손에 쥔 제비뽑기 통을 살살 흔들어 댔다.

"자, 하나씩 뽑아 보시겠어요?"

이내 이랑이 손을 치켜들더니 말릴 틈도 없이 순식간에……

"나 먼저!"

종이 하나를 골라서 펼쳤다.

"오? 이거 뭐야? 왠지 좋은 거 같아! 어려운 말 적혀 있어!"

그 말에 도진이 '뭔데요?' 하고 물으며 이랑이 뽑은 종이
위에 적힌 말을 읽었다.

"머슴? 안 좋은 것 같은데요?"

그때였다.

"이랑 씨가 머슴이군요!"

"응! 내가 머슴이야!"

"자, 이걸로 갈아입으세요."

"What the……! 이게 뭐야?"

이내 이랑 앞에 미디어를 통해 몇 번이고 접한 전형적인
머슴 차림의 너덜너덜한 한복이 주어졌다.

그렇게 이랑이 옷을 갈아입으러 가자마자 도진과 인호 역
시 차례대로 제비를 하나씩 뽑았고……

대령숙수.

인호는 '대령숙수'란 문구가 적힌 종이를.

수라간 나인.

도진은 '수라간 나인'이란 문구가 적힌 종이를 뽑았다.
"수라간 나인……?"
이내 도진이 막내 작가를 휙 돌아봤고…….
"설마?"
"네."
"에이."
"예?"
"아니죠?"
"맞아요."
막내 작가가 인호에게는 실제 황궁 숙수들의 의상인 먹색
의 한복과 두건을…….
도진에게는 실제 수라간 나인들이 입곤 했던 푸른색의 고운
치마와 청록색의 저고리, 그리고 새하얀 앞치마를 내주었다.
"맙소사……."
이내 작가가 웃으며 덧붙였다.
"자, 갈아입고 오세요."
강경한 어투였다.

그로부터 얼마나 지났을까?

"와, 진짜 편해! 이 옷 어디서 사요-?"

가장 먼저 환복을 마친 이랑이 툇마루를 빙글빙글 돌아가
며 제 옷차림을 확인했다.

얼마 지나지 않아 감탄하는 이랑의 뒤로, '대령숙수' 한복
을 입은 인호가 멋쩍게 걸어 나왔고.

"이건 너무하잖아요……."

연달아 도진 역시 수라간 나인 차림을 한 채 얼굴을 붉히
며 걸어 나오며 불평하자 작가가 사뭇 뻔뻔한 투로 말을 이
었다.

"저런, 하필 도진 씨가 걸릴 줄은 몰랐네요."

"모르기는! 여자가 한 명뿐인데!"

"이랑 씨가 걸릴 수도 있었던 거잖아요?"

분명 자신이나 인호에게 '여장'을 시킬 요량으로 제비뽑기
를 시켰을 터였다.

"하필 내가 걸리다니……."

그 말에 인호가 다가와서는 낮게 말했다.

"도진아, 상심하지 마……."

"어떻게 안 해요?"

"그래도 제법 잘 어울려……."

"설마 위로는 아니죠?"

그때였다.

"자, 자."

윤형수 숙수가 상황을 정리하기 시작했다.

"일단 대령숙수님과 수라간 나인은 나를 따라 주방으로 가서 일을 거들어 주면 될 것 같고……."

그 말에 이랑이 제 얼굴을 가리키며 물었다.

"영감님! 저는요?"

정적이 흐르기를 잠시.

"저를 따라오시면 됩니다!"

막내 작가의 말에 이랑이 불안한 얼굴을 한 채 한옥 마당으로 향하기 시작했다.

저벅, 저벅.

그렇게 얼마나 지났을까?

"Oh my god! 당신들 전부 미쳤어?"

이내 이랑이 제 손에 들린 '그것'과 웃고 있는 작가를 번갈아 바라보며 물었다.

"나보고 장작을 패라고?"

믿을 수 없는 현실에 반항하던 이랑은.

"흐읍–!"

결국 도끼를 힘차게 들어 올렸고.

쩌억–!

금세 능숙해진 도끼질로 장작을 패기 시작했다.

"윤 숙수의 도제들은 처음에는 이랑 씨처럼 장작 패는 일부터 차근차근 배운다더라고요."

"Hey, hey, shut up."

"하나의 요리를 만드는 일에 얼마나 많은 품이 들어가는지를 가르치기 위함이라던데⋯⋯."

"Please, shut up⋯⋯."

어느새 이랑의 옆에 한껏 쌓인 장작을 본 작가가 저도 모르게 감탄했다.

"이야, 역시. 에이스! 해 본 적 없으시다더니 잘만 패시네요."

하지만 돌아온 건.

"잘 패야지⋯⋯."

퍼억!

"작가님을 팰 순 없잖아⋯⋯?"

그 말에 작가가 '흡-.' 하고 숨을 들이마셨고.

"휘유-."

다시금 '쩌억!' 하고 갈라지는 장작을 내려다보던 이랑이 끝내 굽혔던 허리를 폈다.

그러고는 뻐근해진 허리를 한껏 뒤로 젖힌 채로 하늘을 빤히 올려다보기 시작했다.

"Fu××ing, 머슴⋯⋯."

하늘은 유독 구름 한 점 없이 맑고 뜨거웠다.

여름이었다.

'윤 숙수'의 하루는 너무 바빠 정신이 쏙 빠진다는 말이 잘 어울렸다.

가게가 관광지에 있는 데다가 명성이 있는 만큼, 영업 시작 후로 끊임없이 손님이 몰아쳤다.

"사장님 주문요!"

"네, 잠시만요! 금방 갑니다!"

'주방 상궁 나인' 역할에 당첨된 도진은 고운 한복 차림을 한 채 전반적인 접객을 도맡았다.

이를테면 손님들을 자리로 안내한다든지, 메뉴 설명 같은 일은 전부 도진의 몫이었다.

"어떤 메뉴가 제일 많이 나가요?"

"네 분이시면 메인 두 가지에 열네 개의 기본 찬이 나오는 이 솥 밥 세트가 제일 좋으실 것 같습니다. 메인 메뉴는 이 중에서 두 개 골라 주세요."

"그럼 저희는 이거랑……. 솔잎 보쌈으로 주세요."

"네, 알겠습니다. 혹시 추가하실 메뉴는 없으신가요?"

"괜찮아요, 감사합니다."

그렇게 도진이 주문받은 내용을 주방에 전달하게 되면.

"4번 방 네 분, 매화 세트입니다!"

'대령숙수'인 인호가 주방 식구들과 함께 요리를 만들었다.

"떡갈비의 조리 과정에서 고기를 이렇게 한참 동안 치대는 건, 모양을 잡기 위해서인가요?"

"그 이유도 있고, 이렇게 치대면 안에 있는 공기가 빠져나가며 훨씬 더 잘 뭉쳐지게 된다네."

"저, 그러면 보리굴비를 찔 때 대파를 밑에 깔고 나무젓가락을 올려 그 위에 굴비를 올리는 이유가 따로 있나요?"

낯선 주방 환경에 적응하기 힘들어하리라 생각했던 인호는 마치 물 만난 고기처럼 질문을 쏟아 냈다.

멈추지 않는 질문에 한 번은 윤 숙수가 '자네 원래 이렇게 말이 많았나?' 하며 묻자 인호가 머쓱하게 웃었고.

"영 숙맥인 줄 알았는데, 주방에서는 아주 똑 소리가 나는구먼."

윤 숙수는 그런 인호에게 유감없이 호감을 표했다.

"가, 감사합니다."

그 모습에 인호가 머쓱한 듯, 대화 화제를 돌리고자 다시금 질문하자 윤 숙수는 그제야 목을 가다듬으며 대답했다.

"크흠흠, 왜 이렇게 찌냐고 물었지? 이렇게 나무젓가락을 깔고 굴비를 올리면 아래에도 틈이 생겨 밑까지 골고루 쪄질

수 있네."

가끔은 곁에서 상차림을 돕던 도진도 말을 거들었다.

"대파는 비린내를 잡고 단맛을 가미하기 위해 함께 찌는
거죠?"

"맞네. 그리고 소주와 섞은 물에 굴비를 잠시 담가 두곤
하지."

"그 공정은 비린 맛을 덜어 내기 위한 것처럼 보이는군요."

주방에서 이러한 일이 일어나고 있을 무렵.

"으라차차차!"

이랑은 이미 '머슴' 그 자체가 된 듯 역할에 적응하고 있었
다.

"자, 갑니다아!"

'윤 숙수'는 특성상 주문이 들어오면 상을 차려 통째로 손
님에게 내가는 식이었다.

그에 따라 생활한복 차림의 남성들이 이인 일조로 상을 내
가곤 하는 형태였는데……

"식사 나왔습니다!"

머슴 역을 맡은 이랑은 무거운 상을 번쩍번쩍 잘도 들어
나르는 건 물론이고, 큼직한 목청을 뽐내며 부지런히 상을
옮기며 여럿의 감탄을 자아내곤 했다.

그렇게 '윤 숙수'에서의 3일은 순식간에 지나갔다.

문득.

도진은 이곳에 도착했던 첫날의 기억을 떠올렸다.

느닷없는 제비뽑기와 그 결과에 당황했지만…….

세 사람 모두 놀랍도록 적응하는 모습을 보여 주고 있었다.

사실 적응을 뛰어넘어 조금은 즐겁기까지 한 도진이었다.

정말 딱 한 가지, 아쉬운 대목을 굳이 꼽아 보자면…….

'복장만 아니었다면 더 좋았겠지만 말이야.'

벌써 '윤 숙수'에서 머물게 되는 마지막 밤.

하지만.

마지막이라고 해서 별반 다르지는 않았다.

"다들 오늘도 고생 많았네."

"감사합니다!"

"오늘도 수고 많으셨습니다."

하루치 장사를 모두 마친 뒤, '윤 숙수'의 식구들이 한자리에 모이기 일쑤였다.

당일의 판매 내역을 정리하며 손님의 평과 아쉬웠던 부분들을 복기해 보기 위함이었다.

"오늘은 마지막이니 특별히 신선로를 한번 만들어 보지. 이건 알려 줄 생각이 없었는데, 자네들이 열심히 해 주어서 비법을 정말 고스란히 전승해 주는 걸세."

덩달아 윤 숙수는 매일 밤마다 일손을 거들어 주는 참가자들을 위해 손수 전통 한식을 전수해 주는 시간을 갖곤 했다.

"자, 잘 보게⋯⋯."

40년 경력 조리사의 손길은 무척이나 섬세하고 유려했다. 군더더기 없이 요리하는 윤 숙수의 모습은 도진의 스승이었던 카르만을 떠올리게 했다.

'카르만⋯⋯.'

카르만도, 윤 숙수도 비록 분야는 달랐으나 '요리'라는 카테고리 안에서 몇십 년을 몸담고 있었다.

두 사람 모두 왜 이렇게 재료를 손질하는 것이며, 음식을 조리할 때 이런 방식으로 조리하는지.

아주 작은 것들에도 의미가 있었다.

그들이 요리하는 모습을 보고 있자면 노력했던 시간이 고스란히 축적되어 있음이 여실히 드러났다.

'나도 언젠가는 저렇게 될 수 있을까.'

거침없으면서도 깔끔히 정제된 손길 덕에 마치 일련의 행위 예술을 관람하고 있는 것만 같은 기분이 들 지경이었으니 말이다.

"자네들은 한식의 미래에 대해서 어떻게 생각하는가?"

윤 숙수의 독백과도 같은 물음이 이어졌다.

"요즈음은 말이야. 미디어에서 그렇게 떠들어 대지 않는가. 한식의 위대함이라든가, 슈퍼 푸드니 뭐니 하며 말이지. 그런데 나는 잘 모르겠네. 과연 그렇게 떠들어 대는 만큼 해외에서 한식이 사랑받고 있는지 말일세."

요리를 가르치기 위한 설명을 하면서도 멈추지 않았던 윤 숙수의 손이 잠시 멈췄다.

"막상 얘기들을 전해 듣고 있으면 해외에서는 일식보다도 주목받지 못하고 있는 것 같단 말이지. 우리나라만 봐도 말일세. 우후죽순으로 생겨나는 양식 테마의 파인다이닝이 성행하는 것을 보면 문득 그런 생각이 들어."

멈췄던 손이 요리의 마무리를 이었다.

"과연 이 정통성을 얼마나 이어 갈 수 있을지……."

깊은 고민이 느껴지는 윤 숙수의 말에 세 사람은 모두 섣불리 입을 열지 못했고…….

그 사이.

요리는 완성되었다.

"내가 너무 무거운 얘기를 꺼냈구먼그래. 자, 신선로 완성이네. 맛이나 한번 보세."

윤 숙수는 자신의 질문으로 인해 한껏 진지해진 분위기를 풀고자 부러 세 사람의 손에 수저를 쥐여 주며 시식을 권했다.

신선로를 처음 봤던 이랑은 궁금증을 참지 못하고 가장 먼저 수저를 들었다.

"크으— 국물 맛이 끝내줘! 요!"

"육수에서 재료들의 맛이 조화롭게 살아나는 것 같아요."

이랑이 한 입 후에 멈추지 않고 신선로를 탐하는 모습을 보며 인호 또한 다급히 맛을 보고 감탄했다.

하지만 그런 와중에도 도진은 수저를 가만히 든 채 고민에 잠긴 표정이었다.

'윤 숙수'는 미슐랭 빕 구르망에 소개될 정도로 유망한 한정식집이었다.

그런 곳의 숙수이자 한식 명인인 윤 숙수가 이런 고민을 하고 있을 줄이야.

하지만 생각해 보면 틀린 말도 아니었다.

'아직은 미디어가 띄워 주는 것처럼 그렇게 각광받는 건 아니지.'

잡채나 불고기 등의 보편적이고 평범한 요리는 그나마 괜찮은 축에 속한다고 볼 수 있었다.

하지만 정말 전통식, 특히 발효의 공정을 거치는 음식의 경우 냄새 탓에 호불호가 나뉘곤 했다.

게다가 밥과 반찬에 대한 이해도는 물론 식문화에 대한 차이가 커서 익숙한 맛 자체가 다르기도 했고…….

'뭐, 그렇다고 한식이 꾸준히 정체되어 있진 않지.'

아직은 흔치 않다지만 훗날 국내에서 미슐랭 스타를 받게 될 파인다이닝 중 태반이 퓨전 한식이라는 점만 놓고 봐도 가능성이 존재한다고 볼 수 있었다.

말 그대로 한식이라는 틀 위에 세계 각국의 식재료나 조리법 등을 끼얹은 형태의 요리를 선보이는 파인다이닝이 각광받게 될 시기가 펼쳐질 터였다.

정통성을 포기하지 않는 선에서 시대적 흐름에 맞는 '변화'를 채택하고, 그에 맞는 세련되고 발전된 형태의 요리를 할 방법이 무궁무진하리란 뜻이었다.

'하지만 이걸 과연 윤 숙수님이 받아들일 수 있을까……?'

실제로 '퓨전 한식' 테마의 파인다이닝을 선보여 입지를 단단히 했던 셰프들 중 태반이 해외에서 유학 및 실무 경력을 다진 젊은 셰프들이었다.

'그간의 배움과 깨달음을 부정하는 꼴이니…….'

어쩌면 어려울지도 모른다.

그렇게 도진이 홀로 고민에 빠진 사이.

벅벅-.

어디선가 그릇의 바닥을 긁는 듯한 소리에 도진이 고개를 돌려 소리의 주인을 찾았다.

그 소리의 주인은 신선로째로 집어 든 채 시식이 아닌 식사를 하고 있었고…….

"음, 딜리셔스……."

도진이 당황을 금치 못한 채로 소리쳤다.

"아, 이랑 누나! 잠깐만! 제 거는요!"

도진은 텅 빈 신선로를 떠올렸다.

"흠......."

이랑이 연신 감탄사를 연발하며 바닥까지 박박 긁어먹은 탓에 한 입도 못 먹을 줄 알았건만.

윤 숙수가 도진의 몫을 조금이나마 덜어 놓아 준 덕에 맛이라도 볼 수 있었다.

'더 맛보고 싶었는데......'

하지만 이미 다 먹어 버린 것을 어쩔 수 있겠는가?

'아쉽다, 아쉬워.'

모쪼록 내일이면 윤 숙수를 떠나 도로 돌아갈 시간이었다.

'떠나야 하는 것도 아쉽네......'

세 사람은 윤 숙수에 머무르는 내내 새벽같이 일어나서 늦은 밤까지 쉼 없이 일하지 않았던가?

그 점만 놓고 보더라도 강행군이건만 낯선 환경에 적응해야 했으니 피로가 켜켜이 쌓일 수밖에 없었다.

마지막으로 씻고 나온 도진이 방으로 들어갔을 땐 이랑과 인호가 이미 깊게 곯아떨어져 있는 채였다.

도진 또한 피곤함이 가득 밀려왔지만......

오늘이 이곳에서의 마지막 날이라는 생각에 어쩐지 아쉬운 마음이 앞섰다.

바람이나 쐴 요량으로 대청마루로 걸음 했건만 어쩐 일인지 이미 선객이 있었다.

"어르신, 어쩐 일로 나와 계세요?"

천재셰프
화귀하다

"도진 군이야말로 왜 아직 안 자고……."

선객의 정체는 다름 아닌 윤 숙수였다.

지난 이틀간 자신과 인호, 이랑에게 아낌없이 자신의 노하우를 전수해 준 윤 숙수.

이틀 동안 함께 지내기야 했다지만 이렇게 독대를 하는 건 이번이 처음이었고…….

"저, 숙수님."

내친김에 궁금했던 점에 대해 질문해 보기로 했다.

"한 가지만 여쭤봐도 될까요?"

"뭐든지 물어보게나."

"혹시 후계가 없으신 건가요?"

그 물음에 윤 숙수의 낯빛이 어두워졌다.

아무래도 도진의 짐작이 맞아떨어진 모양이었다.

"이것 참, 뼈아픈 질문이로구먼."

"실례가 되었다면 죄송합니다."

"아닐세, 응당 품을 법한 의문이겠지."

대대손손 이어져 내려온 가게라고 들었건만 후계처럼 보이는 인물은 딱히 없었다.

대다수의 중요한 공정은 전부 윤 숙수가 직접 도맡고 있는 양 보였으니 말이다.

"불과 십몇 년 전까지만 하더라도 여기가 도제들이 머무는 숙소였다네."

도제(徒弟).

쉽게 말하자면 스승으로부터 가르침을 받는 사람을 의미하는 낱말이랄 수 있었다.

과거에는 장인(匠人)이 되고자 하는 이들이 이처럼 장인의 집에 기거하며 도제식 교육을 받곤 했다.

장인의 길이란 무릇 쉽지 않았다.

보통 주방에 처음 들어가게 되면 설거지부터 하듯이.

이곳의 가르침도 별반 다르지 않았다.

으레 한 분야의 장인으로 거듭나는 일에는 큰 어려움이 따르기 마련이지 않겠는가?

어느 분야가 됐든 입문 단계에서는 기초부터 차근차근 다지듯 요리 역시 마찬가지였다.

실제로 도진 역시 전생에서 처음 식당 일을 시작하던 때에는 그릇부터 닦아야 했으니 말이다.

"아무래도 요즘에는 고단한 도제식 교육을 견딜 수 있을 만한 이들이 없죠?"

도진의 물음에 윤 숙수가 답했다.

"그렇지, 시대가 변했으니 말이야."

실제로 파인다이닝 업계에도 배움의 기간 동안 아예 무급으로 일하는 스타주(Stage) 문화가 있었다.

서양의 '스타주 문화' 역시 동양의 '도제식 교육'과 마찬가지로 노동자 인권 문제로 사장된 문화랄 수 있었다.

"도제는 무급으로 근무하는 형식이었나요?"

"설마, 그건 말도 안 되는 일이겠지."

"그럼 다들 지원하지 않을 이유가 있었을까요?"

윤 숙수가 나지막이 답했다.

"인내가 강요된 까닭이 아닐까 싶군."

그가 재차 덧붙였다.

"윤 숙수의 도제가 되기 위해서는 음식을 나르고 손님을 대접하는 일부터 시작해야 했네. 그렇게 겸손을 익히기 위해 몇 달을 보내고 난 뒤에야 비로소 주방에 들어설 수 있는 식이었지······."

"비로소 인턴십이 시작되는 거군요."

"그래, 칼을 쥐기 위해서는 몇 달간 선배 요리사들이 쓸 재료를 다듬어야 했네. 또한, 불 앞에 서기 위해서는 불을 피우는 데 쓰일 땔감을 패는 일을 몇 달간 반복해야 했고 말이야."

윤 숙수가 젊었을 적만 하더라도 숙수들 사이에서는 이런 말이 떠돌곤 했다.

장이 고유의 맛을 지니기 위해서는 계절의 변화를 몇 번이고 목도해야 한다.

장만도 못 한 천치들이 숙수랍시고 칼을 쥐고 불 앞에 설 수는 없다는 맥락이었다.

시대가 변했다.

그 과정을 대폭 간소화시켰고 급여도 잔뜩 인상했으나 요

리를 배우기 위해 찾아온 젊은이들은 하나같이 이렇게 말하
곤 했다.

　－난 요리를 배우러 온 겁니다! 이런 잡일이 아니라!

　그 과정이 몇 번가량 반복되자 윤 숙수는 결국 대를 이어
받을 도제를 찾지 않게 됐다.
　그저…….
　자신에게 주어진 생(生)이 끝나는 날에 이곳 윤 숙수 역시
함께 끝나리라 생각하게 됐을 뿐.
　"한평생을 이렇게 배우고 가르쳐 왔건만 이제는 대체 뭘
어떻게 해야 할지 모르겠네. 이제 식당을 이어받을 이를 찾
는 일을 아예 포기하고야 말았어. 눈을 감더라도 선조들을
뵐 낯이 없게 되어 버린 셈이겠지…….”
　윤 숙수의 자못 자조적인 말을 경청하던 도진이 이해한다
는 양 고개를 끄덕였다.
　으레 한 가지를 진득하게 배우고 고집하다 보면 저도 모르
게 매몰될 때가 있다.
　시야가 좁아지고, 발상이 딱딱하게 굳어 버리게 될 수밖에
없기 마련이다.
　자연스럽게…….
　업계의 흐름에서 도태될 수밖에 없는 것이다.

"그렇군요."

도진이 진심 어린 투로 부연했다.

"조만간 분명 마땅한 후학이 나타날 겁니다."

하지만 윤 숙수의 고민은 비단 계승만이 아니었다.

"글쎄, 실은 전반적으로 미래가 어두운 상황일세."

미쉐린 코리아에서 벌써 수년째 빕 그루망으로 선정해 준 덕에 매출 자체는 상향 곡선을 그리는 중이었으나…….

윤 숙수의 매출을 책임지고 있는 건 호기심으로 찾았다가 거듭 걸음 하게 된 젊은 손님들이 아니었다.

아주 오래전부터 윤 숙수를 찾아 주곤 하셨던 연륜 있는 단골손님들에 의해 유지되고 있었을 뿐.

만약 아무런 변화 없이 식당을 경영해 나가다가 세대의 교체가 이루어지게 된다면 어떨까?

'윤 숙수는…….'

아주 자연스러운 폐업 절차를 밟게 될지도 모른다.

하지만.

그렇다고 젊은 손님들을 겨냥해 메뉴를 바꿀 수도 없었다.

정통성.

선조들로부터 대대손손 이어져 온 조리법에는 '얼'과 '역사'가 깃들어 있다.

사업적인 결과를 위해 모든 걸 손바닥 뒤집듯 뒤엎을 순 없다고 생각했다.

다만 정통성을 지킨다는 말이 시대정신에 어긋난 채 과거의 방식을 고수한다는 말과 같은 뜻은 아닐 터였다.

　　'그래, 이대로 지켜볼 순 없으니……'

　　노인의 두 눈 위로 짙은 근심이 깃들던 찰나였다.

　　"저, 숙수님."

　　도진이 진중한 투로 윤 숙수를 불렀다.

　　윤 숙수와…….

　　정통성에 대해 논의해 보기 위함이었다.

　　"숙수님께서는 혹시 바비큐에 대해 알고 계십니까?"

　　"그야 고기를 불에 굽는 요리가 아닌가?"

　　"바비큐의 종류가 많다는 것 역시 알고 계시겠군요."

　　도진이 거듭 설명했다.

　　"아마 서구권 요리 중 가장 대표적인 슬로 쿡이 바로 훈제 바비큐가 아닐까 싶습니다. 한식에도 참나무 등의 땔감을 사용해 훈연 방식으로 조리하는 조리법이 수두룩하지 않습니까?"

　　"그렇지."

　　"으레 그렇듯 요리는 들인 시간과 노력만큼 맛있어진다는 말도 있지 않습니까? 서구권의 바비큐 레시피를 살펴보다 보면 고작 하루, 이틀 정도가 아니라 몇 날 며칠을 구워 내기도 합니다."

뜬금없이 바비큐에 대한 설명이 이어지자 윤 숙수의 얼굴 위로 의문이 깃들었다.

"그래, 그런데 그게 뭘 어쨌다는 게인가?"

도진이 곧장 반문했다.

"반대로 구이용으로 썰어 낸 고기나 해물 등을 직화로 구워 내는 조리 방식 역시 마찬가지로 바비큐라고 표현하지 않습니까?"

"그렇지."

"조리법도, 시간도, 그 결과인 맛조차도 천차만별인데 결국은 같은 이름으로 불린다는 점이 참 역설적이라고 생각했어요."

이내 도진이 옅은 미소를 지어 보였다.

"중요한 점은 둘 다 같은 '바비큐'라는 점이 아닐까 싶습니다. 각기 다른 맛을 지녔지만, 마찬가지로 각기 다른 매력이 있겠죠."

그 말에 윤 숙수가 '아…….' 하고 짧게 침음했다.

'그 본질은 바뀌지 않는다는 건가.'

그야말로 우문현답이라고 생각했다.

후학을 양성하는 일에도, 변화를 주는 일에도 답이 될 테니까.

'거참.'

갑작스레 꽤 큰 깨달음을 얻은 윤 숙수가 헛웃음을 흘려대던 찰나였다.

"저, 어르신."

도진이 다시금 정중한 투로 부연했다.

"별건 아닙니다만 제가 살펴본 바에 따르면 식사에 곁들이는 술들이 전부 도수가 높더군요."

"그래, 그렇지."

"혹시 손님들께서 식사에 곁들일 술로 '칵테일'을 선보이는 건 어떻겠습니까? 생소하시겠지만……."

도진이 거듭 말을 이어 나가려던 찰나였다.

"그래, 내 배우고 싶네."

"예?"

"가르침을 줄 수 있겠나?"

지금, 이 순간.

"부탁하네."

윤 숙수는 도진이 말하는 무엇이든 수용할 준비가 되어 있었다.

오히려 깜짝 놀란 것은 도진이었다.

"어……."

한 분야에서 명인이란 칭호를 얻을 만큼 실력과 지위를 가진 이가, 자신보다 어린 사람에게 거리낌 없이 가르침을 부탁하거나 배움을 추구한다는 건 결코 쉬운 일이 아니라고 생각했다.

'어찌 보면 자존심이 달린 문제인데…….'

도진은 윤 숙수의 진심에 깊은 탄복을 금치 못했다.

"여기서 이럴 게 아니라, 주방으로 가시죠."

도진 또한 그 요청에 진심으로 화답하기로 다짐했다.

술과 음식의 조화를 상징하는 음식 조합이 더러 있다.

가령 예를 들자면 치킨과 맥주, 삼겹살이나 곱창에 곁들이는 소주라든지.

음식을 돋보이게끔 해 주는 술.

그리고.

술을 더 맛있게 해 주는 음식.

서구권에서는 술과 음식의 상관관계를 두고 마리아주 (*Mariage : 결혼 또는 약혼)라는 단어를 사용하기도 했다.

이처럼 술과 음식을 페어링하는 문화는 유럽에서 보편화된 건 물론이거니와 오래도록 자리 잡은 문화라고 볼 수 있었다.

심지어.

정식 코스 요리를 다루는 대다수의 '파인다이닝'에서는 입맛을 돋우기 위한 식전주와 입안을 말끔히 정리해 줄 식후주를 내주는 문화가 존재했다.

파인다이닝 문화가 유입된 건 물론이고 어느 정도 자리 잡기까지 한 지금에서는 음식과 술의 조화를 심도 있게 다루는 매장이 점차 늘어나는 추세였다.

"보통 칵테일을 만든다고 하면 위스키, 진, 럼과 같은 외국 술을 베이스로 만들어야 한다고 생각하시더라고요."

하지만.

"익숙하지 않겠지만 칵테일도 결국 술로 만드는 음료니까……."

실제로 머지않아 주를 이루게 될 국내 한식 파인다이닝의 경우, 전통주를 함께 페어링하기도 했으며…….

도수가 너무 높은 전통주의 경우에는 일련의 희석 과정을 거쳐 칵테일로 나오는 일이 비일비재했다.

"저는 전통주로도 충분히 만들 수 있다고 생각해요."

그만큼 미식은 수많은 가능성이 열려 있었다.

"전통주 칵테일이라……."

지금 도진이 만들고자 하는 건 진도 특산품 중 하나인 홍주를 이용한 칵테일 레시피였다.

홍주의 맛은 위스키와 몹시 흡사하지만, 오크 향이 결여되었다는 차이점이 존재한다.

그윽한 지초의 향과 약간의 단맛이 매력적이므로 강점을 더욱 부각한다면…….

'아페르티페, 식후주의 형식으로 개량할 수 있겠어.'

본래라면 홍주는 물론이고 청포도 주스와 민트 리큐르, 라즈베리 시럽과 셰이커까지 있어야 완벽하게 만들 수 있을 터였다.

하지만 대체할 방법은 분명히 존재했다.

도진은 청포도를 대체할 재료로 구비되어 있던 귤을 선택했다.

또한.

민트 대신 깻잎을, 라즈베리 시럽 대신 배도라지 꿀을 잘 섞었다.

"자, 한번 드셔 보시겠어요?"

도진이 칵테일을 만들어 내는 것을 보며 윤 숙수는 반신반의할 수밖에 없었다.

'깻잎이 들어가는 술이라니.'

자신의 앞에 있는 잔을 조심스레 들어 한 모금.

또다시 한 모금.

그러고는 저도 모르게 감탄을 흘리고야 말았다.

"이거 참, 신기한 맛이군."

윤 숙수는 입안에 남은 맛을 천천히 음미했다.

"적당한 산미와 단맛이 조화를 이루지만 홍주 본연의 향만큼은 남아 있어."

그게 끝이 아니었다.

가장 마지막에 느껴지는 박하 비스름한 화한 향과 맛이 다소 텁텁해진 입안을 깔끔히 정리해 주는 느낌이었다.

깻잎 덕이리라.

마지막으로 남은 칵테일을 입안에 털어 넣은 윤 숙수는 아쉬운 듯 빈 잔을 바라보았다.

"자네, 이런 귀한 레시피를 그냥 알려 줘도 되는 건가?"

윤 숙수의 세대는 귀한 레시피를 고가로 거래하곤 했다.

그러니…….

무상으로 레시피를 알려 준다는 게 부담스러울 수밖에.

"네."

잠시 고민하던 도진이 입을 열었다.

"대신 언젠가 제가 숙수님께 부탁드릴 일이 생긴다면 그때 저를 도와주시면 되죠."

미소를 띤 채 말하는 도진의 모습에 윤 숙수가 눈을 마주치며 조심스레 입을 열었다.

"그래, 내 언젠가 꼭 보은함세."

그러고는 재차 말을 이었다.

"가만히 들여다보고 있노라면 세상이 너무 빠르게 변화해 가는 것만 같네. 장강의 뒷물 신세가 되어 어딘가로 유유히 흘러갈 때가 된 거겠지. 정든 한옥의 주방 안에서만 벌써 백 번이 넘는 계절의 변화를 체감했으니……."

그렇게 말하는 윤 숙수의 눈가에 깊게 팬 주름은 그가 살아온 세월의 흔적을 보여 주는 것만 같았다.

어렸을 적부터 아버지의 밑에서 요리를 배우겠노라는 일

념으로 칼을 쥐고 불 앞에 섰던 그였다.

젊은 나이에 가업을 물려받아 '윤 숙수'의 아성을 번듯하게 지켜 내기까지 분명 수많은 고난이 있었을 터.

대를 거듭하며 지켜 온 업장이다.

얼, 숨, 무수한 청춘이 담겨 있는…….

상징적이고 역사적인 업장이었다.

그렇기에.

도진은 윤 숙수가 이대로 저물기를 원치 않았다.

윤 숙수는 너무나 훌륭한 명인(名人)이었다.

이대로 업계를 떠나기는 아쉬운 사람인 동시에, 업장 '윤 숙수' 역시 대에 대를 거듭해 세습되기를 바랐다.

이윽고.

한참 동안 고민하던 도진이 결심한 듯 윤 숙수를 바라봤다.

"숙수님, 요즈음 유행하는 파인다이닝에 대해 아시나요?"

"고급스러운 서양 코스 요리를 파는 레스토랑이 아닌가?"

"숙수님께서도 일련의 변화를 받아들이시는 건 어떨까요?"

도진의 말에 윤 숙수는 생각지도 못한 일을 들은 듯 짐짓 놀란 표정을 숨겼다.

"변화라면……?"

도진이 재차 부연했다.

"한 상 차림 형태가 아니라 '코스 형태'로 개량해 판매하신 다면 어떨까 해서요."

지금 역시 한식을 코스 형태로 판매하는 업장은 더러 존재 하는 상황이었으나…….

파인다이닝 붐이 일기 시작한 초기에 불과한지라 하이엔 드급 한식당은 소수에 불과했다.

"오직 최고의 식재료만을 사용해 조리한 최고 품질의 음 식을 찾는 손님들을 위한 메뉴를 준비하시는 건 어떨까 싶 어서요."

"가격대가 높아지면 수요가 있을지…….'"

"제 짧은 경험에 의하면 고가의 코스 요리를 소비하는 손 님들의 경우에는 가격 대비 품질을 따지지 않는다는 공통점 이 있더군요."

윤 숙수가 깊은 눈으로 도진을 바라봤다.

"정말 질 좋은 음식을 맛볼 수 있다면 언제든 지갑을 열 준비가 되어 있는 이들인 거죠. 더군다나 대다수의 고객은 단순히 미식을 위해 파인다이닝의 코스 요리에 거액을 소비 하는 게 아닐 겁니다."

미식을 위한 게 아니라면 대체 무얼 위해 한 끼 식사에 거 액을 소비한단 말인가?

윤 숙수가 의문이 가득 서린 눈으로 도진을 빤히 들여다보 고 있던 찰나였다.

천재셰프
회귀하다

"그런 거액을 지불하고 하이엔드급 음식을 맛볼 수 있는 본인의 모습을 구매하는 분들도 더러 계시더라고요. 단순히 비싼 가격 하나만으로도 마케팅 수단이 될 여지가 있기도 하고, 그런 와중에 품질마저 지켜진다면 더욱 파급력이 생기지 않을까 싶습니다."

도진이 웃는 낯으로 덧붙였다.

"일단은 천천히 고민해 보셨으면 좋겠습니다."

불과 몇 년만 지나고 나면 미쉐린 가이드로부터 세 개의 별을 받는 영예를 거두는 업장 중 태반이 '한식'내지는 '퓨전 한식'을 다루는 파인다이닝일 터였다.

'더군다나.'

기형적인 금액을 내세워 SNS를 통해 사람들의 호기심과 허영을 자극하는 마케팅이 주를 이루기도 하겠지.

결국 근본이 되는 맛이 미흡하다면 금세 잊힐 수밖에 없을지 모른다지만 작금의 윤 숙수를 보면…….

'맛을 놓을 리는 없으시겠지.'

오직 맛과 정통성을 사수하겠노라는 일념 하나만으로 코스트나 회전율을 포기해야 하는, 조금은 비생산적이고 비효율적인 방식을 고수하는 이가 아니던가?

'이런 분이 맛을 포기할 리 없으니…….'

시대의 변화에 발맞춰 변화를 꾀하다 보면 분명 여러 문제가 알아서 해결될 터였다.

그렇게 변화를 꾀하는 과정에서 관념이, 신념이, 혹은 가치관이 함께 변모한다면.

윤 숙수의 가장 큰 고민일지 모를 '차기 윤 숙수'를 선발하는 일 역시 해결될지 모른다.

"고맙네."

윤 숙수가 웃으며 화답했다.

"귀담아들었으니 충분히 고민해 봄세."

진심이 가득 담긴 음성이었다.

그로부터 며칠이란 시간이 흘렀다.

닭이 울고…….

어슴푸레하게 동이 트는 새벽녘.

저벅, 저벅-.

도진은 언제 일어났는지 벌써 마당 청소를 끝낸 뒤 들어가다 방금 일어난 윤 숙수와 마주쳤다.

"자네 일찍 일어났군. 오늘도 한번 힘내 보세."

"네, 숙수님. 지금 바로 씻고 나오겠습니다!"

그렇게 말하며 방으로 들어가는 도진의 뒷모습을 들여다 보던 윤 숙수가 중얼거렸다.

"젊은 친구가 혼자서 남는 게 쉽지 않았을 텐데 보면 볼수록 참 건실하단 말이지."

참가자들은 정해진 기간이 지나고 나면 각자 흩어져 그 지역을 살피고 자신이 요리하게 될 특산품을 찾아 떠나야만 했다.

"OK, 나는 '고흥'에 가기로 결심했어."

"나는 확실히 정하진 못했지만 나주로⋯⋯."

그렇기에 인호와 이랑은 인근의 어느 지역으로 떠나야 할지를 논의하느라 바빴으나.

"도진이, 너는?"

도진은 그 누구도 예상치 못한 답을 했다.

"저는 좀 더 남아 있으려고요."

도진의 생각은 조금 달랐다.

"What the-! 대체 어째서-?"

명인(名人)과 함께 일할 수 있는 기회가 얼마나 있을까?

장담컨대⋯⋯.

흔치 않은 기회일 테니 하루라도 더 남기로 했다.

특히 윤 숙수와 함께했던 지난밤.

단둘이 대화를 나눌 수 있던 기회는 도진에게도 분명 새로운 깨달음을 주었다.

윤 숙수가 대를 이어 오랫동안 한자리를 지키며 키운 신념과 장인 정신을 배우고 싶었다.

고작 며칠 만에 배울 수 없는 것들이라고 생각했기에 조금 더 남아 있겠노라 결심했다.

그렇기에.

대체 왜 남으려는 것이냐는 인호와 이랑의 질문에 도진은 별 망설임 없이 이렇게 답했다.

"이곳에 답이 있을 것 같아서요."

그러고는 곧장 부연했다.

"아직 이곳에서 배울 수 있는 것들을 제대로 훑어보지도 못한 것 같기도 하고요."

그렇게 도진은 홀로 윤 숙수에 더 잔류하게 됐다.

그로부터 며칠이란 시간이 흘렀을까?

"도진 씨, 아침 기차 타고 출발해도 아슬아슬해요."

도진의 전담 카메라맨만 덜렁 남겨져 발을 동동 구르고 있었다.

"만약 촬영 시작 시간까지 못 도착하면 정말 큰일 나는 거예요. 규정 때문에 요리는 시작도 못 해 보고 탈락하실 수도 있어요."

참가자 대부분은 아무리 늦어도 하루 전 돌아가 대회 준비에 여념이 없었으나.

도진은 미션 당일 새벽까지도 '윤 숙수'의 오늘 치 장사 준비를 돕고 있었다.

"채소들 준비는 끝났고, 생선 손질도 다 했고……."

하나하나 꼼꼼하게 체크하고 있는 도진의 느긋한 듯한 모습에 오히려 마음이 급해지는 건 주변인들이었다.

"도진 씨, 이러다 정말 늦는다니까요."

그 말에 윤 숙수 역시 한마디를 거들었다.

"자네, 슬슬 움직여야 하는 것 아닌가? 애꿎은 이 친구만 애가 닳아 없어지겠구먼."

그 말에 카메라맨이 울상을 한 채로 끄덕였다.

"예, 어르신. 제발 저 좀 도와주세요."

시청률의 일등공신 중 한 명인 도진이 제시간에 도착하지 못했다는 이유만으로 실격하게 된다면 한바탕 난리가 날 터였다.

기차가 연착되거나 사고가 나지 않는다면 아슬아슬하게 도착할 수 있을지도 모르는 상황이라고는 하지만…….

사람 일은 또 모르는 게 아니겠는가?

무슨 일이 생길지 모를 노릇이니 조금이라도 더 빨리 출발해야 여유로울 게 분명했다.

"네, 이제 거의 끝났습니다."

다만, 도진의 생각은 달랐다.

"거참……!"

카메라맨 옆에서 난감한 기색을 감추지 못하고 있는 윤 숙수의 양손에는 큼지막한 보따리가 들려 있었다.

윤 숙수가 직접 고르고 골라 엄선한 식재료를 오늘 치르게 될 경연에서 쓸 수 있도록 챙겨 준 것이다.

한식에서 장이란 곧 맛의 비법이었다.

또한 윤 숙수의 '장'은 아득한 세월 동안 온전한 계절의 변화를 몇 번이나 겪은 가보와도 같았으므로…….

고작 며칠간의 노동만으로 그런 장을 받을 순 없다는 생각에 유종의 미를 거두고자 했던 것이다.

기어이 장사 준비를 다 끝마친 도진이 이제야 메고 온 배낭을 등에 잘 짊어졌다.

"어르신, 그간 감사했습니다."

비단 배낭뿐만 아니라 도진의 양손에는 윤 숙수가 챙겨 준 짐이 한 보따리였다.

"정말 많은 걸 배웠습니다."

무거운 짐을 들고도 허리를 꾸뻑 숙이며 인사하는 도진을 보며 윤 숙수는 씩 웃으며 답했다.

"나야말로 많은 걸 배웠네."

그렇게 인사를 주고받은 후.

"서울 가는 거! 두 장 주세요!"

기차역에 아슬아슬하게 도착해 버리는 바람에 카메라맨은 촬영 생각은 아예 잊은 채 다급하게 표부터 끊었다.

"하아, 진짜 미치겠네."

불안감에 발만 동동 구르던 카메라맨이 연신 울려 대는 알람에 핸드폰을 열었다.

'PD님 같은데……'

아마 지금쯤 서울은 난리가 났으리라.

띠링!

  -감독님 어디예요? 도진 씨랑 오고 계신 거 맞죠? 네? 네?

띠링!

  -몇 시간 뒷면 촬영 시작인데 늦지는 않으시겠죠? ㅜㅜ

띠링!

  -저희 세트장 세팅 들어갔어요. 출발하시면 꼭 연락 주세요!

이내 들어온 기차에 착석한 카메라맨은 출발했다는 문자를 보내며 도진에게 초조한 마음을 드러냈다.

"설마 기차가 연착되거나 하지는 않겠죠? 정말 아슬아슬하게 도착할 수 있을 것 같기도 한데, 만약 연착되기라도 하면······."

그 말에 도진이 대수롭지 않다는 양 답했다.

"뭐, 연착되지 않기를 기도해야죠."

그러고는.

"감독님, 죄송한데 너무 피곤해서요. 일단 잠깐 눈 좀 붙일게요. 도착하면 깨워 주세요."

안대를 쓰더니 순식간에 잠들어 버렸다.

"허······!"

그간 피로가 켜켜이 쌓인 건 물론이거니와, 오늘도 꼭두새벽에 일어나 장사 준비를 했으니 피곤할 수밖에 없다지만.

'이 한 치 앞을 모르는 촉박한 상황에 잠이라니······.'

누가 출연자고 누가 카메라맨인지 알 수 없는 주객이 전도된 상황에 카메라맨이 헛웃음을 흘리던 찰나였다.

따르릉-!

별안간 걸려 온 전화의 발신자명을 확인한 카메라맨은 행여나 도진이 깰세라 옆 칸으로 이동해 전화를 받았고······.

"네! PD님! 저희 지금 기차역입니다! 제일 빠른 기차 타고 출발해서 가고 있는데 시간이 조금······."

괜히 김 PD로부터 문책을 듣기라도 할까 싶은 마음에 인사를 듣기도 전에 속사포처럼 말을 쏟아 내던 카메라맨이 당황을 금치 못하고는 되물었다.

"예, 예······?"

어딘가 고장 난 듯 말을 버벅 댈 수밖에 없었다.

-거참, 젊은 놈이 벌써 가는귀를 먹었어? 아니, 그러니까 혹시 일찍 도착하더라도 좀 아슬아슬하게 들어오라고!

이해할 수 없는 지시에 카메라맨이 고개를 비스듬히 기울이며 '왜요?'라며 되묻자.

-각이 나왔잖아! 긴장감과 박진감 넘치는 연출! 역시 도진 씨가 우리 프로그램의 보배라니까?

객실 옆 칸에는 요리에 미친 사람이 자고 있었고…….

-만약 아슬아슬하게 도착하면 오늘 촬영한 분량 방영되는 날 시청자 반응 벌써 그려진다. 생각만 해도 짜릿하네. 나만 그래?

그 말에 카메라맨이 얼떨떨한 목소리로 답했다.

"예, 일단 알겠습니다……."

수화기 너머에는 시청률에 미친 사람이 있었다.

─※─

서울의 '서바이벌 국민 셰프'의 합숙소.

참가자들은 일찌감치 숙소로 돌아와 미션에서 선보일 레시피를 준비하고 있었다.

하지만 그중 유독 이리저리 돌아다니며 안절부절못해 보이는 한 사람이 있었다.

'도진이는 도대체 언제 오는 거야.'

다름 아닌 백인호였다.

인호는 참가자들이 대부분 돌아온 어젯밤까지도 밤이 늦도록 들어오지 않는 도진 때문에 발만 동동 굴러야 했다.

'도진이, 당장 몇 시간 뒤면 미션 시작인데 왜 아직 코빼기도 안 보이는 거지? 만약 늦기라도 하면 이대로 실격일 텐데.'

규정대로라면 탈락을 면치 못할 게 분명했다.

결과 때문이 아니라 지각 때문에 임무를 치르지도 못하고 탈락한다면?

"그, 그건 절대 안 되는데……."

생각을 털어 내려는 듯 인호가 고개를 좌우로 흔들었다.

한참을 고민하던 인호가 결국 막내 스태프에게 다가가 물었다.

"저기, 혹시. 도진이는……."

"네?"

"도진이, 아직 안 와서……."

인호가 불안하다는 양, 몇 마디를 부연했다.

"문자도 안 보고, 전화도 안 받아요. 혹시 못 오면……."

그제야 인호의 말을 알아들은 스태프가 대답했다.

"아아, 도진 씨는 오늘 아침 일찍 출발하셨다고 들었어요. 아마 바로 세트장으로 오기로 하셨다던데, 기차가 연착하기라도 하면 늦을 수도 있다고……."

스태프의 말을 듣고 그제야 자리로 돌아와 짐을 챙기기 시

천재세프
회귀하다

작한 인호를 보며 이랑이 물었다.

"도진이, 지금 바로 오는 거 맞대?"

"응, 세트장으로 바로……."

"다행이다! 진짜 내가 다 떨리게 해!"

"그런데 늦을 수도 있대."

"뭐? 늦으면? F×ck! 그럼 실격이야!"

그때였다.

"자, 다들 세트장으로 이동하시겠습니다!"

스태프들의 부름에 다른 참가자들은 물론 인호와 이랑마저도 마지못해 세트장으로 이동하기 시작했다.

-지역 특산품을 이용해 요리하기.

미션 주제가 주제이니만큼 모든 재료를 참가자들이 직접 챙겨야 하는 상황이었다.

비록 양손은 무거울지 모르나 표정만큼은 한결 가벼워 보이는 참가자들.

도착한 세트장에 자신의 자리를 배정받은 인호가 고개를 들어 정면을 바라보았다.

세트장 정면의 벽 한가운데 놓인 커다란 타이머.

그리고 바로 아래 살짝 높은 연단과 중앙을 기점으로 적절한 간격을 유지하고 있는 열 개의 조리대.

연단 오른쪽 벽을 따라 쭉 늘어져 있는 다양한 기본 재료들의 팬트리에 이르기까지.

참가자들은 이제는 익숙해진 세트장에 도착해 자신의 이름이 표시되어 있는 조리대에 섰다.

저마다 덕담을 주고받으며 자신들이 가지고 온 재료를 조리대에 올려놓는 참가자의 얼굴에는 언뜻 여유가 비쳤다.

미션 준비를 위해 주어졌던 5일의 시간.

훌륭한 재료를 가지고 넉넉한 준비 기간을 통해 만반의 준비를 마쳤으니 자신만만한 태도를 보일 수밖에 없었으리라.

마지막으로 조리복을 정돈하는 참가자들을 보며 심사 위원들도 준비를 마쳤고…….

-자, 이제 슬슬 시작해 볼까요?

노연우가 가장 앞장서 연단에 올라선 뒤 입을 뗐다.

그때.

인호의 거친 생각과 이랑의 불안한 눈빛이 마주쳤고.

"잠깐! Wait! 아직! 아직 안 왔어요!"

이랑이 다급히 소리치자 조용했던 세트장에 그녀의 목소리가 울려 퍼졌다.

그제야 빈 조리대를 확인한 심사 위원들이 참가자들을 쭉 둘러보기 시작했다.

-어라? 김도진 군이 안 보이는 것 같은데 설마 아직도 도착을 못 한 걸까요?

"아침 기차 타고 출발했다고는 하는데, 잘못하면 늦을 수도 있을 것 같다고…….."

아직 도진이 도착하지 못했음을 눈치챈 심사 위원들이 급히 상의를 시작했고.

그 모습에 안도감을 느낀 인호와 이랑이 마주 보고 한숨을 푹 내쉬던 찰나였다.

-참가자가 아직 도착을 안 하기는 했지만, 고작 한 명을 위해서 이 많은 인원이 오랜 시간을 기다릴 수 없는 관계로 먼저 시작하도록 하겠습니다.

-해당 참가자는 제한 시간 내에 도착하게 된다면 바로 미션에 합류할 수 있으나, 만약 제시간 내게 도착하지 못하게 된다면 실격 처리되는 것으로…….

끼이익-!

심사 위원들이 이 이슈에 대한 해결 방안을 말하는 도중 별안간 문이 열렸고…….

한창 말을 이어 나가고 있던 노연우의 고개가 한없이 자연스레 문 쪽으로 향했다.

그리고.

문 앞에 몰려 있던 스태프들 사이를 비집고 나온 얼굴을 발견한 이랑이 안도감에 소리쳤다.

"너! 진짜!"

문이 열리는 소리의 주인공은 머쓱하게 뒷머리를 쓸어내

렸다.

그러고는 꾸벅, 허리를 숙여 보이고는 우렁찬 목소리로 크게 말했다.

"늦어서 죄송합니다!"

도진이었다.

도대체 어디서 나왔는지 알 수 없을 생활한복의 차림새.

뭐랄까?

그 모습은 학창 시절 어느 학교에나 꼭 한 분쯤은 있었을 법한 도덕 선생님을 떠올리게 했다.

게다가 겨우 지퍼를 닫아 잠근 듯한 배낭으로도 모자라, 큼지막한 금색 보자기 두 개를 손마다 꽉 움켜쥔 채였다.

"후우, 죄송합니다. 잠시만요. 지나갈게요."

촬영을 위해 준비하고 있던 인파들을 제치며 도진은 연신 숨을 고르는 중이었다.

뛰어오기라도 한 듯 이마에는 땀방울이 송골송골 맺혀 있었고 얼굴은 상기된 채였다.

이윽고.

도진 역시 조리대 앞에 서던 찰나.

ㅡ자, 그럼 이제 정말…… 시작해 볼까요?

자리를 찾아간 도진을 본 노연우가 씩 웃으며 말을 뱉었다.

삐이이이익ㅡ

그 말과 동시에 시작을 알리는 소리가 장내에 울렸고.

[1 : 29 : 59]
[1 : 29 : 58]
[1 : 29 : 57]

타이머가 움직이기 시작했다.

다행히…….

지각으로 인한 실격은 면할 수 있었다.

도진이 일사불란하게 자리에서 짐을 풀어 재료들을 꺼냈다.

그 모습에 심사 위원들은 안도의 한숨을 내쉬었다.

"다행이네요. 이렇게 실격하기에는 아쉬운 친구죠."

"맞아요. 이번 요리는 어떤 게 나올지 참 궁금하네요."

노연우가 도진의 자리를 보며 눈을 빛냈고.

꼴깍-.

저도 모르게 침을 꼴깍 삼켰다.

특산품을 잡아라

참가자들의 조리대에는 그들이 가지고 온 식자재들이 놓여 있었다.

"횡성 한우, 청도 미나리, 합천 돼지……."

"정말 골고루도 가지고 왔네요."

주재료로 쓰일 법한 특산품도 더러 있었고 딱 부재료 정도인 특산품도 더러 엿보였다.

과연 이 재료들의 맛을 얼마나 잘 다루고 잘 살려 낼 수 있을지가 이번 미션의 관건일 터였다.

"주제가 주제이니만큼 특산품이 눈에 띄도록, 한눈에 봐도 어떤 특산품을 가지고 요리했는지 알 수 있었으면 좋겠네요."

"글쎄요. 그 부분에 대해 골몰하다 보면 재료들이 워낙 색이 또렷하다 보니 천편일률적인 메뉴가 나오지 않을까 싶네요."

이번 미션에서 심사 위원들의 걱정거리는 유명한 재료로 만든 흔한 메뉴의 향연이었다.

특산품은 직관적으로 떠오르는 조리법이 상당히 제한적인 편에 속한다고 볼 수 있다.

본인만의 아이덴티티를 가미하면 좋겠지만 과하면 되레 독이 될 수도 있었으니…….

"다들 부디 적당히 창의적이면서도 훌륭한 요리를 선보였으면 하는 바람이네요."

"그러네요, 이제 실력이 뛰어난 참가자들만 남았으니 기본만 해서는 힘들 테니까요."

심사 위원들은 저마다의 걱정과 기대가 어린 표정으로 그들을 바라보았다.

[1 : 15 : 12]

그리고 어느새 타이머의 시간이 15분가량 지나자 참가자들이 준비한 요리의 윤곽이 보이기 시작했고…….

심사 위원들은 자리에서 일어나 참가자들의 조리대를 살피기 위해 장내를 이리저리 부지런히 돌아다녔다.

"한눈에 보더라도 고기의 품질이 상당히 좋아 보이네요.

갈비뼈가 붙어 있는 걸 보아하니 찜이라도 할 생각인가요?"

"네, 갈비찜을 준비했습니다. 간장을 베이스로 한 매콤달콤한 소스에 부드러운 육질을 살려 조리할 수 있도록⋯⋯."

참가자들이 준비한 요리는 그야말로 각양각색이었다.

횡성 한우로 갈비찜을 만드는 참가자, 공주에서 직접 가져온 밤으로 파이를 만드는 참가자, 정선 황기로 삼계탕을 끓여 내기 위해 준비 중인 참가자 등⋯⋯.

그로부터 얼마나 지났을까?

백인호의 자리 근처에 다다른 심사 위원들이 갑작스레 코끝을 찌르는 냄새에 놀라 황급히 코를 막았다.

"윽, 대체 이게 무슨 냄새지⋯⋯?"

"이거 그거 아냐?"

"예? 그게 대체 뭡니까?"

"삭힌 홍어 같은데."

생각지도 못한 냄새에 당황한 최석현과 달리⋯⋯.

"난 이거 좋아하거든요."

노연우는 화색을 하며 백인호의 조리대 앞에 섰다.

"그런데 너무 호불호가 심한 재료를 고른 거 아닌가?"

갑작스러운 질문에 백인호가 덤덤하게 답했다.

"홍어의 장점인 톡 쏘는 맛은 고스란히 살리되 냄새만큼은 단단히 잡아 거부감 없이 드실 수 있도록 조리해 보겠습니다."

그 말에 최석현이 미간을 찡그린 채로 답했다.

"예, 부디 계획대로…… 잘됐으면 좋겠군요."

최석현은 자신이 저걸 먹어야 한다는 생각에 몸서리를 치며 인호의 자리를 지나쳤다.

그렇게 바로 다음.

도진의 조리대 쪽에서 풍겨 오는 구수한 된장 냄새에 최석현이 다시금 걸음을 멈췄다.

"둘 다 전라도였죠? 전라도 팀은 냄새로 승부를 보는 건가?"

본래 남들보다 후각이 예민한 편에 속하는 최석현이 도저히 못 버티겠다는 양 우스갯소리를 던지고는 곧장 자리를 떴다.

반면.

김소연은 흥미가 동한 양 도진에게 바짝 다가와 물었다.

"한 입 먹어 봐도 되나요?"

그 말에 도진이 '물론이죠.' 하고 답했고.

"음?"

도진의 조리대에 놓인 된장을 스푼 끄트머리로 살짝 떠내, 손가락으로 '콕.' 하고 찍어 맛을 본 김소연이 눈매를 좁혔다.

"구수하고 진한 게 직접 담근 장인가 본데요? 간장은 특유의 향과 더불어 깊은 맛이 있네요."

"그렇다고 끝 맛이 텁텁하지도 않고 깔끔한 게, 보통 연륜으로 만들어진 장이 아니군요."

김소연을 필두로 저마다 장맛을 본 노연우와 최석현이 저마다 한마디씩을 덧붙였다.

가장 먼저 장을 맛봤던 김소연은 고개를 갸우뚱하더니, 다시 한 번 더 장을 하나씩 맛보더니 물었다.

"혹시 이거, 윤 숙수님이 담근 장인가요?"

자신을 똑바로 바라보며 묻는 김소연의 질문에 도진은 흠칫 놀랄 수밖에 없었다.

"네, 어떻게 아셨나요?"

그 말에 김소연이 넌지시 답했다.

"으레 전통 장은 특유의 텁텁한 끝 맛이 있기 마련이거든요. 워낙 깔끔한 끝 맛 덕분에 지레짐작이나마 할 수 있었네요."

"그것만 가지고도 알 수 있는 건가요?"

"전라도로 다녀오셨잖아요? 더구나 윤 숙수의 장은 한식 전공 셰프들 사이에서 워낙 명성이 자자한 편이기도 하고요."

그 말에 도진이 재차 되물었다.

"명성이 자자하다고요?"

김소연이 재차 고개를 끄덕였다.

"아마 저 장을 납품받고 싶어 오매불망 노력하셨던 셰프들만 해도 족히 열댓 명은 우습게 넘어갈걸요? 어지간한 분들은 납품 계약은 고사하고 옹기에 조금이나마 얻어 오지도 못하고 빈손으로 돌아오시던데……."

정적이 흐르기를 잠시.

"숙수님께서 도진 씨가 마음에 드셨나 봐요."

"아뇨, 과찬이십니다."

"모쪼록 기대되네요. 건투를 빌겠습니다."

그렇게 참가자들의 조리대를 모두 둘러본 심사 위원들이 차례로 자신들의 자리로 돌아갔다.

도진은 조리대 위 가까운 곳에 각각 '간장', '된장', '고추장'이 담긴 옹기를 가지런히 정렬해 뒀다.

모두…….

윤 숙수가 손수 담갔음은 물론이거니와 족히 십수 년가량을 푹 익힌 장들이랄 수 있었다.

'잠깐, 더 넣을 수 있겠는데…….'

아직도 아쉬운 기색을 전혀 감추지 못한 채로 제 손에 들려 줄 보따리를 싸던 윤 숙수의 뒷모습이 눈앞에 아른거리는 듯했다.

"자, 그럼 시작해 볼까."

도진이 선보이려는 요리는 총 두 가지였다.

참나물 연근 샐러드를 곁들인 된장 소스 스테이크.

그리고…….

윤 숙수의 고추장을 활용한 크림 감자 뇨끼.

스테이크와 뇨끼의 경우 이번 미션에 맞춰 약간의 변형을 가미했을 뿐, 사실상 몇 번이고 만들어 본 적이 있는 손에 익숙한 양식 요리들이었다.

워낙 윤 숙수의 장맛이 뛰어났기에 무엇을 요리해도 맛있어질 터였다.

하지만 도진이 손에 익숙한 양식을 고른 것은 다름 아닌 '의외성'에 있다.

으레 전통 장으로 요리를 해야 할 때면 보통은 한식을 떠올리기 마련이었으나…….

'그런 건 너무 뻔하지.'

이번 미션이 특산품을 이용해야 하는 만큼 특산품의 맛도 살리고, 자신만의 정체성을 보여 주기에 적합한 미션이었다.

그렇기에 도진은 자신이 가장 잘할 수 있는 양식 메뉴에 한식을 조금 끼얹기로 했다.

퓨전 한식.

아직은 흔치 않았으나, 유행이 시작되는 것은 머지않은 미래였다.

지금이라면 분명 퓨전 한식에 대한 새로움과 신선함도 느낄 수 있으리라.

그리고 무엇보다 가장 큰 이유는…….

'맛있으니까.'

한국인의 입맛에서 조금 느끼할 수도 있는 양식 소스를 장을 활용해 개선할 요량이었다.

으레 타국의 요리가 현지의 입맛에 맞춰 개량하는 기본적인 '로컬라이징'이랄 수 있었다.

그렇게 생각하며 도진은 가장 오래 걸리는 메시 포테이토를 만들기 위해 감자를 씻어 냈다.

구수한 된장 소스와 합이 잘 맞는 담백하고 뭉근한 찐 감자를 스테이크에 곁들이고자 했다.

'그리고 고기는 먼저 재워 놔야 하니까.'

우선 감자부터 잘게 썰어 끓는 물에 넣은 뒤 스테이크 조리를 위한 소고기 손질을 시작했다.

[1 : 15 : 21]

아직 여유롭게 남은 시간에 도진은 콧노래가 절로 나왔다.

스테이크는 가장 부드러운 안심을 사용하는 대신, 아쉬울 수 있는 식감을 보충하기 위해 곁들일 샐러드로는 참나물을 골랐다.

살짝 익혀 떫은맛을 덜어 낸 연근과 참나물을 간장 베이스의 소스와 함께 곁들인다면 훌륭한 조화를 이루리라.

게다가.

도진은 비장의 무기를 하나 가지고 있었다.

'빨리 꺼내고 싶네.'

사실 도진이 이번 미션을 위해 준비한 회심의 재료는 영롱한 붉은빛의 전라도 전통주.

다름 아닌, 홍주였다.

자신이 윤 숙수에게 직접 전수해 준 방법을 고스란히 차용해 청량하고 달콤한 칵테일을 내놓을 요량이었다.

아름다운 색은 물론이거니와 향과 맛을 살려서, 자극적인 두 장맛을 어우러지게 할 수 있도록.

메뉴 레시피도 그래서 더욱더 과감하게 장의 맛을 살릴 수 있는 방향으로 수정했다.

'횡재였지.'

설마 윤 숙수가 전통 장을 담그는 것은 물론이거니와 홍주까지 직접 만들고 있었다니, 도진은 가방 속에 고이 모셔 둔 5년 묵은 홍주를 떠올렸다,

–내 자네한테만 특별히 주는 걸세.

그렇게 말하며 홍주를 가방에 쓱 넣어 주고 마지막 가는 길까지 배웅하던 윤 숙수를 떠올렸다.

명성을 얻어 언젠가의 발판으로 삼기 위해 가벼운 마음으로 출연한 방송이었다.

하지만 미션이 거듭되고 새로운 만남이 이어질수록 도진은 소중한 인연이 하나둘씩 생겨났다.

'나오길 정말 잘했어.'

도진은 새어 나오는 미소를 참지 못하고 입꼬리를 올렸다.

소중한 만남을 떠올리며 하고 싶은 요리를 하는 지금.

도진은 그 누구보다 행복한 얼굴을 하고 있었다.

[00 : 00 : 03]

[00 : 00 : 02]

[00 : 00 : 01]

[00 : 00 : 00]

삐이이익―.

주어졌던 90분의 모두 시간이 지나자, 종료를 알리는 휘슬이 세트장 전체에 울려 퍼졌다.

미처 마무리하지 못한 참가자들이 아쉬운 마음에 접시에 담긴 요리를 마지막으로 정돈하고 있던 찰나.

―자, 주어진 시간이 모두 소요되었습니다.

노연우가 마이크를 쥐고 참가자들을 향해 말했다.

―모두 조리대 뒤로 한 발짝씩 물러서 주시기 바랍니다.

아직 정리를 덜 마친 듯 아쉬운 눈길을 한 참가자들도 더러 있었으나 참가자들은 일제히 동작을 멈추고 그의 말을 따랐다.

─심사는 요리를 마친 순서대로 진행하도록 하겠습니다.

가장 먼저 요리를 완성해 낸 참가자의 심사를 시작으로, 심사 위원들은 때아닌 난항을 겪고 있었다.

"오늘은 다들 좋은 재료들을 골라 와서 그런지, 전체적인 음식의 맛 자체는 다들 훌륭하네요."

"이거야 원, 심사하는 저희만 어렵게 되었어요. 비슷하게 맛이 뛰어나다 보니……."

조금 아쉬운 부분들이 있었으나 음식의 맛 자체는 하나같이 훌륭한 편이었다.

그리고.

마지막 도진의 순서가 찾아왔다.

"한 가지 요리를 하기에도 빠듯한 시간이었는데 두 가지나 준비하셨네요?"

"스테이크와 뇨끼로군요. 어떤 테마의 음식들인지 사뭇 궁금해지는데요."

도진의 조리대에는 총 두 개의 접시가 올려져 있었다.

"참나물 연근 샐러드를 곁들인 된장 소스 안심 스테이크와 고추장 크림 감자 뇨끼입니다."

연한 베이지색으로 톤을 맞춘 두 개의 자기 그릇.

넓은 타원형 접시의 가운데 메시 포테이토를 깔고, 그 위에 마이야르된 안심 스테이크가 올려져 있었다.

접시 가장자리를 따라 빙 두른 참나물 연근 샐러드는 한없이 또렷한 녹음의 빛을 띠고 있었고.

스테이크 위를 가로질러 뿌려 놓은 진하고 고소한 된장 소스에서는 향내가 물씬 풍겨 오는 중이었다.

그 바로 옆에 놓여 있는 뇨끼 위로는 달큼하면서도 매운 내가 풍기는 연붉은색 소스가 끼얹어진 채였다.

"와."

노연우는 도진의 플레이팅에 감탄사를 뱉었다.

"정말 탐미적인 플레이팅이네요."

"그렇게 봐주시니 감사합니다."

"볼 때마다 감탄하는 것 같습니다만……."

그가 눈매를 좁히며 도진의 요리를 들여다봤다.

"세련되고 감각적인 플레이팅이야말로 참가자의 가장 뛰어난 장점이 아닐까 싶군요."

"과찬이십니다."

"배치, 구도, 색감까지 모두 훌륭합니다. 심지어 그런 와중에 맛까지 잡고 계시니……."

말끝을 흐린 그가 불쑥 물었다.

"이건, 또 뭐죠?"

노연우가 두 접시 옆에 놓인 세 개의 마티니 잔을 가리켰다.

잔이 찰랑거릴 정도로 가득한 붉은 빛의 음료.

오묘하게 투명한 그 붉은 빛이 아름다워 절로 눈길이 갔다.

"그건, '홍주'로 만든 칵테일입니다."

"호오, 식전주? 아니면 식후주인가요?"

"편하게 원하시는 대로 드셔도 됩니다."

노연우는 도진의 말이 끝나기를 무섭게 잔을 집어 들어 한 모금을 입에 머금었다.

그리고 인상을 찌푸린 채로 고개를 갸우뚱하더니 이내 잔에 남은 칵테일을 벌컥벌컥 모두 들이켰다.

탁−.

빈 잔을 소리 내어 테이블로 내려놓은 노연우는 곧장 도진에게 말했다.

"한 잔 더 주시겠습니까?"

"네? 네……."

"흠, 감사합니다."

다시금 잔을 채워 주자마자 단숨에 들이켜 버린 노연우가 재차 말을 이었다.

"한 잔 더."

노연우는 그 뒤로도 무려 두 번이나 더 '한 잔 더.'라고 말하곤 홍주 칵테일을 들이켰고…….

그런 그의 모습에 당황한 도진이 바라보고만 있자 노연우가 머쓱한 표정으로 한마디를 덧붙였다.

"입에 잘 맞아서……."

도진은 얼떨떨한 눈으로 그를 바라보며 생각했다.

이 사람 얼굴이 불콰해졌다.

설마 지금 취한 건 아니겠지?

"노연우 씨, 취하셨어요. 이거 모르는 사람이 보면 술 마시러 오신 줄 알겠네요."

"한 잔만 더⋯⋯."

"김도진 참가자, 아무래도 이 사람한테는 계산 받으셔야 할 것 같아 보이는데요."

멈출 줄 모르는 노연우의 '한 잔 더'에 조곤조곤 눈치를 줬던 김소연이 진행 요원 쪽을 바라보며 장난스러운 투로 덧붙였다.

"저기요, 여기 취객 난입했는데요."

말이야 익살스럽게 했다지만 김소연은 이런 노연우의 심정을 백분 이해했다.

'그냥 요리만 잘하는 줄 알았는데, 칵테일도 만들 수 있을 줄이야⋯⋯.'

보통 요리를 배울 때 기본적인 페어링에 관해서도 배우기는 하지만.

전공도 아닐뿐더러 따로 관심이 있지 않고서야 이렇게 자신만의 오리지널 칵테일 레시피를 만들기란 쉽지 않았다.

분명 이렇게 창의적이고 즉흥적으로 만들 수 있게 되기까지 수많은 노력을 했을 터였다.

'과연 음식은 얼마나 더 맛있을지 기대되는데.'

칵테일을 한입 맛본 김소연은 다시금 입을 열었다.

"일단 음식부터 먹어 봐야겠네요."

기대감에 마음이 급해진 김소연은 급히 식기를 들었다.

가장 먼저 스테이크를 한 입을 입에 넣자…….

진하고 구수한 된장 소스의 향이 입안에 물씬 풍겼다.

몇 번이나 씹었을까?

딱 적당한 굽기로 조리된 스테이크가 한여름 아스팔트 위에 떨어진 아이스크림처럼 순식간에 사르르 녹아 사라져 버렸다.

"안심 특유의 부드러운 텍스처를 강조하는 데 집중해 봤습니다. 함께 준비해 드린 샐러드를 곁들여서 한번 드셔 보시겠습니까?"

김소연이 스테이크를 음미하는 모습에 도진이 말을 덧붙였다.

"샐러드를 곁들여서…….'"

그녀는 도진의 말을 되새기듯 한 번 더 나이프를 들어 스테이크를 잘라 냈고.

정신을 차려 보니 어느새 아무것도 남지 않은 깨끗해진 접시만이 보였다.

부드럽게 녹아내리는 육질에 나물을 함께 곁들여 보니 아삭한 식감에 맛이 배가 됐다.

이윽고.

그녀의 시선이 자연스럽게 바로 옆에 놓인 접시 위 고추장 크림 뇨끼로 향했다.

이미 최석현과 노연우는 얼굴이 벌게진 채로 뇨끼를 시식하는 중이었고…….

"저도."

김소연도 질세라 그에 합류했다.

"혹시 뇨끼 반죽에 잘게 다진 견과류를 넣으신 걸까요?"

"네, 맞습니다."

"견과류와 감자의 고소한 맛이 어슴푸레하게 느껴지네요."

도진의 고추장 소스는 단순히 맵고 단맛을 품는 데서 그치지 않고 고소한 향까지 지닌 채였다.

잘게 다져 넣은 견과류, 으깬 감자, 마지막으로 크림소스를 잘 배합한 덕이었다.

같은 맛이 반복되어 단조롭게 느껴질 때는, 홍주 칵테일을 한 모금 들이켰고…….

그렇게 정신없이 시식을 하다 보니 어느새 심사 위원들의 앞에 놓여 있던 접시가 순식간에 텅 비어 버렸다.

아쉬운 마음에 입맛을 다신 김소연이 다시금 도진을 바라봤다.

"맛있네요."

단 한마디로 모든 것을 표현할 수 있었다.

맛있는 음식, 그리고 어울리는 술.

정말 훌륭한 저녁을 대접받은 기분이었다. 게다가 전통주를 베이스로 만든 칵테일은 실로 획기적이었다.

"어떻게 전통주로 칵테일을 만들 생각을 했죠?"

도진은 김소연의 질문을 이미 예상하고 있었다.

지금이야 전통주에 관한 관심이 크지 않았기 때문에 이런 칵테일이 흔치 않다지만…….

전통주가 관심을 받는 그 순간부터, 수많은 조합의 전통주를 이용한 칵테일들이 나왔다.

여러 바텐더 대회에서 선보인 전통주를 이용한 칵테일 레시피들은 순식간에 유행을 타서 도진의 귀에까지 들어올 정도였다.

'윤 숙수에서 이미 한번 만들어 봤기 때문에 만드는 과정이 더 수월했지.'

하지만 심사 위원들이 그걸 알 턱이 있나.

"전통주 자체의 도수가 워낙 높다 보니 그냥 먹기에는 부담스러울 수 있다고 생각했습니다. 외국에서는 흔히들 높은 도수의 술을 칵테일로 만들어 즐기기도 하니, 전통주로도 충분히 시도해 볼 수 있다고 생각했을 뿐입니다."

김소연은 그저 도진의 대답에 만족스러운 미소를 지을 수밖에 없었다.

어설프게 조합한 술이었다면 분명 아무리 음식이 좋아도 저평가될 일이었지만……

칵테일과 음식의 조화는 훌륭했다.

너무 묵직해 잘 맞지 않던 균형을 홍주 칵테일이 조화롭게 잘 바로잡아 주었다.

'정말 기대되는 신예 요리사네.'

지금 당장은 심사 위원이라지만 프로그램 촬영이 끝나고 나면 선후배이자 경쟁자가 될 터.

선배로서도, 경쟁자로서도 앞으로 발전하게 될 업계의 모습이 그려져 기대될 따름이었다.

"잘 먹었습니다. 술과 요리의 합이 아주 잘 맞네요."

심사를 마친 김소연은 그저 추후, 언젠가 도진이 레스토랑을 열게 되었을 때를 상상했다.

'과연 그 가게에는 어떤 요리와 음료가 어떤 형태로 페어링이 될지 궁금해지네.'

적어도 도진이 파인다이닝을 오픈한다면 개업 첫 손님 한 명은 확보가 된 듯했다.

⊗

심사를 마친 심사 위원들은 머리를 맞대고 총평을 나눴다.

참가자들의 탈락 여부를 나눠야 할 순간이었다.

"저는 이 참가자 좋았어요. 맛도 깔끔했고, 재료도 잘 살렸고."

"근데 좀 밋밋하지 않았나요? 딱히 생각나는 맛은 아닌 것 같은데."

"그렇게 따지면 이쪽에 좀 더 흔한 맛이었던 것 같습니다만."

본선 4차 미션에 진출한 열 명의 참가자 중, 두 명은 탈락의 고배를 마시게 될 예정이었다.

하지만 전체적으로 쟁쟁했던 심사 결과에 어떤 이들을 떨어트려야 하는가를 결정하는 것은 쉽지 않았다.

"차라리 1등을 결정하라면 쉬울 텐데요."

"그렇죠, 아무래도……."

"거참, 특출 나게 모난 요리가 없었으니."

노연우가 농담 삼아 던진 말에 다들 동조했다.

"역시 오늘의 MVP를 꼽자면 단연……."

꿀꺽-.

누구의 침을 삼키는 소리인지 알 수 없었으나 확실한 건 하나 있었다.

"지금 다 같은 생각하는 거 맞나요?"

"그런 것 같네요."

세 명의 심사 위원들은 도진의 요리를 떠올리고 있었다.

가장 마지막으로 심사했던 탓일까.

유독 입안에 진하게 그 음식들의 맛이 남아 있는 듯했다.

"후우-."

이내 한숨을 길게 내쉬어 보인 세 사람이 마주 보고 있던 고개를 아래로 툭 떨궜다.

몇 번이고 이어져 오는 탈락자 발표였지만 오늘만큼은 모두가 잘해 주었기 때문에 더욱 어려웠다.

쉽지 않은 심사 총평을 마친 뒤 심사 위원들은 이윽고 참가자들을 바라보았다.

터벅-.

그리고 노연우가 연단 앞으로 나서며 마이크를 쥐었다.

-그럼 탈락자, 공개하겠습니다.

곧장 말을 이으려던 노연우에게 눈짓을 한 김소연이 마이크를 쥐고 참가자들에게 말했다.

-탈락자 공개에 앞서 이번 미션에서 만큼은 모두 정말 훌륭했다고 말씀드리고 싶습니다. 탈락하게 된다고 하더라도 여러 미션을 거쳐 오며 성장하는 모습을 보여 준 여러분은 아직 충분히 가능성이 있다고 생각해요.

긴말에 숨을 한번 고른 김소연은 다시 한번 말을 이었다.

-탈락한다고 하더라도 언젠가는 꼭, 필드에서 볼 수 있었으면 좋겠군요.

흔치 않게 마이크를 쥔 김소연 심사 위원의 말에 참가자들은 어느새 눈가가 촉촉해져 있었다.

감동에 눈을 빛내는 참가자들 사이에서 한 사람이 훌쩍이는 소리가 들려왔다.

으레 감정에는 전염성이 있는 법.

그 소리는 곧 퍼져 다른 참가자들 또한 울먹거리게 했다.

–이거 난감하네요. 탈락자 발표를 해야 하는 제가 본의 아니게 악역이 되어 버린 것 같아서…….

난감한 표정을 지은 노연우가 말했다.

–하지만 해야 할 일은 해야 하니까. 설령 지금 탈락하게 된다고 하더라도 이게 끝이 아니란 사실은 다들 알고 계실 겁니다. 으레 노력하는 자에게는 꼭 기회가 온다고들 하지 않습니까?

위로 아닌 어색한 위로를 건넨 노연우가 말을 이었다.

–이번 미션 탈락자는…….

장내는 순식간에 고요해졌고 모두가 노연우의 입이 떨어지기를 기다리고 있었다.

–윤혜성. 그리고 안준호. 두 분 모두 수고 많으셨습니다.

이름이 불린 두 사람은 이미 예상이라도 한 듯 담담한 표정이었다.

오히려 다른 참가자들이 안타까움과 아쉬운 표정을 감추지 못했다.

마이크를 받은 윤혜성은 정희준 다음으로 나이가 많은 참가자였다.

정희준과 함께 맏형으로서 다른 어린 참가자들을 이끌며 합숙소의 분위기를 언제나 즐겁게 만들었다.

그런 그의 성격을 대변하듯 그의 마지막 인사도 밝았다.

―좋은 사람들도 많이 만나고, 많이 배울 수 있는 기회였습니다. 감사합니다!

말이 끝나자마자 곧장 마이크를 건네받은 안준호 또한 마지막 인사를 했다.

―탈락이라니 아쉽지만……. 형 말처럼 좋은 사람들도 많이 만날 수 있었고, 제 인생에 두 번 다시 없을 경험이었어요. 다들 감사했습니다.

안준호는 아쉬움을 숨기지 않고 표현했다.

그리고 훌쩍이는 참가자들을 보고는, 웃으며 외쳤다.

―이기는 사람 내 편! 누가 우승하더라도 연락하고 지내기! 다들 내가 사랑해!

과연, 익살꾼답게 안준호는 마지막까지 유쾌했다.

마지막으로 덧붙인 그의 말에 살아남은 여덟 명의 참가자는 웃음을 터트릴 수밖에 없었다.

어김없이 돌아온 목요일 밤 9시 50분.

프로그램 시작 10분 전.

처음에는 그저 엄마가 보려고 틀어 놓은 방송일 뿐이었으나, 이제는 방송하는 날만 애타게 기다리게 된 것은 고등학생이었다.

당장 오늘만 해도 그녀는 칼같이 집에 들어와 TV 앞에 앉았다.

"아, 광고 진짜 너무 길어."

"좀 기다려 봐 애, 이것도 못 기다려서야, 원……."

하지만 엄마의 잔소리에 울컥한 고등학생이 소리를 질렀다.

"그러는 엄마도 지금 못 참아서 다리 떨고 있는 거잖아!"

"아잇. 얘 성격은 진짜 누굴 닮은 거야! 내가 언제 그랬어!"

지지 않고 맞받아친 다리를 떨던 엄마가 머쓱하게 자세를 고쳐 앉았다.

모전여전이 분명했다.

그런 와중에도 고등학생은 눈이 빠지게 TV를 보고 있었다.

전 편의 마지막 장면이 너무 절묘한 곳에서 끊겼기 때문이다.

'서바이벌 국민 셰프.'

1, 2화가 방영될 때까지만 해도 그저 심드렁하게 맛있겠다는 생각만 하던 고등학생.

그녀가 이렇게 다음 화를 기다리게 된 것은 그 마지막 장면 때문이었다.

본선 1차의 미션.

도진과 이랑, 인호가 처음으로 한 팀이 되어 치른…….

그리고 이랑과 인호가 조리 방법을 두고 다투었던 그 미션이기도 했다.

"아니, 어떻게 그렇게 싸우는 분위기만 보여 주고, 거기서 끝내는 건 너무한 거 아니야?"

게다가 예고편은 더 했다.

─이 얼간이들아! 꾸물대지 말고 빨리 요리하라고!

두 사람 사이에서 허허 웃던 모습은 어디 가고 대뜸 이랑과 인호를 향해 소리를 지르는 도진의 모습.

반듯하기만 한 줄 알았던 도진이 냅다 소리를 지르는 모습에 고등학생은 깜짝 놀랐다.

언제나 살짝 미소 짓고 있는 표정이어서 몰랐는데, 인상을 찌푸리니 여간 싸늘해 보이는 게 아니었다.

도대체 그 사이에 무슨 일이 일어났기에 저렇게 소리를 질렀던 것일까.

오늘을 기다리며 혼자 상상의 나래를 펼칠 수밖에 없었다.

'화내는 모습, 좀 섹시했을지도…….'

그리고 이윽고 광고가 끝난 뒤, 3화의 방영이 시작되었고.

"헉! 박력 있어……!"

천재 셰프
회귀하다

싸늘한 눈빛으로 이랑과 인호를 쏘아붙이는 도진의 모습을 보며 고등학생은 심장을 부여잡았다.

나이가 많은 형, 누나를 휘어잡는 모습은 그야말로 박력이 넘치게 그려졌기 때문이다.

자칫 자신보다 연상에게 막말한다며 논란이 될 수 있는 장면이었으나, 고등학생이 보기에 도진은 당연히 그럴 만했다.

오디션 프로그램이니만큼 모두가 절박한 마음으로 우승하기 위해 경쟁하고 있었다.

모두 좀 더 나은 결과물을 만들기 위해 고군분투하고 있었다.

다른 참가자들은 주어진 시간 내에 완벽한 결과물을 만들고자 최선을 다하는 와중에, 그 소중한 시간을 다투느라 쓸모없이 흘려보내다니…….

'나 같아도 화날 것 같아.'

하지만 도진은 자기가 맡은 일은 프로페셔널하게 처리하면서 와중에 해결책까지 내놓고 완벽하게 마무리까지 해냈다.

도진의 말이 조금 과격한 느낌이 없지 않아 있었지만…….

그건 상냥하고 나긋하게 두 사람을 설득하기에는 부족했던 시간 탓이 분명하리라.

고등학생은 이미 그렇게 결론을 내린 뒤였다.

"진짜 쟤는 나랑 동갑인데 어떻게 저렇게 완벽하지?"

"그러게, 저 집 가서 우리 딸이랑 바꿔 달라고 그래 볼까?"

"아 씨 엄마!"

장난기 가득한 엄마의 말에 신경질을 내는 고등학생을 보며 엄마가 능청스럽게 일어나며 물었다.

"아유, 다 보고 나니까 배가 살살 고프네. 우리 딸 라면 끓여 줄까?"

"됐네요! 엄마나 많이 드세요!"

삐진 듯 새침하게 말을 던지며 일어난 고등학생은 곧장 방으로 향했다.

그러고는 침대에 털썩 누워 핸드폰을 들었다.

'서바이벌 국민 셰프 폴더.'

그동안은 어디에 글을 올릴 곳이 없어서 '기타 방송 폴더'에 카테고리를 달고 글을 올렸다.

하지만 지난 2화 방영 이후 자주 가던 커뮤니티에 어느새 생긴 폴더.

그로 인해 다른 사람들의 반응을 좀 더 쉽게 찾아볼 수 있게 되었고…….

참가자들에 대한 다양한 정보들도 수집할 수 있었다.

도진의 정확한 나이를 알 수 있었던 것도 그 덕이었다.

[New] 왔; 더; 박력 뭐야 진짜 내 남자.

[New] 다음 화 미션 궁예 들어간다. 제작진 딱 대.

…….

[New] 서바이벌 국민 셰프 2화 요리 정리 및 레시피.

예상대로 커뮤니티의 반응은 뜨거웠다.

방송이 이어지는 도중에도 게시 글이 쭉 올라왔었던 건지 새 글이 끊임없이 이어졌다.

고등학생은 그중 가장 위에 있는 인기 글을 눌러 들어갔다.

[New] 3화 요약 정리 및 포인트(feat. 형, 누나 잡아먹는 아기 호랑)

2화에서 그렇게 끝내 버리더니 진짜 말이 안 됨. 살짝 돌은 게 분명.

(형, 누나 혼내는 박력 아기 호랑 도진.GIF)

(도진 눈치 보는 이랑, 인호.GIF)

나는 무슨 소리 지르는데 으르렁거리는 줄 알았다. 오늘의 킬포 확실했음.

1, 2화 보고 순하디순한 강아지인 줄 알았던 내 새끼가 알고 보니 앙칼진 아기호랑이였던 건에 대하여…….

…….

아 그리고 다음 미션도 뭔지 너무 궁금하다.

(놀라는 참가자들. GIF)

참가자들 놀라서 어벙해지는 표정 너무 웃김. 안준호 턱 빠진 것 같음ㅋㅋㅋㅋㅋㅋ

아 진짜 오늘 편 유독 더 짧은 것 같음. 너무 슉슉 지나갔다. 제

작진, 이 정도면 주 2회 편성해 주자;;;

―다음 미션 뭔데 저렇게 놀라냐 궁금하게;;

ㄴ나 전라도 사는데 여기서 백인호랑 김도진하고 김이랑 봄. 명인이 하는 한정식집이었는데. 아 더 말하면 스포일 것 같으니까 참음. 근데 백인호 진짜 말도 안 되는 비율이더라.

ㄴ뭐야, 진짜? 한정식? 다음 미션 뭐 전통 한식 만드는 그런 건가?

ㄴ??난 강원도 여행 갔다가 정희준 봤는데? 여기도 명인이 하는 식당에서 보긴 함

ㄴ뭐야, 그럼 명인의 요리 배워서 만들기 뭐 그런 거임?

―주 2회 ㄹㅇ임. 아 아니다. 그러면 야식을 주에 두 번이나 먹어 살쪄 안 돼.

ㄴ이미 쪄 있잖아. 좀 더 찐다고 티 안 날걸.

ㄴ너 이 새끼;; 누구냐. 잡히면 가만 안 둔다. 진짜.

―배고파 죽을 것 같아서 라면 먹으면서 보는데 심사 위원들 평가 들으면서 먹으니까 라면에서 그 맛이 나는 거 같더라. 이게 혹시 그 자린고비 메타인 거냐.

ㄴ왜 이렇게 짠해…….

"큭큭, 아 진짜 사람들 미쳤나 봐."

밤새 커뮤니티를 돌아다니며 3화 방영분의 후기를 보던 고등학생은 결국 뜬눈으로 밤을 지새웠으나.

비단 그런 것은 고등학생뿐만이 아니었다.

"야, 너. 어제 봤어?"

"봤지. 김도진 미친놈……."

"백인호 왜 이렇게 잘생겼냐."

고등학생의 주변에서도 알음알음 시청자가 생기더니, 어느새 친구들 또한 애청자가 되어 있었고.

나날이 인기가 많아져 방송한 다음 날이면 등굣길에서도 '서바이벌 국민 셰프'에 대한 이야기를 들을 수 있을 정도였다.

그리고 그 말인즉슨.

'서바이벌 국민 셰프'의 시청률이 끊임없이 올라가고 있다는 말이었다.

새로운 팀, 새로운 시작

어느새 어둑어둑해진 밤.

하나같이 지친 채 숙소로 돌아온 참가자들은 모두 거실로 모여 앉았다.

"오늘 방송하는 날이었지?"

"이미 시작했죠. 형, 이거 봐요. 반응 장난 아니에요."

"뭔데?"

소파에 널브러져 앉은 그들은 미션이 너무 늦게 끝난 터라 본 방송을 확인하지 못해 뒤늦게 방송 후기를 찾아보고 있었다.

"이야, 벌써 우리 다음 미션이 뭔지도 들통나게 생겼어."

"작가님 큰일 났네."

"헉, 여기 내 얘기도 있어. 대박."

"아직 안 끝났지? 빨리 틀어 보자."

함께 방송 후기를 찾아보던 정희준이 시간을 확인하더니 급히 TV를 켰고⋯⋯.

−이 얼간이들아! 꾸물대지 말고 빨리 요리하라고!

갑작스러운 큰소리에 거실에 모여 있던 참가자들은 모두 놀라 멍해진 표정을 지었다.

순식간에 찾아온 정적을 깬 것은 다름 아닌 이랑이었다.

"Oh my gosh. 나 저때 진짜 놀랐어."

당시를 떠올리는 듯 놀란 가슴을 부여잡는 리액션을 하는 이랑의 모습에 도진이 머쓱한 표정을 지었다.

"하지만 정말 급한 상황이었는걸요."

"그래도 그렇게 소리를 치다니, 흑⋯⋯!"

훌쩍거리며 눈물을 닦는 시늉을 하는 이랑의 모습에 도진은 흔치 않게 당황했다.

"제가 미안해요. 누나, 울어요?"

"No, 안 울어. 속았지!"

"아, 진짜!"

티키타카를 주고받는 이랑과 도진의 모습에 조용했던 거실은 순식간에 웃음바다가 되었다.

함께 웃으면서도 핸드폰을 놓지 않던 희준은 대뜸 도진에게 커뮤니티의 반응이 띄워진 화면을 들이밀었다.

"근데 이렇게 보니까 도진이 박력 넘치는걸. 다들 반했다고 난리야."

[New] 왔; 더; 박력 뭐야 진짜 내 남자.

[New] 도진아, 너는 모든 걸 가지고 있지만 안동 김씨 36대손인
이 누나는 가지지 못했지.

[New] 김도진이랑 결혼하는 방법

……

[New] 아무리 그래도 말이 좀 심한 것 같은데;;

[New] 이쯤 되면 숨겨진 흑막 보스 아님?

도진은 그 아래로도 쭉 이어지는 스크롤에 민망함을 애써 감추었다.

"PD님이 제 분량을 많이 빼 주셔서 그런 거죠, 뭐."

도진은 김 PD가 자신을 '이슈 메이커'로 만들 작정인 게 분명하다고 확신했다.

이전 예고편만 봐도 알 수 있는 노릇이었다.

도진의 과격한 모습으로 시청자들의 이목을 집중시켜 일종의 논란을 만들고…….

논란이 커질수록 사람들의 관심 또한 커지게 되고, 그 관

심은 곧 시청률로 이어진다.

그렇기에 흔한 서바이벌 예능에서 악마의 편집을 멈추지 못하는 것이리라.

'앞으로는 조금 더 말을 조심해야 할지도 모르겠어.'

그런 생각을 하던 와중에 어느새 방송은 끝자락에 다다랐고…….

모두가 예고편에 집중하고 있는 모습에 도진은 조용히 자리에서 일어났다.

냉장고에 정리해야 할 짐이 가방과 보따리에 가득했기 때문이다.

"아니, 이건 또 언제 넣어 두신 거지……?"

자신도 모르는 사이에 가방에 자리를 차지하고 있는 반찬들.

그것들을 차곡차곡 냉장고에 넣으며 정리하는 도진은 너무 열중한 나머지…….

찰싹-!

누군가 다가오는 것도 눈치채지 못해 본인의 등짝을 내리치는 찰진 손길에 화들짝 놀랄 수밖에 없었다.

"으악!"

짧은 비명과 함께 뒤를 돌아본 도진의 눈앞에는 잔뜩 성난 표정의 이랑이 있었다.

그 뒤에는 인호가 이랑을 말려야 할지 말아야 할지 안절부

절못하는 것을 온몸으로 표현하고 있었다.

"너 이 씨! 우리가 얼마나 놀란 줄 알아?"

그렇게 말하는 이랑이 또 한 번 더 등짝을 휘갈기려는 듯 손을 휘둘렀다.

맞아 본 적 없는 엄마의 등짝 스매싱이란 이런 것일까.

도진은 그런 생각을 하며 무의식적으로 이랑의 사랑이 담긴 손길을 피하며 변명했다.

"아니, 그게 진짜 저도 그렇게 늦을 생각은 없었는데……."

윤 숙수는 도진에게 많은 것을 알려 주었다.

그렇기에 도진은 미션 당일 아침까지도 자신이 받은 만큼의 도리를 다하고자 했다.

그뿐이었으나, 그것이 이렇게까지 그들을 걱정시키리라고는 생각지도 못했다.

"너, 진짜 이번에는 잘못했어! 우리가 얼마나, 얼마나 걱정했는지 알아?"

"……맞아, 도진이가 잘못했어. 다음에는…… 미리 말이라도 해 줘. 또 이러면 정말, 혼낼 거야."

걱정했다며 씩씩거리는 이랑은 물론이고 평소라면 아무 말도 하지 못한 채 우물쭈물하고 있을 인호마저 말을 거들었다.

'인호 형마저 이렇게 말하다니, 정말 반성을 안 하고는 못 배기겠네.'

평생 해 본 적도 없는 어색한 형 노릇을 하는 인호의 모습에 도진은 전혀 무섭지 않았지만…….

분명 저를 걱정해서 한 말일 게 분명함이 느껴지니 괜히 고맙고 미안한 마음이 들었다.

도진은 자신이 할 수 있는 최대한 미안한 표정을 지으며 말했다.

"미안해요. 형이랑 누나가 그렇게 걱정할 줄 몰랐어요."

눈썹을 축 내려트린 채 말하는 도진의 모습은 비 맞은 강아지처럼 처량해 보였다.

도진의 그런 반응에 오히려 놀란 것은 인호와 이랑이었다.

은근히 고집이 센 도진이 이렇게 쉽게 자기 잘못을 인정할 줄 몰랐기 때문이다.

"아, 아니, 또 막 그렇게 사과할 건 아니고…….."

"그게, 그러니까 내가 잘못했어."

도진의 사과에 오히려 꼬리를 내리며 마주 사과하는 이랑과 인호.

그런 두 사람의 모습을 보며 도진은 웃음을 터트릴 수밖에 없었다.

"이번엔 진짜 제가 잘못했어요. 걱정시켜서 미안해요."

"괜찮아! 대신 다음에는 그러지 마!"

너털웃음을 지으며 거듭 사과하는 도진을 보며 이랑이 선심 쓰듯 말하는 순간.

꼬르륵―!

뱃고동 소리가 우렁차게 울렸다.

누구의 배에서 나온 건지 모를 소리에 두리번거린 세 사람은 이내 머쓱한 표정을 한 정희준을 발견했다.

"아, 미안. 진지한 얘기하는 것 같아서, 하하…… 너희는 배 안 고프니, 얘들아……?"

"저녁, 먹을까요?"

"얘들아, 저녁 먹자!"

그렇게 식탁에 모여 앉아 저녁을 함께하는 여덟 명의 참가자들.

"와, 이거 도진이가 가져온 거야?"

"뭐야? 이거 진짜 맛있다!"

비록 내일 누군가 또 떨어질지 모를 일이었지만.

힘든 하루를 보낸 뒤, 마주 앉아 밥을 먹으며 대화를 나누는 지금.

이 순간만큼은 그저 맛있는 음식을 좋은 사람들과 나눌 수 있음에 감사하는 순간이었다.

───※───

구름 한 점 없이 유난히 날이 맑은 아침.

뚜뚜 두- 굿모닝-빰빰빰-!

이른 시간부터 시끄럽게 울리는 기상나팔 소리에 참가자

들은 어리둥절한 채 거실로 모였다.

"자 자, 여러분 여기로 모이세요."

참가자들을 거실 한가운데로 모은 작가는 뒷주머니를 뒤적이더니 무언가를 꺼냈다.

그렇게 꺼낸 것은 다름 아닌……

"자 자, 다들 눈감고……. 눈 뜨라고 할 때까지 뜨면 안 됩니다!"

젓가락이었다.

"아, 작가님. 잘 자고 있었는데."

"뜬금없이 이게 뭐예요?"

"얼른 눈 감고 뽑으세요!"

자다 깬 참가자들은 불만이 가득했지만……

작가는 참가자들을 어르고 달래 눈을 감게 한 뒤 그들의 앞으로 지나가며 한 명씩 젓가락을 뽑게 했다.

"작가님, 이게 뭐예요?"

"파란색……?"

그리고 잠이 덜 깬 눈을 비비며 물었지만, 대답은 없었다.

아니 오히려 되돌아온 건 재촉이었다.

"다들 젓가락 소중히 챙기시고 빨리 편한 옷으로 갈아입고 내려오세요!"

"어어……?"

그렇게 등 떠밀려 옷을 갈아입고 나온 참가자들은 납치당

천재셰프
회귀하다

하듯 차에 태워져 운동장에 내리게 되었다.

"아니, 이게 무슨……?"

"억, 작가님, 해가 너무 눈부셔요."

"여기 어디야?"

어리둥절한 그들을 기다리고 있는 것은 다름 아닌 단상 위 걸려 있는 현수막.

[서바이벌 국민 셰프배 단합 대회]

"What is 단합 대회? 체육대회 같은 거야?"

"맞습니다, 여러분. 다들 잠은 깨셨죠?"

이랑의 의문에 답을 내려 준 것은 다름 아닌 메인 작가였다.

"이제 여덟 명밖에 남지 않은 만큼 여기까지 오는 데 고생하셨으니, 오늘은 다들 즐겁게 즐길 수 있는 단합 대회를 준비해 봤습니다."

"예에–?"

"이렇게 뜬금없이요?"

작가의 황당한 말에 참가자들은 당황을 감출 수 없었다.

이렇게 갑작스럽게 단합 대회라니.

"다들 아까 젓가락 뽑은 거 갖고 계시죠? 젓가락 끝에 칠해진 색이 같은 사람들이 한 팀이 되는 겁니다!"

참가자들은 다급히 자신의 젓가락 끝의 색을 확인하고는 고개를 획획 돌리며 다른 이들의 젓가락도 확인했고…….

"어? 인호 형, 우리 또 같은 팀이에요!"

"이렇게 같이하게 되네. 재미있겠다. 잘 부탁해, 이랑아."

"정희준…… 너 나랑 친해?"

모두가 자기 팀을 확인하고 무리를 만들자, 막내 작가가 참가자들을 향해 양손 가득 쥐고 있던 티셔츠를 내밀었다.

"옷 갈아입고 오세요!"

그 말에 빠르게 환복을 마치고 돌아온 참가자들은 티셔츠 색으로 청백 팀이 구분되었다.

청색 티셔츠를 입은 정희준을 선두로 김이랑과 정찬호, 지정현이 잇따라 줄을 지어 나왔다.

그 뒤로는 백색의 티셔츠를 입은 도진을 더불어 인호와 정다은, 김선재가 뒤따랐고…….

스태프의 안내에 따라 단상 앞에 팀별로 오와 열을 맞춰 줄을 섰다.

그리고 그 순간 그들의 옆을 지나는 한 사람.

그가 어딘가에 있을 법한 체육 교사 같은 차림을 하고 호루라기를 목에 건 채 단상 위로 올라오며 말했다.

"일동, 차렷! 준비체조 시-작!"

김 PD였다.

그리고 그의 말이 끝나기 무섭게 어딘가에서 들려오는 익

천재셰프
회귀하다

숙한 소리.

따라다라단-.

따라다라단-.

너무 오랜만에 듣게 된 익숙한 노래에 참가자들은 순식간에 웃음기 가득한 얼굴이 되었다.

딴따라단따란딴딴-.

국민체조- 시-작-!

단상 위의 김 PD가 진지한 얼굴로 체조를 시작했을 때는 그야말로 폭소가 터졌다.

"PD님, 뭐야. 절도 있어."

"와, 이걸 기억하네."

"진짜 몸이 반응한다는 게 이런 걸까."

그리고 익숙한 소리에 저도 모르게 몸을 움직이는 자신들의 모습에 한 번 더 웃음을 터트렸다.

참가자들은 이 평화로운 분위기에 동화되어 마치 고등학교 시절로 돌아온 듯한 기분이 들었다.

갑작스러운 단합 대회였지만 어느새 모두의 얼굴에 웃음이 가득했다.

체육대회의 진행은 막힘이 없었다.

준비운동을 마친 참가자들은 팀별로 커다란 나무 그늘에 자리를 잡았다.

"자, 여러분, 첫 종목으로 이인삼각 시작하겠습니다. 출전자들은 출발선으로 나와 준비해 주세요!"

분주하게 준비하던 스태프 중 한 명이 참가자들을 향해 말했다.

본격적인 체육대회의 시작이었다.

즉석에서 출전자를 뽑은 참가자들은 저마다 출발선 앞으로 다가가는 자신의 팀원을 응원했다.

"정희준, 지정현 화이팅! 지면 오늘 숙소는 못 들어온다!"

"이랑아, 제발……."

"도진아, 이기면 뽀뽀해 줄게!"

"으윽, 선재 형 더러워요."

얼결에 출전하게 된 도진은 출발선으로 향하며 또 한 번 같은 팀이 된 인호를 향해 농담을 던졌다.

"형, 이번에도 같은 팀이라니. 이 정도면 저희 전생에 무슨 인연이 있었던 게 아닐까요. 이러다 평생 함께하게 될지도."

"……짝으로…… 그랬으면 좋겠다……."

"네? 뭐라고요?"

"……아냐. 도진이 네 말이 다 맞아."

시원찮은 반응의 인호의 모습에 도진은 속으로 한숨을 내쉬었다.

'아휴, 내가 얘한테 뭘 바라냐.'

정작 인호의 빨개진 귓가는 눈치채지 못한 도진이었다.

"자, 이거 발목에 묶어 주시면 됩니다."

출발선에 선 참가자들을 향해 스태프가 두꺼운 천을 내밀었다.

도진은 천을 받아 들고 자신과 인호의 발목을 묶으며 상대팀의 출전 선수를 확인했다.

'희준 형이랑 정현이 형······.'

팬트리에서 재료를 담아 올 때를 떠올리면 정희준과 지정현은 언제나 일찍 자리로 돌아와 있었다.

결론적으로 두 사람 모두 꽤 잘 달린다는 얘기였다.

'하지만 이건 이인삼각이지.'

함께 발을 맞춰 달리는 종목이니만큼 협동이 제일 중요했다.

양 팀 모두 연습할 시간이 없었으니 출발은 비슷할 터였으나······.

벌써 세 번째 같은 팀을 하게 된 인호와는 몇 번이고 주방에서 합을 맞춰 보았다.

그렇기에 도진은 충분히 승산이 있다고 생각했다.

"아 맞다. 이거 이긴 팀에게는 영광의 순간이 주어지게 됩니다!"

시작 직전.

도진의 귓가에 스친 김 PD의 말은 이 순간을 즐기고자 했던 도진의 두 눈에 호승심을 일깨웠다.

"형, 이거 지면 방에 못 들어온다고 생각해요."

"어, 어······?"

갑작스러운 협박 아닌 협박 같은 말에 인호가 당황하기도 잠시.

"······나만 믿어!"

도진의 눈빛을 보고 자극받은 인호가 흔치 않게 힘찬 대답을 했다.

"준비······!"

그리고 이내 스태프는 준비 소리와 함께 신호탄 총을 높게 들었고.

"출발!"

탕-!

출발을 알리는 말과 함께 온 운동장에 총성이 울려 퍼지자, 양 팀은 힘차게 발을 구르기 시작했다.

"하나! 둘!"

"하나! 둘!"

정희준과 지정현은 구호에 맞춰 발을 움직였다.

그와는 정반대로 도진과 인호는 아무 말 없이 달리는 것에 집중했다.

타다다다닥-!

두 팀은 비슷한 속도로 출발해서 엎치락뒤치락했고…….

"화이팅! 김도진! 더 빨리! 할 수 있다!"

"희준이 형! 정현아! 더! 좀만 더!"

두 팀을 향한 응원의 열기는 결승 지점을 앞두고 점점 치열해지더니 이랑은 어느새 일어나서 팔을 휘저으며 소리를 치기까지 이르렀다.

그리고 결승 지점.

"골—!"

간발의 차로 먼저 결승선을 통과한 것은.

"오늘은 두 발 뻗고 침대에서 편하게 자요, 형."

"으응."

도진과 인호였다.

"와아악! 대박! 최고! So nice!"

두 사람의 먼저 골에 도착하자 이랑은 흥분해서 뛰쳐나와 도진을 껴안고 빙글거리며 우승을 축하했다.

그 모습을 본 정희준이 머리를 짚으며 이랑에게 말했다.

"저, 이랑아. 혹시 설마 잊어버리지는 않았겠지만……."

"어?"

"너 우리 팀이야……."

"어어……? 아……? 맞……네……?"

흔치 않게 이랑이 매우 당황한 모습은 모두가 결과를 잊은 채 웃음을 터트리게 했다.

모두가 웃고 있는 사이로 김 PD가 슬그머니 끼어들어 목을 가다듬었다.

"크흠흠. 저, 이인삼각 1등 하신 도진 씨와 인호 씨. 둘 중에 한 분만 나와 주시겠어요?"

"도진아, 네가……."

"제가 나갈게요."

그렇게 가벼운 마음으로 앞으로 나선 도진은.

'영광의 순간이라……. 뭐 특별 선물 같은 거라도 주나?'

뜨거운 해가 내리쬐는 정오.

잠깐의 선택으로 인해 일생일대의 갈림길에 서게 됐다.

"자, 도진 씨의 선택에 따라 청팀과 백팀의 미래가 결정되는 겁니다."

눈앞에 놓인 두 개의 뒤집혀져 있는 종이.

그 앞에서 고뇌에 빠진 도진은 침음을 흘렸다.

'어쩌다 이렇게 된 걸까.'

도진의 눈앞에 뒤집힌 채 놓여 있는 두 장의 종이.

"자, 도진 씨. 빨리 고르시죠?"

김 PD가 입꼬리를 샐쭉거리며 웃었고, 도진은 한껏 고뇌에 빠졌다.

한쪽에는 유명 셰프의 특제 도시락, 다른 한쪽에는 메인 작가의 정성 듬뿍 수제 김밥.

"자, 과연 누가 셰프님의 도시락을 먹게 될 것인지…….

도진 씨의 손에 양 팀의 운명이 결정되는 겁니다!"

"아, PD님 제발······."

과장되게 말하는 김 PD의 목소리가 오늘따라 유독 얄밉고 원망스러워지는 도진이었다.

도진은 쉽사리 결정을 내리지 못했다.

-도진 씨의 손에 양 팀의 운명이 결정되는 겁니다!

김 PD의 말이 도진의 귓가에 맴돌았다.

이런 선택은 원치 않았건만, 부담스럽기 짝이 없었다.

"이거 꼭 제가 골라야······."

"그럼요. 도진 씨가 이겼으니 특별히 선택권을 드리는 겁니다."

"그럼 보통 특제 도시락을 먹을지, 김밥을 먹을지 물어보지 않나요?"

울상을 한 채 이도 저도 못 하고 손만 갈팡질팡하는 도진을 보며 김 PD가 씩 웃었다.

"고민이 길어지시는 것 같은데 도움이 될까 싶어서 제가 준비해 봤는데요."

그렇게 말하며 도진의 눈앞에 들이민 쟁반 위에는.

"자, 여기."

고급스러운 용기에 포장되어 있는 셰프의 도시락과 메인

작가 표 특제 김밥이 포일로 포장되어 있었다.

"어어…….'

도진은 김밥을 보고는 순식간에 굳어 가는 표정을 감추지 못했다.

그리고 그 모습에 곁에서 알짱거리던 메인 작가는 다급히 변명을 시작했다.

"의외로 괜찮아요, 도진 씨. 진짜로, 저 요리 잘해요. 김밥만 좀 못 싸는 거야, 진짜."

"거, 생각보다 맛있어요."

그 말에 김 PD도 능글거리며 말을 보탰다.

하지만 보여 주기식으로 포장을 벗겨 놓은 김밥은 한눈에 보기에도 서툴렀다.

한쪽으로 몰려 있는 속 재료에 옆구리가 터져 겨우겨우 말려 있는 듯한 비주얼의 김밥.

반면 그 옆에 놓인 셰프의 도시락은 한눈에 보기에도 정갈하며 색깔마저 알록달록 예쁘게 담겨 있었다.

도시락을 확인한 도진의 시름은 더욱 싶어졌으나…….

"도진아, 뱃가죽이 등허리에 달라붙겠다!"

"지금이라면 뭐든 맛있게 먹을 수 있을 것 같아."

참가자들의 재촉을 이길 순 없었다.

"에라 모르겠다. 아무거나 고를게요!"

탁-!

눈 딱 감고 선택을 마친 도진은 조심스럽게 자신이 손을 올린 종이를 들어 올렸고…….

확인한 결과에 허탈한 웃음을 감출 수 없었다.

김 PD는 빠르게 도진의 종이를 낚아채 결과를 확인하고 싱글벙글 웃음을 지었다.

"축하드립니다! 백팀은 메인 작가의 특제 김밥! 여러분을 위해 딱 4인분만 준비했습니다!"

도진은 울상을 한 채 김 PD가 건네주는 김밥, 여덟 줄을 받아 들고 팀원들에게 돌아왔다.

"아니 도진 씨, 아직 안 먹어 봤잖아요!"

"이야……. 맛있겠다."

"진짜 맛있다니까!?"

"맛있겠다……. 특제 도시락, 맛있겠다…….."

마지막까지 도시락에 대한 미련을 버리지 못한 도진의 모습에 모두가 웃음을 터트렸다.

그 모습을 지켜보고 있던 김 PD가 모두에게 말했다.

"자 자, 다들 밥 먹을 준비하세요."

"어? PD님 저희 도시락은요?"

"맞아. 우리 아직 셰프님의 특제 도시락 못 받았어요!

그들은 과연 어떤 도시락을 받게 될지 기대에 찬 눈으로 빛나고 있었다.

"아유 참, 기다려 보세요들. 저기 여러분을 위해 셰프님이 특별히 도시락을 가지고 오셨습니다. 나와 주세요!"

김 PD의 손끝을 따라 시선을 옮겼고, 그곳에는 의외의 인물들이 서 있었다.

"어? 셰프님?"

유명 셰프는 다름 아닌…….

"네! 특별히 모셨으니 박수와 환호 부탁드립니다. 우리 심사 위원분들이 여러분들을 응원하고자 도시락을 준비해 주셨습니다!"

"우와아! 대박!"

"헉, 진짜로? 감사합니다!"

"누가 우리 도시락을 먹게 되나 궁금했는데. 맛있게 먹어요."

서바이벌 국민 셰프의 심사 위원들이었다.

청팀은 환호하며 도시락을 받아 들었고, 백팀은 그저 그들을 아련하게 바라볼 수밖에 없었다.

제작진의 도시락까지 알뜰살뜰하게 준비해 온 심사 위원들이 도시락을 나눠 주는 모습을 보던 도진과 인호는 너나할 것 없이 한숨을 쉬었다.

"저 많은 도시락 중에, 우리 도시락은 없는 거지……?"

"와 저거 봐……. 진짜 맛있겠다."

도시락의 구성은 한눈에 보기에도 알찼다.

갓 지은 듯 윤기가 반지르르 흐르는 흰 쌀밥.

찬 칸에는 전복 장조림을 비롯해 호불호 없이 모두가 좋아하는 제육볶음.

바삭한 고로케 튀김에 닭 날개 조림.

나물 반찬 4종과 더불어 후식으로 주어진 과일까지.

말 그대로 고급 도시락이었다.

그에 반해 자신들의 손에 쥐어져 있는 김밥 두 줄.

괜스레 자기 손에 들려 있는 김밥이 초라해 보인 도진이 사과했다.

"다들 제가 죄송해요. 제가, 제가 똥손이라⋯⋯."

축 처진 채 말하는 도진의 모습에 인호가 '괜찮아!'라며 다급히 위로를 건넸다.

우중충한 분위기의 백 팀은 이내 식사를 시작했고, 먼저 도진이 포일을 열어 김밥 하나를 집어 한입에 넣었고⋯⋯.

몇 번 우물거리더니 이내 꿀꺽 삼키고는 묘한 탄성을 뱉었다.

"어⋯⋯? 생각보다⋯⋯."

"그렇죠? 괜찮다니까?"

그 말에 메인 작가가 어깨를 으쓱이며 우쭐댔다.

그리고 의외의 반응에 놀란 청팀도 궁금증을 참지 못하고 '나도 한 입만⋯⋯!' 하고 달려들었으나.

"으악 이게 뭐야!"

"It's too salty!"

결과는 참혹했다.

이랑과 정현은 몇 번이고 물로 입을 헹구며 도진을 원망하는 눈으로 바라봤다.

하지만…….

"나만 당할 수 없지."

"이런……!"

"그러게, 누가 속으래요?"

결국 메인 작가의 김밥은 먹을 수 없다는 판단으로 폐기되었고, 다 함께 도시락을 나누어 먹었다.

모두가 웃고 있는 와중에 웃지 못하는 단 한 사람.

그녀는 홀로 김밥을 우물거리며 중얼거렸다.

"그렇게 짠가……? 괜찮은 것 같은데."

서바이벌 국민 셰프의 메인 작가.

방년 34세, 김미현.

그녀는 심각한 나트륨 중독이었다.

⋇

단합 대회는 알차게 준비되어 있었다.

참가자들이 쉬는 동안 제작진이 얼마나 이를 갈고 준비했는지 알 수 있을 것만 같았다.

몸으로 말해요, 고요 속의 외침 등 옛날 TV 프로그램에서

천재셰프
회귀하다

볼 법한 게임들로 다양한 명장면을 연출해 내는가 하면…….

"자, 장애물 달리기 시작하겠습니다. 선수들은 출발선으로 와 주세요!"

여느 체육대회에서 볼 법한 무난한 게임도 있었다.

"아, 진짜 대박. 허억. 헉. 웃다가 숨넘어갈 것 같아."

"진짜로요. 우리도 아까 저랬을까요?"

과연 이들은 무엇을 위해 저렇게 열심히 달리는가.

답은 쉬웠다.

탐이 나는 상품.

개인전으로 진행된 장애물 달리기에서 1등을 하면 받을 수 있는 것은 다름 아닌…….

'김소연 셰프의 뉴 레스토랑 2인 식사권.'

오픈 전인 지금부터 벌써 예약 문의가 빗발친다는 그곳의 식사권을 이렇게 구할 수 있다니.

군침이 싹 도는 상품에 모두가 진심이 될 수밖에.

장애물은 다양했다. 점프해서 공중에 걸려 있는 도넛 한입 먹기, 분유 속에 사탕 찾아 먹기 등.

그리고 그중에 가장 압권은 누가 뭐라 해도 미션 내용 수행하기였다.

"감독님! 빨리! 달려요!"

"자, 잠깐만요, 정현 씨. 저 신발이!"

안경 쓴 사람을 데려오라 그랬다고 냅다 자신을 촬영 중이던 카메라 감독님을 데리고 뛰는 사람이 있는가 하면…….

"셰프님, 가실까요?"

"어머! 나? 뭔데요?"

"이 자리에서 가장 아름다운 분을 데려오라고 해서요."

김소연은 놀란 채 눈을 동그랗게 떴다가 미션 내용을 듣고는 벌떡 일어나 희준을 따라나섰다.

"아유 참, 이 친구 사회생활을 너무 잘하네. 그 혹시 여자 친구 있어요? 내 딸이 이번에 한국에 들어오는데……."

희준의 처세에 도진은 혀를 내둘렀다.

모두가 이렇게 미션 내용을 공개하지는 않았다.

"그래서 형, 미션이 뭔데요?"

"비밀이야."

"왜요! 내 덕에 이겼잖아요!"

"비밀……."

모두가 정신없는 와중에 도진을 데리고 냅다 뛰어 일등을 차지한 인호는 끝끝내 미션 내용을 말하지 않았다.

그저 손에 쥔 상품권을 보며 히죽거리며 웃음을 지을 뿐이었다.

<hr />

단합 대회는 해가 어둑어둑해진 늦은 저녁이 되어서야 끝

이 보였다.

마지막으로 줄다리기와 박 터트리기 등의 단체전을 거친 뒤 빠르게 점수 집계를 끝낸 제작진의 우승팀 발표만을 앞두고 있었다.

흙 속에서 뒹군 듯 모두 꾀죄죄한 몰골을 한 참가자들은 결과 발표만을 기다리며

"다들 고생 많으셨습니다. 오늘 영광의 우승팀은……."

"청팀입니다!"

"우와아─!"

"우리가 이겼다!"

우승팀 호명과 동시에 환호성이 터졌고, 청팀은 서로를 얼싸안고 우승의 기쁨을 나눴다.

백팀은 아쉬움을 감추며 축하의 박수를 던졌고, 그렇게 단합 대회가 마무리되었다.

아니, 마무리되는 줄 알았다.

"자, 오늘의 단합 대회로 팀원들과 충분히 단합에 성공하신 것 같나요?"

"예?"

"오늘 함께한 팀이 다음 미션의 팀! 다음 미션은 바로 '투자자들을 설득하기'입니다."

"예에?!"

갑작스러운 미션 공지.

그에 당황한 것은 비단 도진뿐만이 아니었다.

모두가 놀라 넋을 놓은 채 정적만이 흐르는 운동장에서, 지정현의 외침만이 메아리처럼 들려왔다.

"아니 PD님, 그게 무슨 소리예요!"

이게 도대체 어떻게 된 일인가 하니.

단합 대회는 그저 빌드 업이었을 뿐이었다.

각 팀을 뽑은 뒤 단합 대회를 통해 참가자들의 결속력을 높이고…….

우승팀에게는 이번 미션의 핵심이 되는 투자 제안서를 작성하는 데에 단 1회, 심사 위원들의 도움을 받을 수 있는 기회가 주어졌다.

"아악! 이럴 줄 알았으면 더 열심히 했지!"

"그러니까. 이게 뭐야, 고작 10점 차이로……."

청팀 점수 410점.

백팀 점수 400점.

고작 10점의 차이로 도진이 속한 백팀은 우승을 놓칠 수밖에 없었다.

백팀의 모두가 분통을 터트리고 있는 와중에도 김 PD는 진행을 멈추지 않았다.

"자세한 공지는 내일 아침에 하도록 하겠습니다. 오늘은 다들 고생하셨고 푹 쉬고 내일 봐요."

"고생하셨습니다!"

"다들 차량 탑승할게요!"

촬영이 마무리된 뒤 숙소로 돌아온 참가자들은 저마다 팀별로 모여 대책 회의에 들어섰다.

"우리 진짜 어떻게 해?"

"투자 제안서를 우리끼리 어떻게 쓰냐고……."

"예시 같은 건 주겠지?"

단합 대회에서 졌기 때문에 심사 위원들에게 자문할 수 없는 백팀의 분위기는 그야말로 절망적이었다.

하지만 그중에서도 유일하게 한 사람.

도진만큼은 미소를 잃지 않은 채였다.

"다들 뭘 그렇게 걱정해요. 그냥 하면 되는 거지."

"그걸 어떻게 그냥 할 수가 있어, 우리가 사업을 해 본 것도 아닌데……."

여유롭게 말하는 도진에 김선재는 우는 소리를 냈다.

그 모습에 도진은 테이블에 올려 두었던 손을 모으며 나지막이 말했다.

"자, 지금부터 제가 하는 말 잘 들어요. 우리가 주목해야 할 건 따로 있어요."

"뭔데?"

도진의 한마디로 순식간에 세 사람의 시선이 집중되었다.

"투자 제안서를 작성할 때 가장 크게 고려해야 할 건 뭐라고 생각해요?"

"사업 방향성?"

"어떤 음식을 팔게 되는지가 가장 중요한 거 아니야?"

"수익을 올릴 방법을 어필해야 해……."

세 사람의 대답을 들은 도진이 씩 웃으며 말했다.

"다들 틀린 말은 아니지만, 그 모든 걸 하기 위해서 가장 중요한 건……."

"중요한 건?"

"바로 '투자금'이 얼마일 것인가. 그게 가장 중요해요."

보통의 투자 제안서일 경우 본인이 직접 실현 가능성이 있는 금액으로 투자금을 설정해 작성하게 된다.

하지만 이건 모의로 투자 제안서를 작성하는 것.

그렇기에…….

"분명 제작진 측에서 미리 준비해 둔 설정이 있을 거예요. 아무래도 우리가 단합 대회에 졌기 때문에 좀 더 낮은 설정 값을 받게 될 가능성이 크지만……."

아무리 투자금의 규모가 작다고 하더라도 정말 불평등한 조건은 아닐 터였다.

하늘이 무너져도 솟아날 구멍은 있을 것이다.

게다가 이미 자신은 과거에 몇 번이고 투자 제안서를 작성해 본 경험이 있었다.

'시간만 충분하다면……'

메뉴의 개요와 경쟁력부터 시작해서 점포의 상권 분석이나 매출 계획까지.

도진은 이미 머릿속으로 여러 구상을 떠올리고 있었다.

"다 방법이 있죠."

그렇게 말하는 도진의 얼굴에는 자신감이 가득 드리워져 있었다.

"여러분, 어제는 정말 고생 많으셨습니다!"

다음 날 점심, 옹기종기 모여 앉은 참가자들이 김 PD의 얼굴을 근심 가득한 얼굴로 올려다봤다.

투자자를 설득할 수 있는 사업 계획서 작성

이미 '다음 미션'에 대해 전해 들었던 까닭인지 다들 염려가 가득해 보일 따름이었다.

"물론 앞으로가 더 고생길이겠지만 말입니다!"

김 PD가 그런 참가자들의 속도 모르고 건넨 농담에 야유가 쏟아졌다.

"PD님, 너무해요!"

"잔인해!"

"속도 모르고—!"

김 PD는 비난이 더욱 커지기 전에 다급히 말을 이었다.

"자, 여러분. 저희가 어제 공지해 드렸던 미션을 분명 기억하고 계실 겁니다. 요리를 업으로 삼은 분들이 으레 그렇듯 여러분도 언젠가는 제 이름을 내건 가게를 개업하고야 말겠노라는 꿈을 품고 계시겠죠."

김 PD의 말대로 요리를 업으로 삼은 이들은 으레 자신만의 가게를 갖고자 한다.

하지만 그중 오롯이 제 자본으로 개업하는 사람의 수는 손에 꼽을 수 있을 터였다.

소수의 몇을 제외한다면 무리한 대출금을 융통하거나 투자자를 설득하는 수밖에 없다.

특히 최고급 파인다이닝 개업을 꿈꾼다면 투자 유치는 필수적인 절차나 마찬가지였다.

이번 미션은 정말 말 그대로였다.

투자자에게 자신이 품고 있는 꿈의 '가치'를 증명해 낼 것.

모든 참가자에게 필요한 경험인 동시에…….

가장 높은 난이도의 미션이 될지도 모를 노릇이었다.

"참고로 여러분께서 설득을 시도하게 될 투자자분들에 대해서 간략히 말씀드리자면, 하나같이 프로그램 제작에 도움

천재셰프
회귀하다

을 주신 건 물론이거니와 식품 및 외식 사업 전반에서 저명한 인지도를 지닌 분들이십니다."

말을 마친 김 PD가 빔 프로젝터 리모컨 버튼 하나를 '꾹−.' 누르며 부연했다.

"투자 유치를 위해 일차적으로 준비하셔야 하는 건."

이내 한쪽 벽면 위로 투자 제안서 샘플이 송출되기 시작했다.

"투자 제안서입니다."

투자 제안서란 필요한 정보와 계획 따위를 최대한 일목요연하게 전달하기 위해 작성하는 서류였다.

제한된 지면 안에서 명확한 사업 계획은 물론이거니와 다른 사업자와의 차별성까지 부각해야 한다.

만약 꿈에 대한 현실적인 고민 없이 화구 앞에 서서 묵묵하게 요리만 해 왔더라면 막연하게만 느껴질 터였다.

"그리고."

김 PD가 다시금 리모컨을 조작했다.

"여러분의 투자 제안서는 저희 제작진 측에서 설정한 조건을 기반으로 작성되어야 합니다."

이윽고 화면 위로 구체적인 조건이 나타났다.

[청팀]

사업장 개요 : 청담동 소재 4층 건물의 2층. 계약 면적 264

전용면적 231 ※ 단위 (㎡, 만 원)

　임대 조건 : 18,500/540

　특이 사항 : 건물 내 일식 오마카세와 칵테일바가 있음.

　경쟁 점포 : 유명 파인다이닝, 일식 오마카세 전문점 등.

　유치 목표 자금 : 5억

　[백팀]

　사업장 : 연희동 2층 건물 1층. 계약 면적 214 전용면적 182

※ 단위 (㎡, 만 원)

　임대 조건 : 12,000/540

　특이 사항 : 2층에 테라스가 있는 커피숍이 있음.

　경쟁 점포 : 저렴하고 가벼운 외식 프랜차이즈 점포 다수. 주
변 개인 커피숍 다수.

　유치 목표 자금 : 3억

　백팀의 팀원들은 김 PD의 말이 이어질수록 아무도 섣불
리 입을 열 수 없었다.

　투자금을 시작으로 사업장의 규모, 임대 조건과 경쟁 점포
는 물론 구체적으로 유치해야 할 자금까지.

　모든 게 구체화되며 생각해야 할 거리가 순식간에 눈덩이
처럼 불어나 버린 까닭이었다.

　"분명 상권 분석 능력을 확인할 수 있도록 경쟁 점포에 대

한 언급도 있을 거예요."

"투자금 규모의 차이가 얼마나 있을지는 모르지만, 우리
는 그 안에서 최대의 효율을 내야 해요."

"어떤 가게를 만들 것인지가 가장 키 포인트가 아닐까 싶
네. 아이덴티티가 명확해야 할 텐데……."

도진이 말한 것들이 하나, 둘 척척 들어맞고 있었기 때문
이다.

"도진아, 어떻게 해? 우리 투자금이 너무 적은 거 아니야?"

"고정비 차액이 클 것 같아서 괜찮아 보여요."

"그래도 2억이나 차이 나고 경쟁 점포도 훨씬 불리한
데……."

조건을 확인한 인호는 과연 잘 해낼 수 있을 것인지에 대
한 걱정이 앞서는 듯 보일 따름이었다.

투자 제안서를 작성해 본 경험이 전무한 데다가 조건 자체
도 불리해 보였으니 당연한 노릇이었다.

다만 도진은 초연했다.

"괜찮아요."

아니, 도리어 기대감에 가득 찬 양 보였다.

"저만 믿으세요."

지난 생에 이미 손대는 사업마다 기적적인 성공을 이룬.

또한.

까다롭기로 악명이 자자한 마그레로부터 투자를 끌어냈다.

그의 자신감에는 명확한 근거가 있었다.

아니.

자신을 위한 미션처럼 느껴질 뿐이었다.

'나쁘지 않은데?'

도진이 투자 제안서의 작성 조건을 보자마자 든 생각이었다.

아니, 오히려 이것이 기회가 될 수 있다고 생각했다.

투자금이 3억이라는 점은 확실히 아쉬운 대목이었으나…….

투자금이란 결국 이익을 얻기 위한 자본금일 뿐이었다.

'주어진 금액으로 과연 얼마만큼의 순이익을 낼 수 있는가.'

구체적인 계획과 정확한 지표를 만들어 투자자들을 설득하는 게 관건이다.

그렇기에 도진이 생각한 이번 미션의 핵심 키워드는 선택과 집중이었다.

일단.

어떤 부분에 힘을 줄 것이며 어떤 부분에서 타협을 할 것인지 명확히 정해 둬야 한다.

한데, 회의를 위해 모인 팀원들은 모두 어디서부터 시작해야 할지 막막한 표정이었다.

"자, 다들 모여 보세요."

이내 도진이 종이 위에 무언가를 빠르게 적어 내렸다.

사업장 : 연희동 2층 건물 1층. 계약 면적 214 전용면적 182
※ 단위 (㎡, 만 원)

임대 조건 : 12,000/540

특이 사항 : 2층에 테라스가 있는 커피숍이 있음.

경쟁 점포 : 저렴하고 가벼운 외식 프랜차이즈 점포 다수. 주
변 개인 커피숍 다수.

유치 목표 자금 : 3억

제작진이 설정한 백 팀의 투자 제안서 작성 기본 조건을
죄다 옮겨 놓은 채였다.

"가장 먼저 고민해 봐야 할 부분은 고정비입니다."

"고정비?"

"메뉴 코스트를 짜기에 앞서 지출을 고려해야 해요."

이내 도진이 곧장 간략한 설명을 부연했다.

"우선 최초 지출 격인 '보증금'을 가장 먼저 제외해야겠군
요. 월세 및 부가세, 관리비, 인건비 등의 기본 지출 먼저 잡
은 뒤에, 메뉴 구상 및 코스트 계산에 돌입해야겠네요."

도진을 필두로 모든 계산이 순식간에 이뤄지기 시작했다.

"자, 일단 보증금을 먼저 차감하겠습니다. 다음에는 석 달 치 월세, 인건비, 그리고 기본 재료비 정도를 제외해 두도록 하죠."

연신 '서걱, 서걱.' 하고 펜과 종이가 맞닿는 소리가 잔잔하게 울려 대기를 잠시.

"석 달 치 각종 발생 비용을 6천만 원 정도로 설정하면 남는 여유 자금은 총 1억 2천만 원 정도네요. 우리는 이 한도 내에서 인테리어, 마케팅, 시설 비용, 음식 개발까지 전부 해결해야 하는 상황인 겁니다."

그 말에 다은이 눈매를 좁혔다.

"전부 할 수 있을까?"

인호를 비롯한 다른 팀원들 역시 동조했다.

"그러게, 파인다이닝이라면 인테리어에 꽤 투자해야 할 것 같은데 아무래도 평수가 평수다 보니까……."

그 말에 도진이 곧장 도출해 낸 '정답'을 말했다.

"인더스트리얼이 좋겠네요."

"응?"

"저희 인테리어 콘셉트요."

자, 그러면 여기서 '인더스트리얼 인테리어'란 무엇인가?

19세기 산업혁명 시대 당시의 분위기를 담아 '낡은 공장'의 느낌을 주는 인테리어랄 수 있었다.

콘크리트 벽이나 거친 벽돌, 드러난 배관을 그대로 살리는 스타일로, 투박하고 빈티지한 느낌이 특징이었다.

해당 인테리어 방식은 훗날 유명 카페, 식당, 펍 등에 적용돼 SNS를 통해 인기를 끌며 대중화될 예정이었다.

비록.

아직 한국에서는 그리 알려지지 않았을지 모르나 파인다이닝이라는 업종에 적용하기에 손색이 없는 인테리어라고 확신했다.

"사진만 보셔도 짐작하실 수 있겠지만 인테리어 비용을 대폭 절감할 수 있는 방식이에요."

"확실히 비용이 많이 줄겠어."

"맞아요, 다만 자칫하면 내부 공사를 하다 만 것 같은 미흡한 느낌이 들 수 있다는 게 단점이죠."

한차례 '그럼…….' 하고 중얼거린 다은이 말문을 열었다.

"인테리어 콘셉트와 일치하는 테이블과 의자, 식기구나 장식품, 계산대까지 정말 하나하나 신중하게 설정하는 게 좋겠는데?"

도진이 손가락을 '딱!' 하고 튕겨 보인 뒤 답했다.

"네, 맞아요. 발품을 팔면 인더스트리얼 인테리어의 단점들을 상쇄할 수 있는 소품과 집기도 조금이나마 저렴하게 매입할 수 있을 거예요."

문제는 이들이 머리를 맞대고 작성한 투자 제안서가 투자자의 마음을 사로잡더라도, 한 달 안에 정신없이 이리저리 뛰어다녀야 한다는 사실이었다.

'이제 수익률을 고민할 차례인가.'

인테리어로 비용을 줄였지만, 그것만으로 수익률이 높아졌다고 할 순 없었다.

수익률을 위한 최소한의 조건은 타 업체와 차별화된 고유의 '아이덴티티'일 터였다.

이곳에서만 맛볼 수 있는, 먹을 수 없다면 안달이 날 것 같은 무언가가 있어야 한다.

"이제 상권을 토대로 주 손님층을 특정해 보죠."

멀지 않은 곳에 대학이 몇 개나 자리 잡고 있다.

그 말인즉.

이십 대가 주요 손님층이 되리란 이야기였다.

젊은이들은 무엇에 열광하는가.

작금의 시대는 SNS가 막 성행하기 시작한 무렵이다.

그들은 정말 특별함을 느낄 수 있다면……

이따금 다소 무리한 소비를 할 수도 있는 이들이다.

'일단 인테리어는 무조건 먹는다.'

젊은 층의 손님들이 친구 또는 연인과 함께 올 수 있는 너무 무겁지만은 않은 분위기의 파인다이닝.

런치와 디너 코스의 목적성을 달리 두고 런치 코스의 가격을 낮게 설정하는 쪽이 유리할 터였다.

그렇게 도진이 머릿속으로 여러 정보를 취합해 계획을 세

우느라 여념이 없던 찰나였다.

"대학 상권이니까 주요 타깃은 젊은 층이겠지?"

"뭔가 특별해지는 느낌을 받을 수 있도록······."

"저렴하지만 생소한 메뉴 세팅에 주력하면 어때?"

의견을 주고받는 인호, 다온, 선재는 모두 한껏 진지한 표정을 하고 있었다.

그 모습에 도진은 웃음을 터트렸다.

'누가 보면 진짜 창업하는 사람들인 줄 알겠네.'

비록 육체적인 나이는 자신이 가장 어릴지 모른다지만 연거푸 열렬한 토의를 거듭하는 그들의 모습을 지켜보고 있자니 풋풋한 느낌이 들었다.

"아무리 계획을 잘 세운다고 하더라도 결국 가장 중요한 건 음식의 맛이겠죠?"

도진이 세 사람의 시선을 끌었고.

"우선 투자 계획서 초안은 제가 작성해 볼 테니까 이제 슬슬 메뉴 구상을 시작해 볼까요?"

당장 우선은 레시피와 메뉴 조합을 결정하는 게 우선이었다.

"하던 일이 이렇게 반갑게 느껴질 줄이야."

"휴, 이제야 마음이 놓이네."

"그래, 일단 메뉴 구상부터 해 보자."

다들 '전문 분야'와 조우하자마자 얼굴빛이 한층 밝아졌다.

"그런데 도진아."

그때 인호가 도진을 불렀고.

"네?"

모두가 궁금해하고 있던 점을 물었다.

"너는 이런 걸 어떻게 알아?"

그 말에 도진의 시선이 방 한편에 설치된 카메라로 향했다.

"어, 그게……."

이거, 너무 뽐낸 건가?

그나저나.

뭐라고 둘러대야 하지?

"음, 그건."

정적이 흐르기를 잠시.

"그냥 TV에서 봤어요."

"TV?"

"네, 소상공인 채널에서……."

그 말에 인호의 얼굴이 한없이 심각해졌다.

의심하는 건가?

하지만 염려도 잠시뿐.

끄덕, 끄덕.

고개를 끄덕인 인호가 제 수첩에 무언가를 적기 시작했다.

　　소상공인 채널 챙겨 보기

하여튼 이래서 순진한 꼬맹이…….

아니, 인호 형이 좋다니까.

"아으, 이제 좀 가서 쉬자!"

"눈알 빠질 것 같아."

"나는 오래 서 있었더니 다리가 너무 아파."

다은을 필두로 선재와 인호가 앓는 소리를 냈다.

투자 제안서 작성을 시작하고는 꼬박 이틀 밤.

먹고 씻는 시간을 제외하고는 돌아가면서 쪽잠을 자고 투자 제안서 완성을 위해 고군분투했으니 모두 삭신이 쑤실 만도 했다.

"고생 많았어요. 오늘 하루는 다들 푹 쉬어요. 제출은 제가 하고 올게요."

그렇게 말한 도진은 모두를 방으로 돌려보낸 뒤, 익숙하게 핸드폰을 꺼내 어디론가 전화를 걸었다.

"저희 작성 다 했는데, 제출해도 될까요?"

-예? 벌써요?

"네, 바로 확인받고 싶어요."

-더 확인 안 해 봐도 되겠어요? 심사 위원분들한테 확인받을 기회는 한 번뿐인데…….

"네, 괜찮아요."

-알겠습니다. 그럼 우리 막내 작가한테 파일 보내 주면 됩니다.

"네, 감사합니다. PD님."

당황한 김 PD를 뒤로한 채 도진은 막내 작가에게 파일을 보내고는 콧노래를 흥얼거렸다.

"이제, 남은 건 실전 연습뿐인가."

중얼거리며 방으로 향하는 도진의 발걸음은 한껏 가벼워 보였다.

반면.

청팀의 팀원들은 희준을 필두로 머리를 맞대고 고민에 빠져 있었다.

"아, 이거 정말 쉽지 않은데."

"Yes! 너무 어려워-."

처음에는 순조로운 듯했다.

상대 팀에 비해 좋아 보였던 투자 제안서 작성 조건은 물론이고.

실무에서 오랜 시간 일했던 이랑과 희준 자신 또한 호텔 주방에서 일한 경험이 있었다.

그런 경험은 귀중한 자산이 되어 투자 제안서를 작성하는 데에 많은 도움이 되었다.

그렇기에 이 정도면 처음치고는 잘 준비되었다고 생각했지만…….

"이런 인테리어는 요즘 잘 안 쓰죠. 촌스러워진 지 오래되었어요. 그리고 이곳 상권 분위기와는 전체적으로 따로 노는 것 같은 느낌인데요?"

"정말 그게 좋다고 생각해요? 주변에 유명한 파인다이닝이 많아 그만큼 신경을 써야 할 게 많을 거예요."

"코스 퀄리티가 좀 떨어지는 것 같은데. 생각해 둔 레시피 같은 거 뭐 더 없어요?"

심사 위원들의 컨펌 이후 그들은 오히려 더 생각이 많아졌다.

처음에는 고급스러운 분위기의 상권 위치와 상대 팀에 비해 높은 투자금 규모로 기뻐했지만.

그것이 오히려 독이 되고 있었다.

단 한 번의 컨펌 기회.

비록 처음부터 다시 시작해야 할 노릇이었지만 희준은 그로 인해 많은 것을 깨달았다.

내 가게를 직접 운영한다는 것.

그것은 그저 요리만 잘해서 되는 것이 아니었다.

"우리 이제 이틀 남은 건가?"

"진짜 얼마 안 남았어요."

주어진 기간은 한 달이었지만, 이번 주가 지나기 전에 투자 제안서를 모두 작성해야만 다음 주부터 인테리어 공사에 들어갈 수 있었다.

모두가 머리를 맞대고 의견을 냈으나 마땅한 답이 나오지 않고, 집중력만 떨어져 가고 있던 때.

"Hay! 도진! 안녕!"

이랑이 저 멀리 지나가는 도진을 보며 반갑게 인사를 건네다 이내 죽상이 되었다.

"어 누나, 오랜만이에요. 근데 표정이 왜 그래요?"

"우리 너무 힘들어. 투자 제안서 너무 어려워."

양 팀 모두 바빴기에 오랜만에 얼굴을 마주한 이들은 서로의 안부를 물었다.

그러다 이랑이 가방을 멘 채 나갈 준비를 한 도진을 보고 고개를 갸우뚱했다.

"근데 너 어디가?"

"저희는 어제 투자 제안서 제출했어요. 이제 인테리어 공사하는 거 상담하러 가요."

이어진 도진의 말에 깜짝 놀란 정희준과 지정현이 놀라서 되물었다.

"뭐? 벌써?"

"어떻게?"

자신들은 이렇게 고전하고 있는데, 이렇게 빨리 끝낼 수 있다니.

믿을 수 없었다.

그리고 그게 정말이라면…….

희준은 마지막 동아줄을 붙잡는 심정으로 조심스레 입을 열었다.

"혹시 어떻게 그렇게 빨리 끝냈는지 물어봐도 될까?"

도진은 희준의 말에 잠시 고민하더니 테이블 위로 손짓하며 말했다.

"그럼…… 실례가 안 된다면 투자 제안서, 한번 봐도 될까요?"

"여기!"

이랑이 냉큼 투자 제안서를 도진에게 건넸고, 그걸 받아든 도진은 그 자리에 서서 빠르게 서류를 훑어보곤 입을 열었다.

"음, 일단 뚜렷하게 뭘 보여 주고자 하는지 모르겠어요. 유행하는 거 다 끌어온 느낌? 일단 콘셉트부터 확실하게 정하는 게 어때요?"

"어……?"

희준은 그 말에 머리를 한 대 맞은 듯 멍해졌다.

틀린 말이 아니었다.

청팀의 투자 제안서는 이미 성공한 사례들에서 유행한다는 것들을 끌어와 만든 것이었다.

직접 고안해 낸 거라고는 코스의 메뉴 정도.

그뿐이었다.

마음이 급급한 나머지, 여러 사례들을 짜깁기해서 투자 제안서를 작성했고……

그로 인해 투자 제안서의 분위기가 중구난방이 될 수밖에 없었던 것이었다.

"일단 그거 먼저 정하고, 마케팅이나 인테리어, 코스 메뉴 같은 것도 그에 맞춰서 다듬으면 괜찮을 것 같아요."

도진은 그 말을 끝으로 몇 가지를 더 짚어 준 뒤 늦었다며 순식간에 사라졌고, 청팀은 투자 제안서 작성에 열중했다.

그리고 어느 정도 틀을 갖추기 시작했을 때쯤.

희준은 문득 의문이 들었다.

'도진이 쟤는 도대체, 뭐 하는 애지?'

지금까지는 그저 요리에 재능이 출중한 친구라고 생각했다.

하지만 나이도 경험도 훨씬 많을 것이 분명한 자신들도 이렇게 어려움을 겪을 만큼 이번 미션은 어려웠다.

그런데도 도진은 본인 팀의 투자 제안서를 이미 끝낸 뒤, 상대팀에게 조언까지 해 주었다.

희준의 머릿속에서 문득 한 가지 생각이 스쳤다.

'도진이 쟤 어쩌면, 인생 2회 차일지도……'

물론 말도 안 되는 생각이었다.

이번 미션의 타이틀.

'투자자들을 설득할 수 있는 음식을 만들어라.'

이 미션은 프로그램 측에서 참가자들이 중간 휴식 기간을 거치는 동안 고심 끝에 만들어 낸 미션이었다.

지난번 파인다이닝 코스 요리 미션 때와 같이 모의로 세트장을 만드는 것은 물론이고…….

이번에는 참가자들이 작성한 투자 제안서를 기반으로 인테리어까지 해야 했다.

거기에다가 프로그램 투자자들과 요식 업계에서 유명한 투자자, 기업가들까지 끌어들인.

말 그대로 초대형 미션이 분명했다.

그리고 그 초대형 미션이 진행되기 이틀 전.

투자자들은 미리 두 팀의 투자 제안서를 받아 보게 되었고.

흔히들 서울 가장 노른자 땅이라고 말하는 강남구.

여러 유명 기업체들이 자리하고 있는 이곳에서 고층빌딩 하나를 통째로 차지하고 있는 한 기업체의 대표실.

그곳에서도 그들의 투자 제안서를 받아 본 이가 있었다.

통칭 '김 회장'.

그는 타고나길 돈이 많았다.

말 그대로 재벌 2세.

평생을 돈을 펑펑 쓰더라도 돈이 남아돌아 온갖 짓을 해도 절대 망하지 않을 부.

들기만 해도 모두가 부러워할 만큼의 부를 가지고 있었다.

하지만 김 회장은 그것만으로 만족하지 않았다.

어린 시절부터 사업 수완이 좋았던 그는 물려받은 회사를 키우고 또 키웠다.

그 결과 건설, 반도체, 자동차, 요식업, 통신판매업까지.

사실은 일중독이 아닌가 싶을 정도로 끊임없이 일을 벌이며 성과를 냈고.

이제는 국내엔 없어선 안 될 굴지의 기업이 되었다.

그가 요즘 가장 즐거워하는 것은 최근 투자하기 시작한 통신판매업.

그러니까 쉽게 말하자면 방송 업계였다.

지금 김 회장의 손에 들린 두 뭉치의 '투자 제안서'도 그의 일종이었다.

"자, 어디 한번 볼까."

김 회장은 이제는 곧 일흔을 앞둔 지긋해진 나이에 돋보기 안경을 쓰며 서류 뭉치를 집어 들었다.

서바이벌 국민 셰프, 청팀 투자 제안서

기본적인 틀 안에서 성실히 작성한 제안서였다.

다만 처음 작성하는 제안서라는 것이 너무 티가 났다.

본업인 요리 레시피나 주방 설비와 관련된 것은 빈틈이 없었으나…….

비용이라든가 앞으로의 운영에 대한 방식, 마케팅, 수익 구조 등.

그가 보기에는 부족한 내용들이 너무 많았다.

'열심히 하기는 했으나, 조금 아쉬운 부분이 많군.'

그렇게 생각하며 추가로 보완되었으면 하는 것들의 체크를 마친 김 회장은 다음 서류 뭉치를 집었다.

조금 전 제안서보다 두 배는 가뿐히 넘는 듯한 두께였다.

'흐음, 이건 좀 분량이 많은데?'

그런 생각을 하며 안경을 고쳐 쓴 김 회장은 한 장, 한 장 제안서를 넘길수록 두 눈이 커졌다.

마지막 장까지 모두 훑어본 그는 자세를 고쳐 앉고 다시한번 투자 제안서를 정독했다.

제안서의 내용은 모자람이 없었다.

아니, 어쩌면 최근 그가 받은 투자 제안서를 모두 통틀어도 이만한 제안서는 없다고 해도 무방했다.

'완벽하다.'

그런 말을 하기에 모자람이 없었다.

가장 첫 장, 제목 한 장을 넘기면 보이는 목차.

요식업의 가장 중점이 되는 외식 메뉴의 개요.

그리고 메뉴에 대한 경쟁력부터 시작해서 사업 목표 및 방향성과 점포 설립 계획은 물론이고…….

설비투자, 조직 인원, 식자재 조달 계획부터 영업 및 마케팅, 매출 계획까지 완벽했다.

'심지어는 상권 분석까지 해서 근처 개인 카페와 제휴를 맺을 생각까지…….'

굳이 하지 않아도 될 마케팅이라고 보일 수도 있었다.

하지만 이 근방은 대학교가 많았다.

그렇기에 점심을 이런 가격대에 형성해 두면 충분히 학생들도 기념일을 맞아 올 수 있을 법했다.

그럼 식사한 뒤 당연히 카페로 향하겠지.

아니면 카페를 방문한 이들이 다음에 이 매장을 방문하게 될 수도 있는 노릇이었다.

말 그대로 장기적으로 상부상조인 셈이었다.

'게다가 트렌트를 앞서 나가는 인테리어. 그와 맞는 SNS를 통한 마케팅 방향성.'

이런 기획이라면 당장에 추진해 볼 만했다.

심지어는 비용도 얼마 들지 않는다.

이 제안서에서 원하는 투자 금액.

고작 3억이었다.

당장 김 회장의 개인 계좌에서도 꺼내서 투자할 수 있는 금액이었다.

김 회장은 간만에 구미가 당기는 투자 제안서에 침을 꼴딱 삼켰다.

될성부른 나무는 떡잎부터 다르다고 하지 않았는가.

당장이라도 이 제안서를 작성한 이가 누구인지 궁금했던 김 회장은 가장 첫 장.

제목이 적힌 페이지로 돌아와 적혀 있는 이름을 확인했다.

'서바이벌 국민 셰프, 백팀 투자 제안서.'

그 아래 적혀 있는 네 명의 이름.

'김도진, 백인호, 정다은, 김선재.'

과연 이 투자 제안서는 이들 중 누구의 머리에서 나온 것일까.

나이가 지긋해지면 오만가지 경험하게 된다.

김 회장은 이것저것 벌여 놓은 일들이 많았기에 특히나 더 많은 경험을 했다.

그래서 그런 걸까.

어지간한 일들로는 놀라지도, 흥분할 일도 없었다.

그런 김 회장은 간만에 심장이 뛰는 것을 느꼈다.

'이건 잡아야 해.'

그의 심장이 그렇게 말하고 있었다.

김 회장은 곧장 비서를 호출했다.

"장 비서."

"네, 회장님."

비서는 그의 호출에 곧장 대표실로 들어왔다.

그리고 김 회장의 이어지는 말에 당황할 수밖에 없었다.

"이거, 미션 촬영일이 언제인가? 그날, 내 일정이 어떻게 되지?"

"네?"

"이날, 내가 직접 가야겠네. 그날 일정은 비워 두게."

장 비서는 그날 일정을 머릿속에 떠올렸다.

비울 수 없어도 비우라면 비워야 했다.

장 비서는 갑작스러운 김 회장의 지시가 도무지 이해되지 않았다.

하지만 어쩌겠는가.

"네, 알겠습니다. 일정 조율해서 다시 보고드리겠습니다!"

"그래, 나가 보게."

까라면 까야 하는 게 직장인이었다.

투자를 제안받기 위해서는

투자 제안서를 작성하며 메뉴 구상을 할 때 가장 큰 아이디어를 낸 사람은 의외로 인호였다.

"시그니처 메뉴, 도진이 네가 잘하는 걸로 하자."

"네? 그게 무슨……?"

인호가 떠올린 것은, 도진이 지금껏 만들어 온 음식들이었다.

한식과 양식을 절묘하게 섞어 낸, 흔치 않은 요리.

'어떻게 저런 생각을 할 수 있지?'

인호의 아버지가 한식의 대가라는 호칭으로 불리고, 인호 자신이 양식을 요리하지만.

한 번도 그것을 섞어 볼 생각은 하지 못했다.

오히려 한식과 양식을 뚜렷하게 구분해 두었다고 해도 과
언이 아니었다.

하지만 도진은 아니었다.

미션은 물론이고 평소에 그가 숙소에서 하는 요리들을 보
면 각 분야에 대한 구분이 없었다.

자칫하면 괴식이라고 할 법한 조합들로 그럴싸한 음식을
만들어 냈다.

심지어 맛있었다.

요리사로서 끊임없이 레시피를 연구하고 도전하는 도진의
그런 모습을 보며…….

인호는 본인의 소극적인 모습이 부끄러워졌다.

언제나 주어진 요리법대로만 공부하고, 틀에 박힌 사고로
새로운 시도는 할 생각조차 못 했다.

'평생 요리를 하겠다고 마음먹어 놓고는 고작 이 정도라
니.'

하나의 재료에도 수백 가지 레시피가 있지만, 무언가 조금
만 바꾸면 또 다른 새로운 요리가 탄생했다.

어떤 새로운 요리를 만들 수 있을지는 요리사의 열정에 달
려 있었다.

그리고 도진에게는 그 열정이 있었고, 인호는 도진의 그
열정이 닮고 싶었다.

반면 도진은 전혀 생각지도 못한 표정을 하고 있었다.

'내가 왜 그 생각을 못 했지?'

지금 이 시기라면 양식과 한식의 퓨전 요리가 드물었다.

과거에야 이미 여기저기서 한식의 붐이 일어나고 퓨전 요리를 하려는 이들이 많았지만, 지금은 아니었다.

게다가 오히려 외국에서 값비싼 재료를 수입해 오지 않고 국내에서 나는 재료들로 음식을 만든다면……

오히려 재료 수급이 원활하게 이루어질 수 있을 터였다.

재료 수입에 돈을 덜 들이는 만큼, 그 돈으로 국내에서 더 좋은 재료를 구매할 수도 있었다.

머릿속으로 계산을 마친 도진이 말했다.

"좋아요. 그럼 퓨전 요리를 주제로 잡고, 주재료를 국내에서 나는 재료 위주로 사용해 보죠."

바로 직전 미션, 지역 특산물로 요리하기.

도진은 특산물이라고 불리게 된 이유가 다 있다고 생각했다.

그곳의 토양과 농지, 환경.

그 모든 조건이 뒷받침되었기 때문에 특산물이라고 불릴 만큼 양질의 재료가 생산된다.

"너무 느끼할 수 있으니까 여기에 매콤한 걸 조금 추가했으면 좋겠어요."

"이런 식으로 만들어서 망치랑 같이 두면 어때? 깨부숴서 먹을 수 있게."

"여기는 색감이 너무 부족한 것 같아. 어떻게 해야 할까?"

그렇게 숙소 주방에서 하룻밤을 꼬박 새워 기초적인 레시피를 만들어 제출한 뒤.

주방에서 직접 시연해 보며 여러 시행착오를 겪었다.

그리고.

마침내 완벽하게 레시피를 만들어 낸 지금.

"빨리! 너무 늦어요!"

"예! 셰프!"

본격적으로 미션이 진행되기 전날 밤.

도진과 백인호, 정다은과 김선재는 오픈 전 손발을 맞추기 위해 늦은 시간이 되도록 주방을 지켰다.

"다 같이 먹어 보고 피드백 나눠 보죠."

"예, 셰프!"

인더스트리얼 인테리어로 꾸민 내부와 어우러지게 스테인리스 재질로 구성된 주방 설비들은 중고인 것치고 매우 깨끗해 새것같이 반짝거렸다.

직접 발품을 팔아 구매한 자잘한 식기류와 가게를 꾸미기 위한 소품들의 분위기는 한데 어우러져 그럴듯한 모양새를 띠고 있었고…….

늦은 밤 그 적막한 세트장 가운데 환히 켜진 주방에서 땀을 흘리며 열정을 나누는 이들의 모습은 정말 오픈이 임박한 가게처럼 보였다.

그리고 그 중심에선 도진은 여태껏 보여 왔던 모습 중 가장 반짝이는 눈을 하고 있었다.

⚜

　고등학생은 일찌감치 귀가한 뒤 씻고 TV 앞을 차지했다.
　매주 목요일만 기다리고 있다고 해도 과언이 아닐 만큼 그녀는 이 예능 프로에 푹 빠져 있었다.
　방송 시작 전 여느 때와 다름없이 SNS에 '#서바이벌_국민셰프'를 검색하고 있던 찰나.
　"어, 이게 무슨……?"
　고등학생은 제 눈을 의심할 수밖에 없었다.

　[인기글] 대박 스포 하나 한다.
　조만간 큰 미션 하나 온다.
　일단 나는 좀 소규모 인테리어 회사에서 일함.
　근데 얼마 전에 기간은 촉박한데 돈을 많이 준다는 방송국 의뢰가 들어왔음.
　그럼 어떡해. 회사 입장에선 당연히 기한 맞춘다 그러고 받아야지.
　비밀 유지 조항 있어서 자세히는 말 못 하는데, 요즘 꽤 핫한 프로그램 모의 세트장 짓는 거였음.
　참가자들이 직접 구상한 내용을 바탕으로 만들어서 진짜 가게 하나 만드는 느낌이었는데, 진짜 힘들었는데 그래도 재밌었다.

　나도 보던 프로그램이라 연예인 보는 기분 들기도 하고 중간중간에 참가자들이 간식도 챙겨 줬는데 진짜 맛있더라.

　괜히 요리하는 애들이 아닌 것 같음.

　아무튼 이렇게 세트장 만든 거 보면 뭐 초대 같은 거 하지 않을까 싶은데, 그럼 시청자들도 초대하고 그럴 가능성도 있지 않을까?

　제발 그랬으면 좋겠다. 각 잡고 만든 음식 직접 먹어 보고 싶음.

　└그래서 무슨 프로그램인데?

　└쓰니 이거 진짜면 곤란한 거 아니야? 이거 그거 같은데 ㅅㅂㅇㅂ ㄱㅁㅅㅍ. 이 글 이슈 되면 회사에서 징계받을 수도.

　└아 근데 이거 진짜였으면 좋겠다. 나도 걔네 요리 먹어 보고 싶어 ㅜㅜ

　　└…….

캡처된 채 떠도는 글의 출처는 쉽게 찾을 수 있었다.

누군가가 이미 링크를 올려놓았기 때문이다.

'톡―' 하는 가벼운 터치로 원본 글에 들어간 고등학생은 한참 밑으로도 이어진 댓글을 보며 한 가지의 결론을 도출해 냈다.

　서바이벌 국민 셰프 시청자 초청 미션이 있을 수도 있다!

천재 셰프
회귀하다

고등학생은 떨리는 심장을 부여잡고 나지막이 입을 열었다.

"엄마, 지금부터 물 떠 놓고 기도하면 조상신이 나를 어여
삐 여기셔서 내 소원도 이뤄 주실까?"

"앤 또 무슨 소리를 하는 거야. 조용히 하고 TV나 봐. 너
좋아하는 도준인지, 도진인지 나온다, 애."

고등학생이 한탄하는 사이, 시작된 프로그램.

"와, 진짜…… 진짜 대박……."

지난 3화 끝자락에서 보여 준 서바이벌 국민 셰프 4화의
예고편.

참가자들이 놀라는 표정에 모두가 궁금해했던 그 미션.

─방금 드신 김소연 셰프의 요리를 똑같이 만들어 주세요.

모두가 혼란에 빠진 그 미션을 도진이 완벽하게 해냈기 때
문이다.

도진의 요리를 보고 감탄하는 심사 위원들의 표정이 클로
즈업으로 반복되어 재생되었다.

그 모습에 함께 프로그램을 시청하던 고등학생과 엄마는
방송을 보는 내내 감탄할 수밖에 없었다.

"엄마, 엄마도 저렇게 보고, 맛보면 똑같이 할 수 있어?"

"애는 무슨! 그런 말도 안 되는 소리를 해. 먹어 본다고 똑
같이 만들 수 있으면 엄마도 저기 나갔지!"

고등학생은 엄마의 말에 깔깔 웃으며 핸드폰을 집어 들었다.

도저히 커뮤니티의 실시간 반응이 궁금해서 참을 수 없었기 때문이다.

[New] 김도진은 미친놈이 분명하다.

[New] 아 방송 너무 주작 티가 나서 하차 각임;; 말 안댐;;

[New] 이거 ㄹㅇ 실화임?

…….

[New] 김소연 셰프 약력

커뮤니티를 둘러보던 고등학생은 뭔가에 홀린 듯 방금 올라온 게시 글을 눌러 볼 수밖에 없었다.

그도 그럴 것이 도저히 궁금할 수밖에 없는 제목이었다.

[New] 나 이번 회 차 나온 방송 스태프 보조 일일 알바 했었는데…….

다들 지금 주작이다 뭐다 하는데 이게 조작될 수가 없음;;

이번 미션이 진짜 말이 안 되는 게;;

방송에는 내용이 잘렸는지 안 나왔는데 이게 이번에 가게 개점한다고 새로 만든 메뉴라고 그랬거든.

도저히 이걸 미리 레시피를 빼돌린다? 이거는 셰프 본인이 유출한 건데.

어느 누가 본인 가게에 시그니처 메뉴라고 내놓을 걸 유출을 하겠냐;;

사실 이게 미션으로 나온 거 자체가 김소연 셰프의 상당한 도박인 게 분명함.

└아니, 그럼 저게 진짜로 그냥 저기서 먹어 보고 똑같이 만든 거임?

└와 역시 갓도진. 5252 믿고 있었다구!

└구라 치지 마;; 아무리 미각이 예민하다 그래도 저게 말이 되냐.

-차라리 백인호처럼 비슷하게나마 만든 거였으면 어느 정도 인정할 수 있을 듯.

방송이 주작이다, 아니다로 논란이 불붙은 가운데.

어찌 되었든 커뮤니티는 도진이 완벽하게 재현한 요리로 인해 후끈 달아올라 있었다.

⬥

오늘 하루 동안.

투자자들은 청팀과 백팀, 각각의 요리를 맛볼 예정이었다.

투자 제안서에 작성된 내용을 어떻게 실현시킬 것인지 직접 확인하고 평가하게 되는 순간이기도 했다.

제작진이 며칠 동안 숱한 고민에 걸쳐 만들어 낸 미션답게 이번 미션에 섭외된 투자자들은 이름만 들어도 알 법한 이들이 많았다.

2마트의 그 유명한 PB(Private Brand : 자체 상표)를 기획하고 만들어 낸 사업가부터 시작해서, 외식 프랜차이즈계의 유명 인사까지.

개중에는 이미 참가자들의 신상부터 시작해 이 프로그램이 얼마나 가치가 있는지까지 알아본 이들도 있었다.

쓸데없는 일에 시간을 쓰지 않는, 과연 시간을 들일 만큼 가치가 있는 일인가를 고민하는 사람들.

말 그대로 시간이 금인 이들이었다.

투자자들은 먼저 받아 본 청팀과 백팀의 투자 제안서를 통해 충분한 파악을 끝냈고.

기업 대부분은 최고 결정권자가 아닌 어느 정도 의결권을 낼 수 있는 직위에 있는 이들이 방문했다.

심지어 그들조차 각 팀의 점심과 저녁을 모두 먹어 볼 수 있을 만큼 시간적 여유가 많지 않았다.

그렇기에 원래 제작진은 이틀에 걸쳐 평가가 이루어지길 원했으나…….

점심에는 청팀의 코스를, 저녁에는 백팀의 코스를 먹는 등, 각자의 편한 일정에 맞추어 방문하는 것으로 합의할 수밖에 없었다.

물론 그저 흥미를 좇아온 이들도 있었다.

바로 여기, 김 회장처럼.

김 회장은 이미 점심.

청팀의 파인다이닝에서 런치 코스를 즐기고 왔다.

"흠흠, 즐거운 경험이구먼."

청팀의 투자 제안서는 주어진 예시를 열심히 활용했다는 것이 느껴졌다.

그 말인즉슨, 내용적인 측면에서 아쉬움이 많았다는 의미였다.

좋은 재료를 사용해 맛있는 음식을 만들고자 하는 의지는 충분히 느껴졌지만……

인건비나 그 외의 기타 부대비용까지는 미처 고려하지 못한 것이 느껴졌다.

하나 인테리어의 경우 오히려 제안서에 작성된 내용보다 훨씬 좋았다.

청담동이라는 지역 분위기에 맞춘 듯 고급스러운 분위기.

화이트 톤을 기반으로 다크 블루와 우드를 포인트를 주어 전체적으로 현대적인 분위기를 살렸다.

그리고 그에 맞는 값비싼 재료들의 코스.

부족함이 없지는 않았으나, 충분히 조율해 나갈 수 있을 문제들이었다.

투자 제안서를 백 퍼센트 구현한다는 것은 쉽지 않은 일이다.

하지만 그만큼 자신이 생각한 것을 투자 제안서에 옮기는 것도 쉽지 않은 일이었다.

당장 청팀의 투자 제안서와 직접 마주한 현실만 보더라도 알 수 있었다.

많이 써 보고 고심한 사람의 투자 제안서는 티가 날 수밖에 없었다.

그렇기에 김 회장은 백팀이 과연 얼마나 그 제안서의 내용을 구현해 냈을지 궁금했다.

"할아버지! 빨리 들어가요!"

"그래 들어가자꾸나."

김 회장은 자신을 재촉하는 손녀 김유정과 함께 백팀의 세트장으로 발길을 옮겼다.

그리고.

김 회장은 감탄할 수밖에 없었다.

노출 콘크리트로 마감된 벽.

에폭시를 이용한 빈티지한 느낌의 바닥 시공.

파이프라인이 그대로 드러나는 천장.

검은색 계열의 커튼과 어두운 톤의 원목 테이블.

그리고 각 테이블 위로 쏟아지는 백색 조명.

고급스러운 느낌을 살린 청팀의 인테리어와는 정반대의 분위기였다.

날 것 그대로 느낌이었다.

천재셰프
회귀하다

제안서에 적은 인테리어를 완벽하게 구현해 낸 것만 같았다.

아니, 예상한 것보다 오히려 훨씬 좋았다.

"할아버지! 여기! 나랑 같이 사진 찍어요!"

김유정은 계산대 옆에 위치에 큼직한 아치형 전신 거울 앞으로 김 회장을 이끌더니 팔짱을 끼고는 일명 '거울 샷'을 찍어 댔다.

어느 정도 촬영 음이 잦아들자 옆에서 기다리고 있던 홀 서버가 말했다.

"자리 안내해 드리겠습니다."

김 회장이 홀 서버의 안내를 따라 자리로 가는 와중.

찰칵-.

찰칵-.

김유정은 그의 팔짱을 풀지 않은 채 김 회장을 따라가며 사진을 찍어 대기 바빴다.

김 회장은 마치 어린아이처럼 신난 김유정을 바라보며 흐뭇한 표정을 감추지 않았다.

그리고 안내받은 자리에 앉은 김 회장은 가까이서 본 테이블의 분위기에 내심 감탄했다.

'조명이 바로 위에서 떨어져서 그런지 마치 스포트라이트를 받은 기분이야.'

테이블 바로 위에서 떨어지는 조명은 오롯이 이 테이블만

비출 정도의 불빛이었다.

조도까지 신경 쓴 인테리어가 분명했다.

게다가 유심히 보니 창문의 모양이 들쭉날쭉하니 통일되지 않았다.

공간 특유의 단점인 듯했으나 테이블 배치를 자유롭게 해서 오히려 그것이 장점으로 바꾼 듯했다.

'낮에 오게 된다면 빛이 들어오는 방향에 따라 밤과는 또 다른 분위기를 자아낼 것 같군.'

실내를 둘러본 김 회장이 이내 테이블 위를 보고는 저도 모르게 감탄을 뱉었다.

"이건……."

새하얀 앞 접시를 제외하면 식기 같은 테이블 웨어 또한 가게 내부와 비슷한 색깔 배색으로 맞춰져 있었다.

'상당히 섬세하다. 과연 이 정도라면 요리는 어떨지 궁금하군.'

이미 투자 제안서를 통해 어떤 메뉴가 나올지는 알고 있었다.

하지만 그들의 메뉴는 보는 것만으로는 상상이 가지 않는 맛이었기에.

'항정살 페퍼 메주 파스타라…….'

김 회장의 궁금증은 이미 하늘을 뚫을 기세였다.

"항정살 페퍼 메주 파스타와 전복 솥 밥 리소토 나왔습니다."

"와아아! 감사합니다!"

김 회장은 잔뜩 들뜬 손녀딸 김유정을 보며 흐뭇한 미소를 지었다.

찰칵-.

찰칵-.

김유정은 가게에 들어오고부터 음식이 나오기까지 연신 사진을 찍어 댔다.

지금도 새로운 메뉴가 나오자 신나서 핸드폰 먼저 꺼내는 그녀를 보며 김 회장이 물었다.

"뭐가 그렇게도 좋아서 싱글벙글할꼬."

"아유, 할아버지도 참. 신기하니까 그러죠!"

"하긴, 어디 가서 이런 음식을 먹어 볼 수 있겠어."

그저 메뉴 이름만 봤을 때는 짐작할 수 없었던 조합.

메주와 항정살, 그리고 파스타라니.

상상도 할 수 없는 맛이었다.

그리고 한 입.

음식을 맛본 김 회장은 놀랐다.

그저 보여 주기식일지도 모른다고 생각했다.

어디서 흔하게 볼 수 없는 메뉴였기에 특이한 SNS 업로드용 메뉴일 것이라고.

하지만 그건 김 회장의 착각이었다.

'메주가 들어가서 그런지, 파스타에서 구수하고 깊은 감칠맛이 나는군.'

항정살의 기름진 맛과 크림의 맛으로 인해 자칫 느끼해질 수 있는 요리였다.

하지만 고운 청양고추 가루가 들어가 적당히 매콤한 맛이 입안에 감돌았다.

양식을 즐겨하지 않는 그의 입맛에도 부담스럽지 않은.

전혀 대중적이지 않은 이름의 메뉴였으나 한국인이라면 누구나 좋아할 만한 맛이었다.

"음! 진짜 맛있다. 할아버지 이것도 좀 드셔 보세요!"

"허허, 그래. 어디 한번 먹어 볼까?"

김 회장은 김유정의 말에 그녀가 선택한 전복 솥 밥 리소토를 한입 들었다.

전복 내장과 바질페스토를 베이스로 만들어진 리소토는 부드럽게 혀끝을 감쌌다.

전복의 쫀득함이 리소토의 식감을 살려 주었다.

전체적인 균형이 훌륭한 맛이었다.

하지만 김 회장이 신경 쓰이는 것은 따로 있었다.

'이건 무슨 소스지?'

천재셰프
회귀하다

염도를 각자 조절할 수 있도록 준비해 둔 간장 소스.

잘게 조각난 깻잎의 향긋함이 기분이 좋았다.

적당히 짭짤하고 신맛이 입맛을 돋워 주었다.

그냥 먹어도 부드럽고 고소한 맛이었으나, 소스를 곁들이니.

'맛있다.'

상상 이상이었다.

투자 제안서를 보고 기대한 것은 분명했지만······.

김 회장은 고작 서바이벌 프로그램에서 이 정도의 퀄리티 있는 음식이 나오리라고는 생각하지도 못했다.

음식도 술도, 그저 적당히 구색만 갖춘 코스이리라는 생각이었다.

하지만 첫 아뮤즈 부시부터 시작해서 주요리가 나올 때까지.

인테리어와 맞춘 듯한 식기류와 접시들은 물론이고 그 모든 접시 하나하나에서 정성이 느껴졌다.

감각적인 플레이팅부터 시작해 코스 전체의 조화로움까지.

'요리를 먹는 사람을 위한 배려가 느껴져.'

그리고 가장 마지막 코스.

디저트로 나온 현미로 만든 크리스피와 바닐라 아이스크림은 순식간에 사라졌다.

부드러운 아이스크림에 바삭한 식감의 크리스피는 마지막까지 빈틈없이 코스를 꽉 채워 주는 느낌이었다.

김유정은 한껏 배불리 먹어 통통해진 배를 두드리면서도 연거푸 디저트 수저를 놓지 못한 채 바닥까지 긁어 먹을 기세였다.

"와, 진짜 배부르다! 할아버지, 너무너무 맛있었어요."

"그래, 정말 그렇구나."

"다음에 또 올 수 있으면 좋겠다."

한껏 배가 불러 늘어진 손녀딸을 보며 김 회장은 생각했다.

'지금껏 퓨전 한식이라고 나온 것 중 이렇게 한식이 도드라지는 예는 없었다.'

사실상 거의 처음이라고 봐도 무방했다.

퓨전 한식이라고 해 봤자, 제대로 된 조합을 이루지 못해 한식 재료를 사용한 어중간한 양식 요리가 대부분이었다.

하지만 이 요리들은 달랐다.

누구보다 한식과 어울리는 재료들을 이용해 과감하고 훌륭한 조화를 만들어 냈다.

김 회장은 지금껏 수많은 파인다이닝과 레스토랑을 다녀봤음에도 이런 참신한 메뉴는 맛본 적 없었다.

'아마 실제 가게가 아니라 프로그램 미션이었기 때문에 좀 더 과감한 도전을 할 수 있었을 테지.'

김 회장은 식사가 이어질수록 참을 수 없는 궁금증이 생겼다.

'투자 제안서와 요리 레시피를 짠 사람이 과연 같은 사람일까?'

이 완벽한 투자 제안서에, 요리 레시피까지 본인이 직접 짰다면.

더할 나위 없이 완벽한 인재가 분명했다.

김 회장은 참을 수 없는 궁금증에 결국.

"저기."

"네, 식사는 맛있게 하셨나요?"

"식사는 아주 훌륭했네. 다름이 아니라 내가 부탁이 하나 있는데……."

홀 서버에게 작은 부탁을 하나 할 수밖에 없었고.

"안녕하십니까. 찾으셨다고 들었습니다."

이내 자신의 앞에 서서 인사하는 이를 보고 생각했다.

'이 친구, 상당히 어려 보이는데.'

저 멀리서부터 꼿꼿하고 바른 자세로 자신의 앞까지 걸어와, 침착하게 허리 숙여 인사하는 도진의 모습은 그야말로 정갈했다.

긴장할 법도 한데 전혀 떨림 없는 목소리로 자신을 소개하는 모습은 더욱 인상 깊었다.

'기백이 좋아.'

굴지의 대기업 회장이라는 지금의 자리까지 오르게 해 준이 직감은 언제나 김 회장을 배신한 적이 없었다.

그의 직감이 말해 주고 있었다.

'놓치면 안 되겠어.'

"저, 셰프님, 손님께서 부르시는데요?"

"네? 저를요?"

"주방 총책임자가 누구시냐고……."

그렇게 말한 홀 서버는 도진에게 몇 번 테이블인지 알려 준 뒤 다시 홀로 나갔다.

도진은 어리둥절한 표정을 감추지 못했다.

'이게 무슨 일이지?'

깜짝 놀랄 만큼 정신없이 지나간 점심에 비해 저녁은 어느 정도 익숙해졌는지 다들 능숙해졌다.

그런데 갑작스러운 손님의 호출이라니.

도진은 놀란 마음을 다스리며 김 회장의 테이블에 나간 음식들을 복기했다.

'아무리 생각해 봐도 아무 문제가 없었는데.'

첫 아뮤즈 부시부터 마지막 디저트와 커피까지.

한 번의 실수 없이 모두 깔끔하게 나갔음이 분명했다.

'근데 왜?'

도진은 아무리 생각해 봐도 알 수 없는 영문에 김 회장의 자리로 향했다.

"주방 총책임을 맡은 김도진입니다."

"김도진…… 투자 제안서 가장 맨 앞에 있던 이름이군."

김 회장은 도진을 한번 훑어보곤 말했다.

"상당히 어려 보이는데, 혹시 몇 살인지 물어봐도 되겠나?"

"열여덟 살입니다."

"우리 손녀딸보다도 어리군. 그런데도 그런 막중한 자리라니, 대단하구먼."

"감사합니다."

도진은 김 회장의 말에 허리를 꾸벅 숙여 인사했다.

그리고 이어지는 김 회장의 질문에도 성실히 답변했지만…….

도무지 김 회장이 자신을 왜 불렀는지 알 수 없는 노릇이었다.

요리는 전문적으로 배운 것이냐.

가족 관계는 어떻게 되는가.

또 앞으로 계속 요리를 할 것인가.

프로그램에 출연하게 된 계기는 무엇인가.

어찌 보면 지극히 사적인 질문들이었다.

그럼에도 도진은 의중을 알 수 없는 그 질문들에 성실히 답변을 이었다.

"흠흠, 내가 너무 바쁜 사람을 오래 붙잡고 있었구먼. 미안하네, 도진 군."

"아닙니다. 어르신."

몇 번의 질의응답 끝에 호칭 정리까지 끝낸 두 사람.

도진은 미안하다며 사과하는 김 회장을 향해 넌지시 물었다.

"저, 그런데 혹시 저도 질문 하나 해도 되겠습니까?"

"음, 물론이지. 말해 보게나."

김 회장은 얼마든지 질문해도 상관없다는 듯 도진을 향해 몸을 돌려 앉았다.

"그래서 저는 왜 부르셨던 건가요? 혹시 무슨 문제라도……?"

김 회장이 눈을 크게 뜨며 놀랐다.

"아이고, 내 정신 좀 보게. 가장 중요한 걸 얘기하지 않았구먼."

"네……?"

"음식은 정말 맛있었네. 아주 훌륭했어."

맛있게 먹었다며 말하는 김 회장의 말에 도진은 안도했다.

하지만 이어지는 질문에 한순간도 긴장을 놓칠 수 없었다.

"내가 자네를 부른 건 다름이 아니라 이 투자 제안서를 작성한 사람이 누구인지 궁금해서였네."

옆집 할아버지같이 다정함을 띠던 김 회장의 눈빛이 순식간에 날카롭게 돌변했다.

"혹시, 자네가 적었는가?"

도진은 김 회장의 물음이 어떤 의도가 숨어 있는지 알 수 없었다.

무언가 음식에 문제라도 있었던 것인가 했으나…….

갑자기 투자 제안서를 물어보다니.

"팀원들 모두 의견을 내고, 전체적인 정리는 제가 했습니다."

"그렇군. 뭐, 자세한 건 방송을 보면 알 수 있겠지."

김 회장은 그렇게 말하면서 도진에게 명함을 내밀었다.

"이게 무슨……."

얼떨결에 명함을 건네받은 도진은 당황한 얼굴로 김 회장을 쳐다보았다.

"받아 두게. 혹시 뭐든 도움이 필요할 때 연락하고. 맛있게 잘 먹었네."

김 회장은 도진의 어깨를 토닥이며 손녀 김유정과 자리를 떠났다.

어리둥절한 채 비어 버린 자리를 멍하니 보던 도진이 금세 정신을 차렸다.

도진은 다시 주방으로 향하며 손에 쥔 명함을 보고 얼굴에 물음표를 띄울 수밖에 없었다.

"어……?"

어디에나 있는 익숙한 상표.
너무나도 익숙한 이름.
대기업 중에서도 단연 최고라고 불리는.
그 이름이 적혀 있었다.

주식회사 제일

하지만 도진이 놀란 건 그뿐이 아니었다.
'도대체 이런 분이 왜 여기를……? 아니, 왜 나한테 명함
을 남기신 거지?'
우리나라 최고의 기업가이자 투자자.
주식회사 제일을 지금의 위치까지 끌어올린 장본인.
손대는 것마다 성공하게 한다는 그 소문의 당사자.
'대표이사 김갑수.'
그의 이름이 적혀 있었다.
도진은 손에 쥔 명함을 멍하니 쳐다볼 수밖에 없었다.

✶

김유정. 그녀의 나이 스물두 살.
현재 직업 대학생. 특징 금수저.
취미는 별스타그램 업로드.

천재셰프
회귀하다

특기는 사진 찍기.

좋아하는 것 맛있는 음식 먹기.

세상에서 가장 좋아하는 사람, 할아버지.

그녀는 지금 매우 신나 있었다.

"나 이것도 사도 돼요?"

"그럼 물론이지. 우리 유정이 갖고 싶은 거 이 할아버지가 다 사 주마."

오랜만에 할아버지인 김 회장과 함께하는 시간이었기 때문이다.

김유정은 김 회장의 막내 손녀딸로, 딸이 귀한 집안에 태어나 온갖 예쁨을 독차지했다.

특히 딸을 무척이나 바랐지만, 줄줄이 아들만 낳았던 김 회장은 집안의 유일한 딸인 김유정을 유독 예뻐했고…….

바쁜 와중에도 그녀가 갖고 싶다는 것, 하고 싶다는 것은 어떻게 해서든 모두 들어줄 정도였다.

"회장님, 시간 되셨습니다."

"벌써? 시간이 빠르구먼. 유정아, 이제 저녁 먹으러 가자꾸나."

"또 그 무슨 방송? 그거 가는 거예요?"

"그래그래, 이번에는 유정이 너도 마음에 들 것 같구나."

할아버지가 그렇게 말씀하셨다고는 해도, 김유정은 별반 기대하지 않았다.

점심에 들렀던 곳은 할아버지와 평소 가던 곳과 별반 다를 게 없는 곳이었다.

게다가 방송 프로그램을 위해 준비한 곳이다 보니 흔히 가던 파인다이닝 정도의 서비스를 기대할 수도 없었다.

하지만 막상 도착한 그곳은.

'여기 완전 대박이잖아!'

흔히 볼 수 없을 법한 가게의 인테리어가 낯설 법했음에도 불구하고…….

곳곳의 포토존은 그녀의 마음에 쏙 들었다.

특히 들어서자마자 보인 커다란 전신거울은 도저히 셀카를 안 찍고 넘어간다면 두고두고 후회될 것만 같았다.

그뿐만 아니었다.

심지어 식사 메뉴도 완전히 새로웠다.

'이런 건 안 올릴 수가 없지.'

비밀 조항이 있어 내부 사진을 방송일 전까지 공개하면 안 된다는 이야기를 들었지만.

알 게 무엇인가.

술도 한잔 걸친 그녀는 기분이 좋아도 너무 좋았다.

적당한 알코올에 취한 김유정은 그날.

자신의 별스타그램에 게시 글을 하나 올렸다.

#할아버지랑 #오붓한_데이트

#쇼핑

#맛있는_음식

#완벽한_하루

#서바이벌_국민 셰프

그녀는 그 게시 글이 어떤 파장을 불러일으키게 될지 전혀
몰랐다.

이미 해가 어둑하게 져 버린 밤, 열한 시.

"안녕히 가세요!"

마지막 손님이 나간 뒤.

"다들 고생 많으셨습니다!"

"수고하셨습니다."

"좋은 결과 있으시길 바랍니다!"

테이블을 치우고 홀 마감을 끝낸 서버들이 주방을 향해 인
사하고 자리를 떠났다.

"이렇게 텅 비니까 뭔가 기분이 좀 이상하다."

"그러게, 진짜 이상하네."

정다은과 김선재는 텅 빈 홀을 보며 감상에 젖어 있었다.

불과 한두 시간 전만 해도 북적이고 있었던 홀은 어느새

텅 빈 적막이 감돌고 있었다.

비록 실제로 운영되는 가게가 아닌 미션을 위해 만들어진 가게였지만.

지난 3주간.

몇 번이고 들락거리며 공사의 진척 현황을 보고.

오늘을 위해서 레시피를 짜고 밤낮으로 연습했던 기억이 새록새록했다.

마치 정말로 우리의 가게를 가진 것처럼.

"자, 두 분. 그러고 있을 시간이 없어요. 얼른 들어오셔서 주방 마감해야죠."

"예! 셰프!"

"예! 셰프!"

도진이 감상에 빠진 두 사람을 현실로 데려왔다.

힘차게 대답한 뒤 주방으로 들어서 자신이 맡았던 섹션을 정리하는 두 사람의 뒷모습은 이미 어엿한 셰프의 모습이었다.

도진은 일찌감치 주방 정리를 마쳤다.

양념 통은 양념 통끼리, 각각의 작은 기구들은 종류별로 플라스틱 통에 모아 선반에 차곡차곡 쌓아 두었다.

식기들은 이미 모두 설거지를 끝낸 뒤 광이 나도록 닦아 밑 선반에 여러 줄로 반듯하게 모아 두었다.

깔끔하게 정돈된 주방.

비록 단 하루뿐이었지만, 오늘 하루만큼은 이곳이 자신의 주방이었다는 사실이 여실히 느껴졌다.

제 칼을 챙겨 나온 도진은 멍하니 홀을 바라보았다.

'조용하네.'

오늘 하루를 위해 지난 3주간 얼마나 고생했던지.

원하던 대로 나오지 않는 공사 현황이나, 쉽지 않았던 재료 수급 문제.

갖춰진 주방에서의 첫 동선 정리.

한시도 조용할 틈이 없던 그 모든 것이 거짓말이었던 것 같은 세트장.

촬영을 위해 테이블마다 설치되었던 카메라들도 모두 정리되자, 정말 어딘가에 있을 법한 가게의 모습을 하고 있었다.

적막이 흐르는 그곳에서 도진은 생각에 잠겼다.

이번 미션에 임하면서 여럿 주어진 조건들 탓에 모든 것이 마음에 들도록 세팅할 수는 없었지만.

도진은 정말 자신의 두 번째 가게를 개점하는 기분이었다.

비록 첫 파인다이닝은 꽃을 피워 보지도 못한 채, 져 버렸지만.

그 모든 과정만은 생생하게 도진의 기억 속에 남아 있었다.

그 경험들이 이번 미션에 큰 도움이 되었다는 것은 부정할 수 없는 사실이었다.

'다들 지금은 어떤 모습으로 지내고 있을까.'

함께 주방에서 동고동락했던 이들이 도진의 머릿속을 스쳤다.

언제나 아낌없이 가르침을 주었던 카르만 셰프와 꿈을 펼칠 수 있게 도와준 투자자 마그레.

그리고 함께 새로운 주방을 만들며 자신을 믿고 격려와 위로를 아끼지 않았던 식구들.

홀 매니저를 자처하며 자신을 따라나서 준 조셉까지.

오래간만에 그리운 얼굴들을 떠올린 도진은 어딘가 씁쓸한 표정을 지었다.

'분명 어디선가 잘 지내고 있겠지.'

현재의 자신과는 연이 없는 이들이었지만, 도진은 그들이 어디서든 행복하길 빌었다.

비록 더 이상 함께할 수 없게 되었지만, 인연이라면 분명 언젠가는 닿을 것이라 생각하며.

"도진아, 가자."

"다 끝났어요? 빨리 가요. 피곤하다."

"우리 가서 야식 먹자!"

지금은 제 곁에 있는 이들과 함께 현재를 위한 최선을 다하자.

그렇게 다짐하며 숙소로 향하는 도진의 발걸음은 한결 가벼운 듯했다.

"치킨! 피자!"

"빨리 와! 치즈 굳기 전에 먹어야 맛있단 말이야!"

여덟 명의 참가자들이 거실 테이블 앞에 옹기종기 모여 있었다.

무려 3주간에 걸친 대형 미션으로 인해 한껏 지친 참가자들.

간만에 주방에서 벗어나 배달 음식으로 배를 채우는 이들의 눈 밑에는 다크서클이 가득했지만…….

입꼬리는 한껏 올라간 채 서로의 실수를 공유하고 있었다.

"아니, 그래서 내가 실수로 소스를 잘못 뿌려서 완전 멘붕이었는데, 희준이 형 아니었으면 진짜 큰일이 날 뻔했잖아."

"처음이라 많이 긴장해서 그랬던 거야. 실수도 여러 번 해 봐야 성장하는 법이지."

"오, 명언이야, 뭐야."

너나할 것 없이 웃음이 터지는 참가자들.

"와, 근데 우리 이렇게 다 같이 밥 먹는 거 너무 오랜만이다. 그렇지?"

미션을 준비하는 동안 너무 바빠 얼굴 볼 틈 없었던 만큼.

함께 밥을 먹는 자리는 더욱이 꿈도 꾸지 못했다.

그렇기에 미션이 모두 끝난 뒤 이렇게 모여서 함께 식사한다는 일이 새삼스럽게 느껴질 법도 했다.

"그러게. 오랜만이다."

"이렇게 다 같이 밥 먹는 것도 프로그램 끝나면 이제 끝이겠지?"

쓸쓸한 표정으로 말하는 이랑의 모습에 거실에는 정적이 흘렀다.

"에이, 뭐, 다 같이 시간 맞춰서 모이고 그러면 되는 거지."

"맞아요, 누나. 우리 다 번호도 있으니까……."

희준이 던진 말에 도진이 동조하자, 참가자들도 하나둘 말을 보태며 분위기를 환기하고자 했다.

하지만 모두가 알고 있음이 분명했다.

'이제 정말 얼마 남지 않았다.'

여덟 명의 참가자.

그중 두 명은 이번 미션에서 떨어지게 될 것이었다.

그리고 두세 개의 미션이 더 이어지면, 탈락자가 되는 것은 자신일 수도 있다는 것 또한.

"자, 잔 들어! 짠 해! 짠!"

"짠-!"

쨍그랑-!

각자의 음료를 담은 유리잔이 맑은 소리를 내며 부딪쳤다.

참가자 모두 프로그램이 끝나는 날이 머지않았음을 알고 있었지만.

이 순간만큼은 그저 지금을 즐기고자 했고, 새벽이 깊어 가도록 숙소의 거실에는 웃음소리가 떠나질 않았다.

다음 날 느지막한 오전, 10시.

뿌우우우-.

기상나팔 소리에 눈을 비비며 참가자들이 속속히 거실로 모였다.

"다들 모였나요?"

그리고 등장한 얼굴에 놀란 참가자들.

"간밤에 다들 부어라 마셔라 했나 본데요?"

"그러게요, 웬 찐빵들이 모여 있네."

다름 아닌 심사 위원들이었다.

참가자들은 직감적으로 깨달은 듯 자세를 고쳐 앉았다.

노연우는 그런 참가자들을 바라보며 웃었다.

"다들 고생했습니다. 저희도 몰래 먹고 왔는데, 생각보다 훌륭하던데요?"

"그렇죠. 가게 분위기도 둘 다 상반되는데, 그게 또 묘하게 서로한테 잘 맞는 것 같아서……."

"신경을 정말 많이 쓴 티가 났죠."

최석현의 말에 김소연과 노연우도 말을 얹으며 동의했다.

그들은 이번 미션을 거치며 진심으로 조금 감탄했다.

참가자들의 요리는 두말할 것 없이 많은 고민을 통해 완성된 것이 느껴짐은 물론이었고…….

인테리어와 투자 제안서, 그리고 홀 서버들의 예절까지.

서투른 부분들이 있었음은 분명했지만, 짧은 기간 내에 만들었다고는 믿을 수 없을 만큼 훌륭했다.

프로그램을 통해 참가자들이 성장하고 있음은 분명했다.

하지만 이건 서바이벌 프로그램이었다.

그렇기에 심사 위원들은 해야만 하는 일이 있었다.

"다들 저희가 왜 여기까지 왔는지 이미 알아차리셨을 것 같은데요."

노연우는 자신을 바라보고 있는 참가자들을 향해 어렵사리 입을 뗐다.

"바로, 결과 발표의 시간입니다. 투자 제안서의 가장 중요한 부분은 과연 순이익을 얼마나 낼 수 있는가인데요."

"투자자분들의 의견대로 순이익을 통해 이번 미션의 우승자를 가리도록 하겠습니다."

참가자들은 심사 위원의 말에 집중한 채, 말이 이어지기를 애타게 기다렸다.

"판매 금액부터 발표하겠습니다. 우선 청팀, 368만 원."

"우와……!"

생각보다 높은 액수의 금액이 나오자 참가자들은 모두 놀랐다.

하루 만에 350만 원대의 매출이라니.

하루에 받았던 손님의 수가 정해져 있었던 만큼 생각보다 높은 금액대였다.

"백팀 248만 원."

이윽고 백팀의 판매 금액이 발표되자 그 격차는 더욱 크게 느껴졌다.

하지만 판매액이 전부가 아니었다.

"가장 중요한 순이익. 얼마인지 계산해 봐야겠죠?"

"청팀의 일 매출 순이익 72만 8천 원."

"백팀의 일 매출 순이익은……."

잠깐 숨을 고르는 사이.

정적이 이어졌다.

그리고 이어지는 노연우의 한마디.

"축하합니다. 백팀 74만 4천 원. 근소한 차이로 백팀의 승리입니다."

1만 6천 원.

단돈 1만 6천 원의 차이였다.

노연우는 여전히 적막히 흐르는 참가자들의 모습에 의아한 표정을 지으며 한 번 더 말을 반복했다.

"본 미션의 우승은 백팀이 차지하게 되었습니다."

"도진 군, 인터뷰 시작해도 괜찮을까요?"

"아, 네."

결과 발표 후 도진은 멍한 정신을 수습하지 못한 채 곧장 인터뷰실로 이동했다.

"심사 위원분들이 당일 판매액 수익률 계산하면서 상당히 놀랐다고 들었어요. 백팀의 수익률이 무려 30%나 잡혔다고……."

"아, 네. 계획대로 나와서 다행이라고 생각합니다."

투자 제안서에도 언급한 내용이었다.

원하던 재료들을 모두 좋은 가격에 수급할 수 있었던 것도 있었지만.

무엇보다 재료에 손실이 나지 않도록 다른 팀원들이 잘 따라와 줬기에 가능한 퍼센티지였다.

'아니었으면 분명 불가능했겠지.'

리포터는 질문을 이었다.

"이번 미션은 상당히 난도가 높았다고 생각되는데, 이긴 소감이 어떠실까요?"

"어, 좀 실감이 안 나요. 기쁘기도 하고, 얼떨떨하기도 하고……."

이번 미션의 경우 어떻게 될지 모르겠다고 생각했다.

다만 최선을 다했다는 것에 만족할 따름이었다.

하지만 도진의 팀이 이겼다.

그것도 단돈 1만 6천 원의 차이로.

아주 근소한 차이였기에 더욱 짜릿했다.

"미래의 투자자들에게 한 말씀 해 주세요!"

"미래의 투자자분들요……?"

"혹시 모르잖아요. 방송 보고 도진 군에게 투자하고 싶다는 사람이 있을지도! 그분들께 한마디 하시죠."

과연 그런 사람이 있을까?

아무리 방송에서 여러 가능성을 보여 줬다고 하지만 남들이 보기에 자신은 아직 나이 어린 햇병아리에 불과할 터였다.

하지만 그래도 할 말이 있다면.

"결과를 통해 보여 드리겠습니다. 잘 부탁드립니다."

자신감이 가득 찬 도진의 말에 리포터가 냅다 웃음을 터트렸다.

"이거 무슨 선거 공약 같은 느낌이네요. 인터뷰 고생하셨습니다. 다음 차례는……."

큐 카드를 뒤적이던 리포터가 말을 이었다.

"아, 김이랑 씨네요."

"네, 나가면서 전달할게요."

"감사합니다."

인터뷰실을 나온 도진은 곧장 이랑을 찾았지만.

어딘가 넋을 놓은 듯한 이랑의 모습에 도진이 걱정을 담아 물었다.

"이랑 누나, 괜찮아요?"

"어? 어어……."

"인터뷰, 다음 차례 누나래요."

"어어, 고마워……."

도진의 말에 힘없이 대답하며 터덜터덜 걸어가는 이랑의 뒷모습.

오늘따라 유난히 기운이 없어 보이는 모습에 도진은 괜히 마음이 좋지 않았다.

'탈락 미션 때문이겠지.'

도진은 결과 발표 이후 연달아 얘기해 준 탈락 미션을 떠올렸다.

"이번 탈락 미션은 블라인드로 이루어질 예정입니다."

잇따라 설명해 준 진행 내용.

청팀 멤버들이 각자 요리를 만들고, 시식한 후 투표를 통해 탈락자가 결정된다.

이렇게까지만 보면 큰 문제가 없어 보였지만.

'우리의 투표 결과로 탈락자가 결정된다니…….'

그 투표를 심사 위원은 물론이고 참가자들까지 함께해야만 했다.

이게 바로 이번 미션의 승리 팀인 도진이 맘껏 기뻐할 수 없는 이유였다.

특히 남아 있는 사람들의 경우 이미 오랜 시간 동고동락하며 어느새 서로에게 스며들 듯 친해졌기에……

자칫 내 손으로 누군가를 탈락시키게 될 수도 있다는 생각에 도진의 마음은 무거워져만 갔다.

'이 악랄한 사람들.'

순간순간 잊게 되지만 결국 이것도 잔인한 서바이벌 예능 프로그램이라는 것을 새삼 느끼는 순간이었다.

탈락자 미션

"탈락자 미션은 블라인드로 진행됩니다. 주제는 탈락 미션이 진행되는 내일 공개됩니다. 이번에는 특별히 투표를 통해 탈락자를 가리게 될 예정으로 그 투표는……."

"심사 위원인 저희는 물론이고, 미션 우승팀의 참가자들 또한 함께하게 될 것입니다."

탈락 미션 공지에 참가자들의 얼굴은 모두 경악으로 물들었다.

그동안 함께 동고동락했던 참가자들이니만큼, 자신의 투표로 인해 탈락 여부가 결정된다니.

하지만 이랑은 그런 내용이 전혀 귀에 들어오지 않았다.

'첫 탈락 미션.'

이랑에게는 그것이 가장 큰 충격으로 다가왔다.

분명 살아남은 참가자의 수가 점점 줄어들수록, 언젠가 자신의 차례가 올 수도 있겠다는 생각은 했지만…….

그렇다고 해서 그 순간이 이렇게 빨리 찾아올 줄은 몰랐다.

심지어는 어떤 주제로 미션을 치르게 될지 모르니 대비를 할 수도 없는 노릇이었다.

그 후 진행된 인터뷰는 어떤 정신으로 했는지 기억조차 나지 않았다.

다음 날 아침까지도 '멘붕' 그 자체였으나 시간은 이랑을 기다려 주지 않으니, 정신을 차려야만 했다.

"모두 세트장으로 이동하겠습니다. 준비된 차량 탑승해 주세요!"

눈앞에 성큼 다가온 결전의 시간.

다들 차량으로 이동해 어느새 홀로 남은 이랑은 숙소를 둘러보았다.

혹시 몰라 미리 짐을 챙겨 두어 단출해진 자신의 방을 지나 텅 빈 거실과 주방.

조용한 숙소는 마치 누군가에겐 오늘이 마지막이 될 것을 알기라도 하는 것 같았다.

그리고.

그 마지막이 자신이 될 수도 있다는 생각에 이랑은 정신을 바짝 차렸다.

"할 수 있어. 살아남자!"

낮게 읊조린 이랑의 다짐을 들은 이는 아무도 없는 듯했다.

─다들 마음의 짐이 좀 무거울 것 같은데, 어제는 푹 쉬었나요?

탈락 미션을 위해 모인 네 사람은 모두 긴장이 가득 서린 얼굴을 하고 있었다.

그리고 그 뒤, 투표해야 하는 참가자들 역시 덩달아 잔뜩 굳은 얼굴을 한 채였다.

─표정을 보아하니 그건 안 물어보는 게 좋을 것 같네요. 탈락 미션 빨리 시작할까요?

조용하게 적막이 흐르는 사이로 노연우가 입을 뗐다.

─이번 미션의 주제는 파스타입니다. 자신이 가장 잘 만들 수 있는 파스타를 만들어 주세요.

─총 60분의 시간이 주어질 예정이며, 미션 당사자들을 제외한 나머지 인원은 대기실로 이동해서 대기하도록 하겠습니다.

노연우의 설명이 끝나자 정희준이 조심스레 손을 들며 물었다.

─그럼 투표는, 누가 어떤 음식을 만든 건지 모른 채 진행되는 건가요?

─네, 맞습니다. 이번 미션의 핵심은 바로 '블라인드'로 이루어진다는 것입니다.

요리의 심사는 객관적인 평가보단 주관적인 취향이 들어 갈 수밖에 없다.

가뜩이나 '파스타'라면 더더욱.

쉽고 흔히 접할 수 있는 메뉴이니만큼 입에 익숙한 보편적인 레시피부터, 본인의 아이디어를 표현할 수 있는 창작 요리까지 수많은 조리법이 존재한다.

그렇기에 이번 미션의 주된 핵심은 바로…….

'과연 심사하는 이들의 입맛을 얼마나 저격할 수 있는가.'

그리고.

'익숙함에 녹아들 것인가, 도전할 것인가.'

이랑의 눈에 이채가 돌았다.

탈락이라는 벽 앞에 더 이상 두려워할 시간은 없었다.

─자 그럼 미션, 시작하겠습니다.

지금은 맞서 싸워야 할 순간이었다.

오히려 더욱 긴장한 듯한 건 다름 아닌 도진과 더불어 투표권이 있는 다른 참가자들이었다.

시작을 알림과 동시에 백팀 일행은 떨어지지 않는 발길을 돌려 간신히 준비된 대기실로 향했다.

자기 손으로 함께 동고동락한 참가자에게 투표해 탈락 여부가 결정되는 것은 여간 부담스러운 일이 아니었다.

"진짜 이렇게 가만히 기다려야 하는 거야?"

블라인드로 진행되기에 조리장 내부의 상황은 전혀 알 수 없었다.

실황 중계용 모니터조차 없는 텅 빈 대기실은 달랑 소파와 테이블, 그리고 미션 시간을 알리는 타이머가 다였다.

줄어드는 시간을 보며 인호가 도진을 향해 말했다.

"다들 잘할 수 있겠지?"

자신이 탈락하게 되는 것도 아닌데 되레 한껏 긴장한 듯한 인호의 모습에 도진 또한 덩달아 긴장했다.

제 손으로 한 투표로 인해 탈락자가 정해진다고 생각하니 당장 눈앞이 아찔했다.

'혹시 이랑 누나가 떨어진다면…….'

도진은 짧게 심호흡하고는 자신에게 다짐하듯 인호를 보며 낮게 말했다.

"잘할 거예요. 누가 어떤 파스타를 만들었는지 모르니까, 저희는 그냥 맛을 보고 투표하자고요."

"맞아. 누가 뭘 만들었든 제일 맛있다고 느껴지는 거에 투표하자."

참가자들은 저마다 생각에 잠긴 얼굴을 한 채 조용히, 시간이 끝나기를 기다렸다.

[40 : 00]
[20 : 00]
[10 : 00]

그리고 마침내.

[00 : 00]

주어진 시간이 모두 지나고…….
이번에는 상황이 역전되었다.
―참가자분들은 요리의 마무리를 한 뒤 대기실로 이동해서 심사를 기다려 주시면 되겠습니다.
초조한 마음으로 기다리고 있던 도진은 이랑이 대기실로 들어옴과 동시에 완성된 요리가 있는 곳으로 향했다.
이내 세 명의 심사 위원과 네 명의 참가자가 한데 모였다.
자신들이 탈락하는 것도 아닌데 투표해야 한다는 사실에 되레 한껏 어깨에 힘이 들어간 참가자들을 보며 김소연이 장난스럽게 말했다.
"다들 시식하다 체하겠어요. 긴장 풀고, 심사 시작해 볼까요?"
김소연의 시식을 시작으로 긴장했던 참가자들 또한 신중하게 음식을 맛보기 시작했다.

완성되어 있는 네 접시의 파스타는 각기 다른 모양을 하고 있었다.

파스타면의 종류부터 소스, 들어간 재료까지 어느 하나 겹치는 것 없이 다양했다.

가장 기본에 충실한 베이컨이 들어간 토마토 베이스의 파스타는 호평이 가득했다.

"토마토 파스타는 워낙 흔히 접할 수 있는 데다가, 시판 소스의 강렬한 맛을 연상하기가 쉬워 생각보다 어려운데 토마토 본연의 맛을 잘 살렸네요."

"간도 적절하고, 면도 *알덴테(*스파게티 면을 삶았을 때 안쪽에서 단단함이 살짝 느껴질 정도의 식감)로 잘 삶았어요."

"이쪽의 오일 파스타 같은 경우는……."

서로 의견을 나누며 심사를 하는 세 심사 위원과는 다르게 도진을 비롯한 참가자들은 조용히 시식을 이어 갔다.

가장 먼저 완성된 것부터 순서대로 베이컨 토마토 파스타, 그리고 다음은 스테이크를 곁들인 조금 매콤한 로제 파스타.

나물과 식용 꽃을 곁들인 화려한 비주얼의 오일 파스타를 지나 청귤과 딜로 소스를 만든 콜드 파스타까지.

모든 시식을 끝마친 뒤 드디어 결단을 내려야만 하는 시간이 찾아왔다.

'제일 흔히 볼 수 있는 파스타이니만큼 복잡한 기교가 들어가지는 않지만, 그만큼 맛을 살리기도 어려운데 잘 만들었

어. 반면 이쪽의 로제는 맛은 있지만 너무 묵직해서 금방 질릴 것 같고…….'

도진은 제작진이 나누어 준 투표지 두 장을 들고 머뭇거리기를 반복했다.

함께 요리한 지도 벌써 몇 달, 누가 어떤 스타일의 요리를 하는지 알고 있다는 점이 투표를 어렵게 만들었다.

"이거, 토마토는 정현이 같지?"

"로제는 희준 오빠 같아."

그건 다른 이들도 마찬가지인 듯했다.

정다은과 김선재는 소곤소곤 서로 유추한 내용을 공유하며 어느 파스타에 표를 던져야 할지 고민했다.

백인호도 말은 하지 않았지만, 대충 누가 어떤 음식을 만들었는지 짐작하고 있는 듯했다.

그것은 도진도 마찬가지였다.

'아무래도 이랑 누나가 오일 파스타를 만든 것 같은데.'

그렇게 공정한 투표를 다짐했지만…….

막상 누가 어떤 파스타를 만들었을지 예상이 되니 가벼운 마음으로 표를 던지기가 어려웠다.

하지만 결단을 내려야만 했다.

'블라인드로 진행된 만큼 얼마나 맛을 잘 표현해 냈는지가 중요하단 거니까…….'

자신이 친한 사람이 떨어지지 않기를 바라며 투표를 하는 것은 당위성에 어긋난다고 생각했다.

오롯이 혀끝으로 느낀 맛만을 가지고 심사에 임해야 함이 당연했다.

도진의 고민이 길어질 무렵.

"심사 위원분들의 투표는 완료되었습니다. 참가자 여러분도 속히 투표를 마무리해 주세요."

막내 스태프의 재촉 어린 말이 들려왔고, 도진은 더 이상 늦어질 수 없다는 생각에…….

결국 가장 처음 고민했던 베이컨 토마토 파스타와 청귤 딜 소스의 콜드 파스타를 선택하며 투표를 마쳤다.

도진은 심사 결과의 집계가 나오길 기다리며 생각했다.

'아무리 서바이벌이라고 한들, 그래도 나름 함께해 온 동료들인데…… 방송국 놈들은 진짜……!'

이렇게 잔인한 미션이 또 있을까 싶었다.

그다지 길지 않은 시간이 흐른 뒤.

"심사 발표하도록 하겠습니다."

노연우는 제작진에게 받은 결과 발표지를 천천히 펼쳤다.

그러고는 예상했다는 듯한 표정을 지었고.

"베이컨 토마토 파스타 다섯 표, 꽃 오일 파스타 세 표, 유자 딜 콜드 파스타가 네 표, 스테이크 로제 파스타가 두 표."

막힘없이 투표의 결과를 뱉어 냈다.

"탈락자는 고로, 오일 파스타와 로제 파스타입니다."

그의 말이 끝나기 무섭게, 이랑이 웅크린 채 주저앉았다.

'아무래도, 이랑 누나가 오일 파스타를 만들었던 게 맞았나 보네.'

두 무릎을 가지런히 붙이고, 그사이에 고개를 파묻은 이랑의 모습을 보며 도진은 자신의 예상이 맞았음을 직감했다.

이랑의 곁으로 다가간 도진은 이랑의 훌쩍거리는 소리에 멈칫하기를 잠시.

도진이 서툰 손길로 이랑의 어깨를 두드리며 위로의 말을 건넸다.

"누나, 괜찮아요. 이게 끝은 아니니까……."

비록 익숙하지 않은 위로였지만 이랑이 탈락하게 된다고 생각하니 저도 모르게 마음이 울적해진 도진이었다.

그런 그의 마음을 알기라도 한 걸까.

이랑이 웅얼거리며 도진의 위로에 답했다.

"나…… 했어."

"네, 고생했어요. 한동안 푹 쉬고 재충전하는 시간이 있으면 좋죠. 우리는 나중에 또 연락해서 볼 수 있으니까……."

언제나 기차 화통을 삶아 먹은 듯 호쾌하던 이랑이었다.

하지만 그랬던 그녀가 이리도 작은 목소리로 우물대며 말하는 모습에 도진은 이랑의 상심이 크다고 느꼈다.

'하긴, 이런 경험은 흔치 않으니까. 그럴 만도 한가.'

나름대로 승승장구하던 이랑이었기에 이렇게 직관적으로 떨어진다거나, 탈락하게 되는 경험은 쉬이 해 보지 못했을 터였다.

도진은 다른 이를 위로해 준 적이 많지 않아 어찌해야 이랑이 기운을 차릴 수 있을까 고민했다.

하지만 그런 생각도 잠시, 이랑의 목소리가 다시금 들렸다.

"안…… 다고."

여전히 고개를 푹 숙이고 웅크린 채로 말한 탓일까?

무슨 말을 하는 건지 알아듣기 어려웠던 도진은 이랑의 옆에 쭈그린 채 다시 한번 되물었다.

"네? 누나, 뭐라고요?"

그러자 콧물을 훌쩍이며 고개를 든 이랑이 도진을 향해 목청껏 소리쳤다.

"나 탈락 아니라고! 집에……."

쿨쩍-!

흐르는 콧물을 삼킨 이랑이 못다 한 말을 다시 이었다.

"집에 안 가도 된다고!"

그 말을 끝으로 엉엉 목 놓아 우는 이랑에 도진은 우왕좌왕하며 이랑을 달래느라 정신이 쏙 빠졌다.

돌발 미션, 그 정체는

이랑과 도진의 한바탕이 지나간 뒤.

탈락자 발표가 이어졌다.

－오일 파스타와 로제 파스타를 만든 참가자는 안타깝게 오늘을 마지막으로 인사를 나누도록 하겠습니다.

김소연의 말에 참가자들 사이에 숙연한 분위기가 감돌았다.

－탈락자 두 분은 앞으로 나와 주세요.

그녀의 말이 끝나자 네 명의 탈락자 후보 중 발걸음을 뗀 것은 지정현과 정찬호였다.

－식용 꽃을 이용해 화려한 외관을 살린 오일 파스타를 만든 지정현 씨, 스테이크를 곁들인 매콤한 로제 파스타를 만들어 주신 정찬호 씨. 두 분 모두 고생 많으셨습니다.

탈락자들이 무슨 파스타를 만들었는지 공개되자 투표를 한 참가자들 사이에 술렁거림이 일었다.

　예상치도 못했던 조합이었기 때문이다.

　"오일 파스타는 분명 이랑 언니일 줄 알았는데."

　"그러게, 누가 뭘 만들었는지 하나도 맞히지 못했네."

　꽤나 오랜 시간을 함께한 덕에 서로의 요리를 맛보고 흡수할 수 있었기 때문일까.

　탈락자 후보들은 누가 어떤 파스타를 만들었는지 쉬이 유추할 수 없도록 서로의 장점을 자기 요리에 반영해 낸 것 같았다.

　비록 아쉬운 부분도 분명히 있었다.

　이번 탈락 미션의 경우 매우 주관적인 미션이 분명했다.

　그렇기에 결국 출제자의 의도를 파악하는 것이 어찌 보면 가장 중요한 부분 중 하나였던 것은 두말할 것 없었다.

　-사실 이번 탈락 미션의 경우 음식을 먹는 사람들의 취향을 파악하는 것도 하나의 관건이었습니다.

　-그런 의미에서 호불호가 적은 토마토 파스타를 기본에 충실하게 만들어 준 김이랑 씨와, 무거운 맛 사이에서 홀로 산뜻하고 가벼운 맛을 추구한 유자로 콜드 파스타를 만들어 낸 정희준 씨의 전략은 **훌륭했다**고 보이네요.

　김소연과 최석현의 간결한 심사평 끝에 탈락자 미션은 종료되었다.

"그래도 저희, 생각보다 오래 버텼네요, 찬호 형."

"아쉽지만 여기까지인 거겠지, 뭐. 정현아, 고생 많았다."

아쉽기는 하지만 좋은 경험이 되었다며 말한 지정현과 정찬호는 마지막까지 웃는 모습으로 촬영을 마무리했다.

바로 집으로 향할 수 있도록 짐을 챙겨 나온 두 사람을 배웅한 뒤 숙소로 돌아가는 길.

차를 타고 들어서는 익숙한 골몰을 보자 이랑은 괜히 안심한 마음에 도진을 향해 투정 아닌 투정을 부렸다.

"내가 탈락이 아니라서 아쉽겠어."

"아니, 누나 그게 아니라⋯⋯."

"그러니까 내가 탈락할 줄 알았다 이거지?"

"다른 의도가 아니라 누나가 긴장을 많이 한 것 같아서⋯⋯."

"두고 봐, 김도진. 너는 진짜."

"아, 저는 누나 믿고 있었어요. 진짜라니까요."

도진은 자신의 곁에서 쉴 틈 없이 조잘대는 이랑에 한참 동안 진땀을 뺐다.

숙소의 문을 열고 들어서는 그 순간까지 도진을 놔주지 않던 이랑은 결국 도진이 '누나가 최고예요.'라는 말을 듣자 겨우 그를 풀어 주었다.

탈락자 미션이 끝나고 그제야 마음 편히 숙소에서 쉴 수 있게 된 이들은 방으로 돌아갈 힘도 없다는 듯 돌아오자마자 거실에 널브러졌다.

모두가 긴장을 풀고는 편히 앉아 담소를 나누는 그 모습은 마치 너무 평화로웠고…….

'왠지 너무 잔잔하니까 폭풍전야 같은데.'

이내.

지이잉–.

지이잉–.

도진의 생각이 채 끝나기도 전에 모두의 핸드폰에 일제히 알람이 울렸다.

갑작스러운 알람 소리에 핸드폰을 확인한 여섯 명의 참가자들 사이에는 잠깐의 정적이 이어졌다.

서로의 눈치를 보며 고요함이 이어지는 가운데.

그 누구보다 빠르게 큰 소리로 외치며 자리를 박차고 일어난 것은 다름 아닌…….

"일!"

인호였다.

"이!"

"삼!"

그리고 잇따라 시작된 갑작스러운 눈치 게임.

그 배경은 이러했다.

참가자들이 숙소로 돌아온 것을 확인한 김 PD는 음흉한 미소를 지은 채 그들의 긴장이 풀리기만을 기다렸다.

이윽고.

모두가 안도한 듯 가장 평화로운 시간이 찾아온 그 순간.

김 PD는 하나의 문자를 보냈다.

　-깜짝 돌발 미션 타임. 지금부터 눈치 게임 시작! 큰 목
소리로 숫자를 외쳐 순위를 정한 뒤 메인 주방으로 모여
주세요.

그렇게 된 연유로 참가자들은 대뜸 눈치 게임을 할 수밖에
없었던 것이었다.

"와, 나 인호 형 그렇게 빨리 움직이는 거, 주방에서 제외
하고 처음 봤어요."

"그렇게 크게 말하는 것도 처음이었고."

"맞지, 그렇지."

"제발, 그만해 줘 진짜."

도진은 이랑과 함께 누구보다 눈치 게임에 열정적으로 임
해 일등을 차지한 백인호를 놀리며 메시지의 지령에 따라 주
방으로 향했다.

그렇게 도착한 주방은 조리대에 무언가가 세팅되어 있었

고, 도진은 직감했다.

'메인 미션은 아닌 것 같고, 베네핏 미션인가?'

김 PD는 연달아 들어오는 참가자들을 보며 입을 열었다.

"순서대로 들어온 건가요?"

가장 선두로 주방에 들어선 백인호와 그를 뒤따라 줄줄이 김선재, 김이랑, 정희준, 정다은.

그리고 가장 마지막으로 도진이 들어왔다.

"도진 씨 의외네요. 재빨리 1등을 낚아채리라고 생각했는데, 꼴등이라니."

"제가 이런 데는 소질이 없어서요."

김 PD의 농담을 웃으며 넘긴 도진은 할 말이 없었다.

이런 게임은 진즉에 뗐다.

나이를 먹고 나서는 해 본 적이 없으니 반응 속도가 늦었던 것은 당연한 순서였다.

새삼스레 겉껍데기만 돌아왔지, 속 알맹이는 여전히 30대인 아저씨인 것을 실감했다.

'그래도 승패가 가려지는 미션은 아니어서 다행이야.'

김 PD의 안내에 따라 1등부터 6등까지 순서대로 조리대 앞에 선 참가자들은 눈앞에 놓인 상자에 궁금증이 가득한 표정을 지었다.

도진도 마찬가지였다

김 PD는 그런 참가자들의 표정을 보며 함박웃음을 지었다.

"다들, 이게 무슨 상황인가 어리둥절하실 거 압니다. 여러분 앞에 놓인 상자를 모두 오픈해 주세요."

말이 끝나기 채 무섭게 가장 먼저 상자를 열어젖힌 것은 성격이 급한 이랑이었다.

"어? 이게 뭐야?"

"버터랑 밀가루, 새우 그리고……."

"새우가 있어? 나는 돼지고기밖에 없는데."

저마다 상자 안의 내용물을 공유하는 참가자 중 유일하게 도진만이 말이 없었다.

그도 그럴 것이.

'나는 이게 다인 건가……?'

꼴등을 한 도진의 상자 안에는 다양한 유제품만 눈에 띄는 다소 단출해 보이는 바구니만 있었을 뿐이었다.

"눈앞에 놓인 상자 안의 재료들은 각 순위에 맞게 차등 지급되었습니다. 여러분은 그걸 가지고 누구보다 빠르고 맛있게 요리를 완성해 주시면 되겠습니다!"

김 PD의 말을 끝으로 상황 파악이 끝난 참가자들은 그에게 무차별적인 질문 폭격을 안겨 주었다.

"요리 장르는 상관없는 건가요?"

"조미료는 관계없이 사용해도 되는 거죠?"

"제한 시간은요? 언제까지 완성해야 하는 거예요?"

"이것도 탈락이랑 관련된 미션인가요?"

숨 돌릴 틈 없이 던져진 질문에 김 PD는 못 말리겠다는
듯 식은땀을 훔쳤다.

"자, 하나씩 답해 드리겠습니다. 모두 진정들 하세요."

참가자들을 진정시킨 김 PD가 곧이어 깜짝 미션의 룰을
설명하기 시작했다.

"우선 재료의 경우 여러분께 주어진 재료들을 모두 사용할
필요는 없고……."

이어지는 설명은 꽤 자세하고 길었다.

아무래도 참가자들의 질문이 많았기에, 차라리 자세하게
설명을 해 두어 차질 없이 미션을 진행하고자 하는 듯했다.

중요한 내용을 추리자면 이랬다.

1. 주어진 재료를 모두 사용할 필요가 없으며, 요리의 장르
는 자신이 잘할 수 있는 것이면 무엇이든 관계가 없었고, 무조
건 맛있기만 하면 될 것.

2. 조미료와 향신료는 주재료로 사용되는 것이 아니기 때문
에 마음껏 사용할 것.

3. 제한 시간은 미션의 시작을 알림과 동시에 한 시간 이내로
완성해 김 PD가 대기하고 있는 방까지 가지고 와 심사받을 것.

규칙에 대한 설명이 끝나자 도진은 몇 없는 재료에 걱정했
던 마음을 고이 접어 날려 버렸다.

'향신료를 마음껏 쓸 수 있다면 얘기가 달라지지.'

사실 재료를 보자마자 도진은 떠올린 메뉴가 있었다.

그리고 완벽하게도 규칙에는 요리의 장르에 대한 어떠한 제한도 걸려 있지 않았다.

'그럼 당연히 그걸 만들어야지!'

이미 어떤 순서로 조리해야 할지 머릿속으로 시뮬레이션까지 돌리고 있는 도진을 다시 현실로 끌어들인 것은 다름 아닌 김 PD의 목소리였다.

"자, 그리고 마지막으로……."

모든 설명이 끝나고 마지막으로 가장 중요한 것.

"이번 미션은 탈락과 관련된 것은 아닙니다. 단지 이번 미션에서 1등을 한 사람에게는 다음 미션에서의 베네핏이 주어지게 됩니다."

미션의 목적에 관해서까지 설명을 마친 김 PD는 많은 말을 한 탓에 바짝 마른 목을 축인 뒤.

"그럼, 미션 시작하겠습니다."

삐이익-!

본격적인 미션의 시작을 알렸다.

"여기, 내 자리!"

"아, 잠깐만요, 이랑 누나! 거기 내가 먼저 찜했는데!"

"어허, 백인호. 늦었잖아. 빨리 온 사람이 임자야."

참가자들은 미션의 시작과 함께 울린 휘슬의 공명이 채 끝나기도 전 재빨리 자신의 재료를 들고는 움직이기 시작했다.

이들이 이렇게 급히 움직이는 이유는 이 숙소의 주방이 단세 개밖에 되지 않는다는 점이었다.

현재 모두가 모여 있는 메인 주방은 가장 넓었기에 한 번에 조리가 가능한 구역이 세 곳으로 나누어져 있었다.

만약 이곳을 차지하지 못한다면 다소 환경이 열악한 서브 주방으로 향해야 했으며……

그중에서도 한 군데는 참가자들이 늦은 밤 야식으로 라면 하나 끓여 먹는 데에나 쓸 법한 매우 좁은 간이 주방이었다.

숙소의 주방은 총 세 개. 미션을 진행해야 하는 참가자는 여섯 명.

그렇기에 경쟁은 어떤 주방을 차지하는가에서부터 시작되는 일이었다.

'뭐, 그게 다는 아닐 테지만.'

도진이 보기에 이번 미션의 가장 큰 핵심은 '빨리 완성하는 것'이었다.

특별한 평가 기준이 있는 것이 아닌 오롯이 맛이 평가 대상이 되는 점은 물론이고, 심사 또한 김 PD가 직접 진행하는 것을 보아하면……

'분명 선착순 점수도 있을 거란 말이지.'

그리고 도진의 예상은 김 PD가 생각한 그대로였다.

"과연 누가 제일 먼저 완성해서 가지고 오려나."

작은 목소리로 흥얼거리며 준비된 방으로 향하던 김 PD는 유독 이질적으로 느껴지는 한 참가자를 발견했다.

정신없는 참가자들 사이에서 눈에 띄는 한 사람.

상자가 구겨질까 걱정이라도 하는 사람처럼 조심스럽게 바구니를 꺼내 드는 도진의 모습.

"도진 씨, 그렇게 여유로워도 되는 거예요?"

바삐 움직이는 다른 이들의 모습을 보지 못했다면, 김 PD는 자칫 도진이 소풍을 떠나기 위한 준비 중이라고 오해할 정도였다.

"저는 이미 뭘 할지 다 생각해 뒀거든요. 간이 주방이면 충분합니다."

그렇게 미소를 지으며 유유자적 자리를 떠나는 도진의 뒷모습에 김 PD는 허탈한 미소를 지었다.

"허, 참-."

깜짝 미션이니만큼 모두가 우왕좌왕하며 급한 마음에 실수를 연발하는 모습을 기대했건만, 도진은 한순간도 김 PD의 예상대로 움직여 주는 일이 없었다.

"뭐, 그래서 재미있는 거지만."

간밤에 소란스러웠던 미션의 결과는 미궁 속에 빠진 채 아침이 찾아왔다.

"드디어 기대하고 고대하던 아침이 밝았습니다. 여러분! 다들 어제 돌발 미션의 결과가 궁금할 텐데요."

잠이 덜 깬 채 비몽사몽 한 모습으로 거실에 모인 모두는 김 PD의 말에 귀를 쫑긋한 채 눈을 부릅떴다.

결과의 귀추를 주목시켰던 돌발 미션.

문제를 해결했지만 바로 알 수 없었던 순위에 궁금해 잠을 못 이룬 지난밤이 아니던가.

"돌발 미션에 순위에 따라 베네핏이 주어진다고 했는데요. 결과 발표에 앞서, 다음 미션에 대해 공지를 먼저 하도록 하겠습니다."

어느새 얼굴에 가득했던 피로를 지워 낸 채 자신을 쳐다보는 참가자들을 보며 김 PD가 미소를 지었다.

"다음 미션은 바로, 스타주 미션입니다."

"스타주가 뭐예요?"

"그걸 어떻게……?"

김 PD의 말이 끝나자 여기저기서 각기 다른 의문이 튀어나왔다.

'스타주' 자체에 의문을 가지는 이가 있는가 하면, '미션'

자체에 의문을 가지는 이가 있었다.

　도진의 경우는 후자였다.

　'도대체 어디서 스타주로 일하게 되는 거지?'

　프랑스어로 인턴십을 뜻하는 것이 '스타주(Stage)'였다.

　서바이벌 프로그램 내에서 어떻게 스타주에 대한 내용으로 미션을 치르게 된단 말인가.

　'인맥을 통해 소개받거나 학교와 연계된 곳, 아니면 구인 사이트를 통해 찾는 게 보통인데.'

　도무지 알 수 없는 노릇이었다.

　'어디 섭외라도 한 건가? 그게 아니면 딱히⋯⋯.'

　그런 생각을 하던 와중에 문득 머릿속을 스친 생각에 도진이 깨달은 듯 짧게 '아!' 하고 소리쳤다.

　저도 모르게 나와 버린 소리에 깜짝 놀라 입을 막아 봤지만, 이미 스타주에 대한 설명을 듣던 이들의 이목이 쏠리고 말았다.

　"아⋯⋯?"

　"죄송합니다!"

　머쓱하게 실없는 웃음을 흘린 도진은 등잔 밑이 어둡다는 말을 실감했다.

　서바이벌 국민 셰프의 심사 위원, 그들 모두 셰프가 아니었던가.

　'가장 가까운 데 계셨는데, 그건 생각지도 못했네. 그럼 세

프님들이 직접 스타주를 뽑는 건가……?'

스타주가 선발되는 과정이 어떻게 진행될지 궁금했던 도진이 참지 못하고 질문을 해야 하나 고민하던 찰나.

김 PD가 때마침 그의 궁금증을 해소시켜 주었다.

"자, 아무튼 결론적으로 스타주는 일종의 인턴십이라고 생각하면 됩니다. 자신이 인턴이 되어 배우고자 하는 셰프를 바로 지금 이 자리에서 고르게 될 예정인데요. 돌발 미션의 베네핏은 바로……."

지이잉-.

지이잉-.

김 PD의 말이 채 끝나기 전에 곳곳에서 진동이 울려왔다.

"심사 위원 중 자신의 스승이 될 셰프를 고를 수 있는 우선권이었습니다. 다들 방금 받으신 문자로 본인의 순서를 확인하신 뒤, 1등부터 선택하도록 하겠습니다!"

그제야 핸드폰을 확인한 참가자들은 자신의 순위를 확인한 뒤 고개를 두리번거리며 1등이 누구인지 찾았다.

그 안에서 모두의 예상을 깨고 미소를 지으며 천천히 앞으로 걸어 나온 것은 다름 아닌…….

도진이었다.

"역시, 제가 일등이었네요."

마치 알고 있었다는 듯 말하는 도진의 모습은 조금 재수가 없었으나, 김 PD는 인정할 수밖에 없었다.

그도 그럴 것이, 가장 먼저 완벽하게 미션을 해낸 사람은 누가 뭐라 해도 도진이었다.

이게 어떻게 된 일인가 하니…….

재료 선택에 있어 꼴등을 한 도진에게 주어진 재료는 너무나도 단출했다.

몇 안 되는 재료였기에 다들 도진이 무엇을 만들어야 할지 꽤 골머리를 썩일 것이라 예상했지만, 오히려 그의 표정은 밝기만 했다.

'생각보다 괜찮은걸. 아니, 오히려 좋아.'

무엇을 만들어야 한다는 제한은 없었다.

그저 가장 빠르게 자신의 재료에 맞는 요리를 해 올 것.

이 돌발 미션의 주제는 그게 다였다.

그렇기에 도진은 웃을 수밖에 없었다.

"이걸 바로 전화위복이라고 하는 걸까."

곧장 바구니를 챙겨 숙소 내에 가장 작은 간이 주방으로 향한 도진은 재료를 둘러보았다.

바구니에는 기본적으로 들어가는 계란을 제외하고는 우유와 생크림을 비롯한 온갖 유제품들이 가득했다.

'향신료나 조미료는 맘껏 써도 되는 데다가, 기본이 되는

모든 재료를 사용할 필요는 없다고 했으니······.'

계란과 설탕, 우유, 박력분을 꺼낸 도진은 이내 바구니를 옆으로 밀었다.

"이 정도면 충분하지."

도진은 곧장 팔을 걷어붙이고 요리를 시작했다.

박력분과 설탕을 계량해 고루 채를 쳐 입자를 정돈해 노른 자 두 개를 넣고 잘 섞어 크리미해지도록 만든 뒤.

우유에 바닐라 빈을 긁어 넣고 약간 약한 불로 데워 끓기 직전에 버터를 넣고 녹이는 도진의 손길은 거침이 없었다.

도진이 디저트의 레시피를 많이 알지는 못한다고는 하지 만 '이 메뉴'만큼은 몇 번이고 만들어 보았기에 자신이 있던 터였다.

그도 그럴 것이······.

까다롭긴 하지만 가정에서도 간단하게 만들어 먹을 수 있 을 만큼 대중화된, 프랑스 역사에서도 유서 깊은 디저트 중 하나였기 때문이다.

"꼬맹이들도 좋아해서 많이 만들곤 했었는데."

달콤한 맛에 아이들도 무척이나 좋아해 집에서도 몇 번이 고 만들었으니.

이 정도는 눈감고도 만들 수 있을 만큼 손에 익은 메뉴가 분명했다.

어느새 커스터드 크림을 완성한 도진이 한 손에 들어오는

천재셰프
회귀하다

오목한 도자기 그릇에 적당량의 크림을 옮겨 담았다.

달칵.

미리 예열해 둔 오븐에 크림을 담은 컵을 넣고 타이머를 맞춘 도진은 의자를 끌어 자리에 앉았다.

"다들 뭘 만들고 있으려나."

이제는 시간이 되기만을 기다리면 되는 도진이 한껏 여유를 부리기를 몇 분.

오븐의 불이 켜지고 '띠잉—' 하며 경쾌한 소리가 타이머가 종료됐음을 알렸고…….

장갑을 낀 채 뜨거운 오븐 트레이를 조심스레 꺼내 완성된 커스터드 크림의 상태를 살폈다.

"좋아. 아직 죽지 않았다고."

만족스러운 미소를 지은 도진이 한 김 식힌 커스터드 크림을 냉장고에 넣어 차게 만든 뒤.

크림 위에 적당량의 설탕을 뿌리고는 토치를 꺼내 들었다.

치이익—.

몇 번이고 설탕 위를 지나다닌 불이 골고루 표면층을 그을렸을 때, '달칵'하는 소리와 함께 도진이 토치를 내려놓고는 숟가락을 들었다.

잠깐의 시간.

캐러멜 층이 굳기를 기다린 도진이 그 위를 스푼으로 내려치자…….

콰삭-!

경쾌한 소리와 함께 얇은 캐러멜 층이 부서졌다.

부서진 캐러멜 조각과 부드러운 커스터드 크림을 한입에 넣은 도진은 순식간에 입안에 퍼지는 달콤한 맛에 웃음을 감출 수 없었다.

"좋아, 완벽하게 완성. 그럼 이제 가 볼까."

도진은 싱글벙글한 채 완성된 다른 그릇의 크림 브륄레를 쟁반에 담아 김 PD에게로 향했고…….

모든 참가자 중 가장 첫 번째로 심사를 받을 수 있었다.

속은 부드럽고 촉촉한데 겉은 바삭하고 달콤한 프랑스 유서 깊은 디저트.

'크림 브륄레'가 완성되기까지 걸린 시간은 한 시간이 채 되지 않았다.

흠잡을 데 없이 완벽하게 만들어진 크림 브륄레.

그리고 가장 먼저 완성해 심사받은 요리.

그 말인즉슨…….

돌발 미션의 일등은 도진이 떼놓은 당상이라는 말이었다.

허탈한 표정을 한 참가자들의 시선을 받으며 도진은 가장 먼저 선택을 끝마쳤다.

그리고 다음 날.

3주라는 짧지 않은 시간 동안 지내야 하는 만큼 적지 않은 짐을 챙긴 도진이 향한 곳은 바로⋯⋯.

요리 연구가이자 스타 셰프, '노연우'의 집이었다.

스타 셰프의 뜻은 중의적이었다.

높은 인기를 얻고 있는 스타, 방송 출연이 잦으며 연예인과도 같은 위치의 대우를 받는 셰프를 의미하는 뜻이 있는가 하면⋯⋯.

말 그대로 스타, 미슐랭 가이드의 별을 받은 셰프를 뜻하기도 한다.

그리고 노연우는 두 가지 모두에 해당하는 사람이었다.

"도진 씨, 1등 해서 날 골랐다면서요? 나를 고르는 사람이 있을 줄은 몰랐는데. 나 생각보다 더 까다로울 텐데 괜찮겠어요?"

노연우가 문 앞에 선 도진을 보며 한쪽 입꼬리를 비뚜름하게 올린 채 말했다.

워낙에 깐깐하기로 소문나기도 했고, 촬영 중 예민한 모습을 자주 보였던 자신이었기에 선택받는 일이 있으리라고는 생각지도 못했기 때문이다.

"까다로우신 만큼 실력이 대단하신 걸로 알고 있습니다."

까칠한 노연우의 말에 도진이 맑게 웃으며 대답했다.

'웃는 낯에 침 못 뱉는다고, 역시 보면 볼수록 당돌해.'

만만찮은 도진의 모습에 노연우 또한 짧게 코웃음을 치며 생각했다.

사실 도진은 괜히 그를 선택한 게 아니었다.

프로그램 출연을 결정하던 당시.

심사 위원들에 대해 알아보던 도진은 우연히 노연우의 프로필을 볼 수 있었다.

그리고 깜짝 놀랄 수밖에 없었다.

프랑스 요리계의 전설이자, 요리계의 교황이라고도 불리는.

역사상 가장 위대한 셰프 중 한 명이라 지칭되는 폴 보퀴즈(Paul Bocuse)의 이름에서 따온 세계적인 요리 대회.

보퀴즈도르(Bocuse d'Or).

1987년부터 2년마다 24개국이 출전하여 요리 대결을 펼치는 요리 대회 중 최정상이라고 봐도 무방한 대회였다.

요리 올림픽이라고도 불리는 이 대회는 각 나라의 최정상 셰프들만 참전할 수 있으며 까다로운 지역 예선을 거쳐 최종 우승자를 가리게 된다.

비록 우승 상금은 얼마 되지 않았지만…….

요리를 하는 사람이라면 한 번쯤은 다들 보퀴즈도르에서 우승을 꿈꿔 볼 정도로 명예로운 대회였다.

그런 세계적인 대회에서 한국 팀이 본선까지 출전하는 일은 매우 이례적인 일이었고…….

입상을 하는 일 또한 흔치 않은 일이었다.

아니, 처음이었다.

비록 우승이 아닌 준우승이었지만 그것만으로도 대한민국 요리계는 떠들썩해졌었다.

그리고 도진의 앞에 서 있는 이 남자가 바로 '보퀴즈도르'에 출전했던 대한민국 국가 대표 노연우였다.

"셰프님이 어떤 요리를 하시는지 궁금했습니다."

어떤 요리뿐만 아니라 어떤 삶을 살아왔는지, 어떤 태도로 요리를 대하는지도 궁금했다.

도진 또한 요리하는 사람으로서 꿈꿔 봤던 대회였다.

미술을 전공하다 요리에 매료되어 삶 전체를 바꾼 뒤.

실무에서 발로 뛰며 배운 기술들과, 타고난 감각을 통해 자신을 발전시키며 셰프로서 인정받았던 도진이었다.

하지만 국제 대회의 국가 대표는 대부분이 엘리트 코스를 거쳐 차근차근 단계를 밟아 성장한 이들이 주로 선발되다 보니, 도진에게는 대회 출전의 기회가 없었다.

그렇기에 언제나 마음 한구석엔 배움에 대한 열망이 있었다.

"셰프님의 요리를 배우고 싶습니다."

노연우는 도진의 눈을 똑바로 마주했다.

그리고 이내 씨익 웃으며 말했다.

"쉽지 않을 텐데 괜찮겠습니까?"

"해내 보이겠습니다."

대문 앞에서 두 사람의 묘한 대치가 팽팽히 이어지던 와
중, 어디선가 작은 목소리가 들려왔다.

　　"저, 셰프님……."

　　두 사람의 기세에 밀려 작지 않은 덩치임에도 한껏 몸을
웅크린 채 조그마한 목소리를 낸 한 사람.

　　"저도……."

　　돌발 미션의 꼴등.

　　"저도, 저도 같이 왔습니다."

　　선택지가 없었던 단 한 사람.

　　정희준이었다.

스타주

도진은 노연우에 대한 정보를 떠올렸다.

'인터넷에 검색만 해 봐도 다 나올 정도니…….'

눈앞의 남자는 눈부신 경력의 셰프였다.

노연우는 평범한 집안의 막내, 차남으로 태어났지만, 일찍이 요리를 업으로 삼고자 하는 의지가 강했다.

집안의 큰 도움을 받기 어려운 상황으로 인해 비록 전문대학의 호텔조리학과로 진학했으나…….

타고난 미각과 재능, 그를 뒷받침해 주는 노력으로 온갖 요리 대회의 상이랑 상은 모두 휩쓸고 다녔다.

그리고 마침내.

월드푸드 챔피언십 장관상을 받은 것은 그의 인생을 크게 바꾸어 놓았다.

보퀴즈도르에 출전하게 된 셰프가 요리의 심사를 맡은 것이었다.

당시 그의 요리를 좋게 봐준 셰프 덕에 노연우는 쉬이 꿈꿀 수 없는 좋은 기회를 얻어 낼 수 있었다.

'세계적인 요리 대회 보퀴즈도르의 보조 셰프.'

그리고 그 기회를 놓치지 않은 그는 열과 성을 다해 대회에 임했고 국내 최고 성적이었던 16강까지 진출했다.

그 후 국가 대표로 함께 대회에 출전했던 셰프의 밑에서 일하며 파인다이닝에서의 경력을 쌓아 나간 노연우는 거기서 만족하지 못했다.

 -조금 더, 넓은 곳에서 많은 것을 배우고 싶다.

그 열망 하나를 가지고 오른 유학길.

미국의 명문 CIA 요리학교에서 더 많은 경험을 쌓고 돌아온 이듬해, 스물여덟의 나이가 되었을 시기.

노연우는 끝내 보퀴즈도르의 국가 대표 선수로서 발탁되어 입상을 하는 쾌거를 이뤄 냈다.

'비록 안타깝게 우승하지는 못했지만……'

준우승만으로도 국내에선 대단한 파란이 일었다.

'명품 셰프 노연우, 그의 행보에 주목하라!'

요리사들 사이에서 가장 큰 명예 중 하나라고 일컬어지는 요리 대회.

그렇기에 국내에서도 꾸준히 참가했으나, 입상을 한 것은 그가 처음이었다.

노연우는 그렇게 국내 동년배의 셰프들 중에서 가장 눈에 띄는 행보를 보이며, 앞날이 더욱 기대되는 셰프라는 평을 듣는 것이 익숙했다.

세계적인 요리 대회의 준우승자 타이틀은 노연우에게 많은 것을 주었다.

미래가 창창한 셰프의 길은 수많은 투자자가 함께하고자 했고, 그 기대에 배신하지 않은 노연우는 투자를 받는 족족 성공시켰다.

프렌차이즈 메뉴 개발은 물론 PB상품(Private brand : 유통업체의 독자 상표 상품) 개발, 그리고 본인이 총괄 셰프를 맡은 파인 다이닝까지.

그렇게 쉼 없이 달리기를 반복했던 그는 돌연 공백기 선언을 해 버렸다.

 -한동안 좀 쉬겠습니다.

그 말을 끝으로 4년.

사라졌던 그가 대뜸 복귀한 것은, 다름 아닌 이 '서바이벌 국민 셰프'였다.

그런 그의 밑에서 스타주를 할 수 있는 기회가 오다니.

도진은 내심 기대되는 마음을 감출 수 없었다.

스타주(Stage).

프랑스어로 인턴십을 뜻하는 이 단어는 요리계에서도 비슷한 의미로 쓰였다.

특정한 셰프나 레스토랑, 또는 지역의 테크닉과 스타일을 배우기 위해 레스토랑에서 무보수로 일하는 위치의 요리사.

그들을 스타주라고 불렀다.

보통 대부분 누군가 자신에게 무보수로 일하기를 권할 때 열에 아홉은 '말도 안 되는 소리.'라고 할 터였다.

하지만.

성공을 꿈꾸는 수천, 수만 명의 셰프 지망생들에게는 고민할 필요도 없이 쉬운 결정이 분명했다.

미슐랭 스타 레스토랑에서 스타주를 할 수 있는 기회는 특권일 뿐 아니라 꼭 거쳐야 하는 과정과도 같았다.

도진 또한 요리를 시작한 지 얼마 안 되었을 무렵.

카르만 셰프의 권유로 몇 군데의 미슐랭 스타 레스토랑에서 스타주로 일할 기회를 얻을 수 있었다.

'그 경험들은 아무리 힘들었다고 해도, 나한텐 피가 되고 살이 되었지.'

이른 아침부터 시작해서 늦은 밤이 되어야만 끝나는 요리사의 고된 삶을 직접적으로 체감할 수 있는 경험이었지만…….

정말 많은 배움을 얻을 수 있었다.

그곳에서 일해야만 알 수 있는 셰프 팁부터 시작해서 각각의 장점을 배우고, 단점을 어떻게 보완할지 고민하는 연속이었다.

도진은 그렇게 차근차근 배움을 쌓아 나가 결국 자신만의 파인다이닝을 오픈할 수 있었다.

'물론 빛을 발하기도 전에 끝나 버렸지만, 다시 시작할 수 있으니까.'

이미 여러 경험을 겪었기에 더 이상 스타주로서 배울 게 없으리라는 생각은 하지 않았다.

모든 셰프에게는 각자의 장단점이 있는 만큼…….

노연우는 분명 자신이 해 보지 못한 경험들을 해 보았을 터였고, 도진은 그 안에서 분명 얻어 갈 것이 있으리라 생각했다.

그렇기에 스타주 미션의 베네핏을 받았을 때, 한 치의 고민도 없이 결정을 내릴 수 있었다.

다만…….

노연우는 오너 셰프로 자신의 파인다이닝을 운영하고 있지도, 그렇다고 총괄 셰프로 일하고 있는 곳이 있는 것도 아니었다.

현재 알려진 그의 근황은 그저 요리 연구와 간간이 시작한 방송 출연.

그리고 대학교의 강연 정도가 다였다.

그렇기에 마땅히 스타주로서의 일할 법한 곳이 없었다.

과연 어떻게 미션이 진행될 것인지, 조금 걱정이 앞서는 것은 사실이었지만……

우선 그런 걱정은 덜어 둔 채.

도진은 당장 눈앞에 있는 기회에 집중하기로 했다.

"잘 부탁드립니다, 셰프님!"

<hr />

"여기는 셰프님 집인가요?"

"여긴 제가 스튜디오로 쓰고 있는 곳입니다."

물음에 대답하며 문을 열고 들어서는 노연우를 따라 스튜디오로 들어선 도진은 새삼 감탄할 수밖에 없었다.

티 한 점 없이 말끔한 하얀색 외관의 건물은 그야말로 감탄을 자아내기 충분했으나, 현관은 그보다 더욱 정돈된 모습이었다.

집주인의 성격을 고스란히 드러내는 것 같은 공간에 압도된 도진은 다시 한번 입을 다물 수가 없었다.

현관을 지나 들어서자마자 가장 먼저 눈에 보인 것은 녹음이 가득 드리운 거실의 널찍한 통 창.

말 그대로 가관이었다.

"와! 형, 여기서 살고 싶어요."

"나도. 개방감이 장난이 아니다."

"앞으로 3주간 여기서 살게 될 테니, 충분히 만끽하시죠."

스튜디오로 쓰이는 공간답게 보통의 거실과는 사뭇 다르게 하나의 큼지막한 테이블이 그곳을 채우고 있었다.

그다음으로 도진의 눈에 들어온 것은 다름 아닌 구조였다.

"여기는, 주방인 거죠?"

"맞습니다. 주로 요리 연구, 메뉴 개발, 브랜드 협업 같은 일들이 여기서 이뤄지기 때문에 주방을 이렇게 훨씬 크게 개조해서 사용하고 있어요. 외부 미팅도 여기서 많이 하고요."

거실에서 고개를 돌리면 바로 보이는 주방은 거실만큼이나 큼지막했다.

대면형으로 되어 조리 공간을 널찍하게 사용할 수 있는 주방은 몹시 쾌적해 보여 당장이라도 무엇이든 만들어 보고 싶은 마음이 들게 했다.

"두 분, 주방은 이따 자세히 안내할 테니 이쪽으로 올라가시죠."

"이게 끝이 아니에요?"

"여기서 잠을 잘 수는 없으니까요."

안내를 받아 2층으로 향한 도진은 흐르는 침을 겨우 삼켜 냈다.

"도진아, 우리도 돈 많이 벌어서 꼭…….'

"네, 형. 진짜로."

자본주의의 맛에 빠진 두 사람의 가감 없는 반응에 웃음을 참는 듯한 노연우를 보면서도 도진은 탄복을 금치 못했다.

'과연. 그동안 일해서 번 돈은 여기 다 쓴 게 분명해.'

주방이랑 거실만으로도 충분하다고 생각했는데, 여기는 스튜디오가 아니라 그냥 여기서 살아도 될 정도의 공간이었다.

"그냥 가끔 저 혼자 휴식할 때 쓰던 방이라 침대는 하나뿐입니다. 킹사이즈라 두 분이 함께 주무셔도 큰 문제는 없을 것 같네요."

노연우는 스튜디오 곳곳을 소개하며 짧은 설명을 마쳤고, 이내 두 사람을 다시 주방으로 안내했다.

"여기 있는 집기들과 재료는 다 편하게 사용하셔도 됩니다."

대면형으로 되어 있는 주방은 아일랜드 테이블에도 수전과 가스가 설치되어 있었고, 그 옆으로는 업소에서나 쓸 법한 그릴 또한 자리하고 있었다.

"와! 이건 거의…… 뭐, 여기서도 장사 바로 시작할 수 있겠는데요?"

"진짜, 셰프님 저거 다 냉장고예요?"

도진과 희준은 그야말로 놀이공원에 온 어린아이들처럼 들떠 두리번거리며 주방을 둘러보았다.

그런 두 사람의 모습에 결국 피식 웃음을 흘린 노연우는 희준의 질문에 답했다.

"네, 냉장고는 보통 항상 채워 두는 편인데, 혹시나 필요한 재료가 있다면 냉장고에 붙어 있는 칠판에 재료를 적어 두면 제가 채워 두도록 하겠습니다. 그리고……"

조리대에 붙어 있는 닷지석에 두 사람을 앉히며 말을 이었다.

"오늘은 두 분을 위해서 특별히 제가 한 끼 대접해 드리려고 미리 준비해 뒀으니, 앉아서 잠시 기다려 주세요."

도진은 생각지도 못한 행운에 깜짝 놀라며 희준을 바라봤으나, 희준 또한 예상하지 못한 것은 매한가지였던 듯했다.

"아뮤즈 부쉬로 한우 타틀렛과 푸아그라 파르페, 엔쵸비 딥을 곁들여 먹는 비스크 칩입니다."

갑작스럽게 눈앞에 펼쳐진 상황에 당황하기도 잠시.

도진은 눈앞에 놓인 아뮤즈 부쉬를 탐식했다.

'세 가지 모두 바삭한 식감인데, 위에 올라간 재료가 다르다는 것만으로도 또 다른 느낌을 주는걸.'

'바사삭' 하는 소리와 함께 순식간에 비워진 접시.

그리고 연이어 나온 접시 위에는 두 가지 방법으로 조리된 방울토마토.

레몬 *제스트(*Zest : 향미를 내기 위해 사용하는 오렌지 또는 레몬 껍질)로 색을 낸 샛노란 폼크림, 새하얀 모짜렐라 치즈, 그리고 바질을 곁들여 알록달록하게 플레이팅된 접시는 한눈에 봐도 상큼함을 가득 담고 있었다.

"이쪽은 그릴 향을 입혀 낸 것 같고, 다른 한쪽은 콩피인가요?"

"맞습니다. 가볍게 간을 해서 낮은 온도로 오랜 시간 말리듯 익혀 준 뒤 올리브유에 숙성시켰죠."

뒤이어 전개되는 코스들은 두말할 것도 없었다.

요리 실력은 물론이고 타고난 미식가라고 소문이 자자한만큼, 그가 가볍게 준비했다는 요리마저 어디 가서 흔히 먹어 볼 수 없는 퀄리티였다.

'그러니까 이걸 배울 수 있다는 거지?'

눈앞에 놓인 요리를 음미하던 도진은 자신의 앞날에 무엇이 기다리고 있는지도 모른 채.

그저 꿈과 희망을 그리고 있었다.

과연 어떤 생활이 눈앞에 기다리고 있을지 기대에 가득한 도진은 눈앞에 광경에 잠시 할 말을 잃었다.

"네? 그러니까 이 파인다이닝에서 일해야 한다고요?"

"아무래도 저희 스튜디오에서는 제대로 된 스타주로서의 일은 해 볼 수 없으니까요. 오너 셰프에게 얘기는 잘해 뒀으니, 맛보기라고 생각하시면 될 것 같습니다."

순식간에 낙동강 오리알 신세가 된 듯했다.

고개를 돌려 보니 희준 또한 별반 다르지 않은 표정이었다.

하지만 별수 있으랴. 그들에게는 선택지가 없었다.

"그럼 언제까지 해야……."

"제가 되었다고 생각할 때까지입니다."

그렇게 시작된 지옥의 스타주 생활.

오랜만에 겪는 일이라 그런지 더욱 녹록지 않은 기분이었다.

이른 새벽 출근해 고된 육체노동 끝에 한참 전에 해가 져 어둑해진 늦은 밤.

퇴근한 두 사람은 스튜디오로 돌아온다고 해서 쉴 수 있는 것도 아니었다.

"씻고 오세요. 주방에서 기다리고 있겠습니다."

자야 할 시간이 분명함에도 늦게까지 두 사람을 기다리고 있던 노연우는 그들을 쉬이 재워 주지 않았다.

"여기서는 어떤 소스를 쓰는 게 가장 잘 어울릴 거라 생각되나요?"

열정이 넘치는 노연우의 요리 연구는 분명 아주 좋은 양분이 될 것이 분명했다.

하지만.

이런 생활을 시작한 지 5일째.

"희준 형, 저 진짜 더는 못 버틸 것 같아요."

"야, 나두⋯⋯."

이대로 가다가는 딱 과로로 쓰러지겠다 싶었던 그 순간.

"내일부터는 스튜디오에서 스타주 진행하도록 하겠습니다."

드디어 노연우의 입에서 두 사람이 기다리고 기다리던 말
이 나왔다.

"아무래도 저는 따로 운영하는 가게가 없다 보니, 다른 참
가자들은 하게 되는 경험을 두 분만 못 하게 되실 것 같아 짧
게나마 경험하실 수 있도록 준비해 봤습니다."

노연우는 지난 5일 동안 그들을 파인다이닝으로 출근시킨
이유부터 설명했다.

"담은 셰프라면 파인다이닝이 돌아가는 구조와 함께 메뉴
를 구성하는 방법, 업장이 운영되는 방식 등을 알아야 할 필
요가 있습니다. 이번 경험이 두 분에게 도움이 되었으면 하
네요."

도진은 그의 말에 전적으로 동의했다.

자신이야 과거 이곳저곳의 파인다이닝에서 일했던 경력이
있어 수월하게 적응할 수 있었으나⋯⋯.

호텔의 주방만을 겪어 본 희준에게 분명 이번 경험은 아주 값진 것일 터였다.

그리고 도진 또한 얻은 게 없지는 않았다.

외국에서 오랜 시간을 지내며, 그곳의 주방만을 겪어 본 도진이었다.

그렇기에 이 프로그램이 끝나면, 꼭 국내의 파인다이닝 문화는 어떻게 다를 것인지 몸소 체험해 보고자 했는데…….

'이렇게 빨리 기회가 찾아올 줄은 몰랐지.'

하지만 오히려 좋았다.

짧은 시간이었지만 도진은 이번 기회를 통해 현시점 국내 파인다이닝의 동향을 어느 정도 파악할 수 있었다.

게다가 실전 감각을 되살리기에는 더할 나위 없이 좋은 시간이었다.

다만…….

'그리고 돌아와서 요리 연구까지 해야 했던 건 진짜 피곤해서 죽을 맛이었지.'

그리고 그런 도진의 마음을 눈치채기라도 한 걸까.

노연우가 말을 덧붙였다.

"사실 여러분들의 일정이 매우 빠듯해서, 과연 얼마나 따라와 줄 수 있을까 싶었는데…….. 두 분 다 힘들다는 말도 없이, 생각보다 끈기가 있으시더라고요."

어쩐지 허무해진 도진이었다.

"아무튼, 내일부터 이곳에서 스타주 생활을 하게 될 여러 분이 지켜 주셔야 할 건 딱 한 가지입니다."

그가 내건 단 하나의 규칙은 매우 간략했지만, 말처럼 쉬운 일은 아니었다.

노연우의 일과를 함께 소화하며, 그의 외부 일정이 있는 시간 동안에는 과제를 해결해 나갈 것.

정말 간절히 염원하던 말이었건만…….

"내일부터는 스튜디오에서 스타주 진행하도록 하겠습니다."

어쩐지 막상 시작된 스튜디오에서의 스타주는 생각했던 것과는 전혀 다를 것만 같은 기분이 들었다.

새벽 4시.

아직은 잠들어 있는 이들이 더 많을 시간.

노연우의 하루가 시작되는 시간이었다.

일어난 직후 15분간의 명상을 한 뒤.

이부자리를 정리하고 나온 노연우는 한껏 개운해진 얼굴이었다.

"좋은 아침입니다."

물론 도진과 희준도 그 시간을 함께해야만 했다.

"안녕히 주무셨습니까, 셰프."

스튜디오에서의 스타주 첫날.

도진은 잠깐 생각했다.

'어쩌면, 출퇴근을 하는 게 더 나았을까?'

파인다이닝에서의 스타주를 할 때도 이것보다는 조금 더 늦게 일어날 수 있었던 것 같은데.

그런 생각이 도진의 머릿속을 스쳤지만 애써 무시했다.

이미 해야만 하는 일.

해결할 수 없는 고민은 사치일 뿐이었다.

"준비 끝나는 대로 나오세요, 차에서 기다리겠습니다."

기상 시간만 공지 받았기에 도대체 이런 이른 새벽부터 무슨 일을 때문에 일어난 것인가 했건만.

'이 시간에 일어나서 차를 타고 가는 거면 역시 무조건 그거지.'

새벽 시장.

보통 사람들이 상상하는 셰프들은 이른 아침부터 시장에 가서 재료를 골라 와 장사를 준비하는 것처럼 묘사되는 경우가 많다.

하지만 요즈음 직접 시장을 발로 뛰는 셰프는 흔치 않았다.

대부분은 당일 장사를 마감한 뒤 거래하고 있던 곳에 필요한 식자재를 확인해 모자란 만큼 발주를 넣는다.

'그러면 다음 날 이른 아침에 문 앞까지 배달해 주니까, 굳이 가서 사 올 필요가 없는 거지.'

하지만 노연우는 굳이 매일 아침, 시장이 여는 시간에 맞춰 길을 나섰다.

귀찮을 법도 한데 하루도 거르지 않고 매일 시장에 나서는 이유는 도대체 무엇일까.

"셰프님은 직접 시장을 다니는 이유가 있으신가요?"

"제가 시장을 좋아합니다. 활기가 넘쳐서, 살아 있는 느낌이 나요."

"네?"

물론 맞는 말이었지만, 예상했던 대답은 아니었다.

당황스러운 표정을 한 도진의 모습을 본 노연우가 흔치 않게 활짝 웃었다.

"시장에 오면 말입니다. 가장 먼저 계절감의 변화를 느낄 수 있어요. 봄이면 산이고 들에서 뜯어 온 봄나물이 지천으로 널리고, 여름이면 복숭아 같은 여름 과일들이 산을 이룹니다."

그는 천천히 시장을 걸으며 말을 이었다.

"잿빛 건물이 가득한 도심 속에 있으면 계절이 어떻게 변하는지 더디게 알지만, 이런 시장 난전에 무엇이 깔리는지를 보면 계절의 변화를 피부로 느낄 수 있는 거죠."

도진은 노연우의 말을 곱씹었다.

'피부로 느끼는 계절의 변화라……'

맞는 말이었다.

건물로 뒤덮인 도시에서는 쉬이 계절이 바뀌는 것을 느끼기란 쉽지 않았다.

바쁜 현대인의 삶을 살다 보면 고개를 들어 하늘을 보는 일조차 드물었는데, 어찌 계절이 오고 감을 느낄 수 있겠는가.

하지만 매일같이 밥을 먹는 식탁에서는 달랐다.

온갖 제철 음식들이 매달 바뀌어 가며 한 끼의 식사조차 풍요롭게 만들었다.

잊고 있던 감각을 떠올린 듯한 기분이었다.

'이런 기분, 오랜만이네.'

어쩐지 그리운 감정을 떠올리게 만든 새벽 시장.

도진은 감상에 젖은 채 스튜디오로 돌아왔고, 이내 다시 현실을 마주했다.

시장에서 구매한 재료들이 조리대를 한가득 채웠다.

"채소나 과일은 왼쪽 냉장고에, 육류나 생선은 가운데, 냉동해야 하는 건 제일 오른쪽 냉장고입니다. 실온 보관해야 하는 재료들은 이쪽에 있는 팬트리에 정리해 주세요."

도진과 희준은 노연우의 지시에 따라 재료들을 용도에 맞춰 정리하기 시작했다.

양파와 대파, 마늘 같은 기본적인 재료부터 시작해서, 종류별로 구매한 고기들은 당장 쓸 것을 제외하고는 오랜 시간 보관을 위해 적당한 크기로 나눠 진공으로 포장해 두는 것까지.

말 그대로 일사불란하게 재료들을 갈무리한 두 사람은 잠시도 쉴 틈이 없었다.

"보통 오전에는 전날 구상해 둔 레시피를 테스트하는 시간으로 사용합니다. 두 분은 첫날이라 따로 준비한 레시피가 없을 테니, 오늘은 우선 준비해 드린 조리복으로 갈아입고 내려오세요."

씻고 옷을 갈아입은 뒤 다시 주방으로 내려온 도진은 조리대 위 족히 다섯 가지는 넘어 보이는 소스 그릇에 깜짝 놀랐다.

"셰프님, 무슨 소스가 이렇게 많아요?"

"아, 도진아. 그거 마티뇽 치킨 소테 소스래."

먼저 내려와 있던 희준이 도진의 의문을 풀어 주었다.

이윽고 노연우 또한 그릇에 조리한 음식을 소분에 옮겨 담으며 말을 덧붙였다.

"어떤 소스가 제일 잘 어울릴지 고민하다 보니 그렇게 됐습니다. 같이 시식해 보고 뭐가 제일 잘 어울리는지 한번 골라 보죠."

각각 크림, 바질, 고추장, 할라피뇨, 겨자 총 다섯 가지 베이스로 만든 소스.

함께 곁들여 먹을 요리는 바로 마티뇽 치킨 소테.

직역하자면 여러 채소를 5mm 정도의 정사각형으로 잘라 치킨과 함께 고온에서 살짝 볶아 낸 요리였다.

모든 준비가 끝나자, 세 사람은 머리를 맞대고 의견을 나누기 시작했다.

"바질 소스는 농도가 조금 더 짙었으면 좋겠어요. 지금은 너무 묽은 느낌인 데다가 바질의 향과 맛도 잘 느껴지지 않는달까."

"하지만 그렇게 되면 치킨 소테의 맛이 너무 묻히지 않을까? 일단 바질의 함유량만 조금 더 높여 보는 건 어떨 것 같아?"

열성적으로 토론을 나누는 두 사람을 집중시킨 것은 노연우였다.

"자, 우선 저는 오후 일정이 있어서 일곱 시쯤 돌아올 예정입니다. 지금 나눈 의견을 종합해서 제가 다시 돌아오기 전까지, 좀 더 나은 소스 배합을 만드는 게 두 분의 오늘의 과제입니다."

"네? 벌써요?"

시간이 가는 줄도 모르고 떠들던 두 사람은 시계를 확인하고는 질겁했다.

"별로 오래 얘기한 것 같지도 않은데 왜 벌써 열 시야?"

"그러게요. 시간이 뭔가 잘못된 것 같아요, 형."

"저는 다녀올 테니, 주방 정리 좀 부탁합니다."

놀란 두 사람을 뒤로한 채 자리에서 일어난 노연우는 채비를 하곤 밖으로 향했고……

남은 두 사람은 그가 남긴 과제를 해결하기 위해 고군분투했다.

그리고 저녁.

돌아온 노연우가 두 사람이 낸 과제의 결과물을 평가하는 시간을 가지고, 또 다음 날을 위한 새로운 레시피를 연구하는 생활을 반복한 3일.

반복되는 규칙적인 일상 속, 오로지 요리에만 집중하는 시간이 반복되자 도진은 문득 그런 생각이 들었다.

"형, 다른 사람들은 어떻게 지내고 있을까요?"

하지만 더하면 덜했지, 다른 이들 또한 별반 다를 것 없었다.

그나마 도진과 희준은 이른 아침 새벽 시장에도 다녀오며 숨을 좀 돌리고…….

저녁이면 '요리사는 고된 육체노동의 연속이니, 체력이 중요합니다.'라며 운동까지 시키는 노연우에 나름대로 건강한 삶을 영위하고 있었다.

최석현의 파인다이닝 셰프 쵸이(Chef CHOI).

그곳에서 스타주를 진행하게 된 백인호와 김이랑이 첫날 느낀 상실감은 이루 말할 수 없었다.

천재셰프
회귀하다

"네? 홀요?"

"여러분이 홀에 어느 정도 적응하게 되면 주방으로 들이겠습니다."

별 두 개의 파인다이닝의 주방이 돌아가는 현장을 직접 느끼는 것을 기대하고 있었던 두 사람에게는 청천벽력과도 같은 소식이었다.

하지만 이내 백인호는 그의 의도가 무엇인지 금세 파악할 수 있었다.

'가게가 돌아가는 흐름과 어떤 코스의 메뉴를 내는지 파악하는 것.'

두 사람이 스타주로서 생활하기 위해 알아야 하는 가장 첫 번째 과제였다.

홀에서 일하는 것은 생각보다 즐거웠다.

아니, 오히려 머리를 맑게 해 주었다.

어린 날부터 언제나 주방에 살았던 백인호는 어느 순간부터 요리를 의무적이라고 생각했다.

집안 모두가 요리와 관련된 일을 했기에, 자연스럽게 자신 또한 이 길을 걷게 되었으리라.

그렇게 생각했다.

하지만.

요리를 먹고 행복한 미소를 짓는 사람들의 표정.

텅 빈 접시.

요리를 시작하지 않았다면 보지 못했을 모습들이었다.

'나는 저 미소가 보고 싶어서 요리하기 시작했구나.'

잊고 있던 추억이 떠올랐다.

고사리손을 한 어린 자신이 만든 못난 모양의 오믈렛을 연거푸 '맛있다.'라며 드셨던 아버지와 어머니의 맑은 미소.

요리사가 되어야겠다고 꿈꾸게 했던 첫 기억이었다.

"이렇게 맛있는 음식을 만들려면 어떻게 해야 해?"

"멋진 셰프님이 되어야지."

"그럼 나도 셰프님 할래!"

천진난만한 질문을 하는 어린 손님의 모습이 '훌륭한 셰프가 되겠어!'라며 다짐하던 어린 날의 자신과 오버랩되었다.

인호의 머릿속에서 매너리즘에 빠졌던 지난날들이 떠올랐다.

'역시 나오길 잘한 것 같아.'

새로운 자극을 위해 출연하게 된 방송.

그 속에서 만난 새로운 인연들과 경험들이 너무 소중했다.

'이왕이면 끝까지 살아남는 게 가장 좋지만…….'

만약, 떨어지게 되더라도 이곳에서 얻게 된 배움들은 분명 자신이 앞으로 나아가는 데 훌륭한 양분이 되어 주리라.

그렇게 생각한 인호는 오늘도 어김없이 빠르게 발을 움직였다.

"여기! 8번 테이블 메인 디시 빨리 가져가!"

천재셰프
화귀하다

"3번 손님들 아뮤즈 나왔습니다!"

"야! 서버! 멍 때리지 말고 빨리 와!"

정신없이 몰아치는 주방과 평화로운 홀의 상반된 분위기.

그 속에서 인호는 살아 있음을 느꼈다.

달이 휘영청 떠오른 늦은 밤.

늦은 시간까지 잠들지 못한 채 뒤척거리던 고등학생은 하나의 카톡을 받고 경악을 금치 못했다.

"이게, 이게 뭐야……?"

고등학생의 추천을 받고 함께 서바이벌 국민 셰프 보기 시작한 친구에게서 온 한마디.

[인호 부인 : 야 대박 스포 떴대!]

그녀는 함께 온 사진을 몇 번이고 진짜인지 들여다보았다.

그리고 아무리 다시 보아도 그것은 이랑과 인호가 홀 서버 복장을 한 채 서빙을 하는 모양새였다.

고등학생은 흥분되는 마음을 겨우 진정시키고는 친구에게 '이거뿐이냐.'며 물었으나 되돌아온 답은…….

[인호 부인 : 다른 건 뭐 없던데?]

[인호 부인 : 너 김도진 또 뭐 떴나 궁금해서 그러지ㅋㅋㅋ]

[인호 부인 : 아 근데 진짜 궁금하긴 하다.]

[인호 부인 : 저번에 김도진 사진 올라온 거랑 관련 있는 건가.]

[인호 부인 : 근데 그렇다기에는 시간 차이가 너무 많이 나는데?]

　쉴 틈 없이 연달아 여러 번 날아오는 카톡에 정신을 못 차리는 것도 잠시.

　고등학생은 며칠 전 올라왔던 서바이벌 국민 셰프의 역대급 스포일러를 떠올렸다.

　금수저로 유명한 인플루언서 김유정.

　그녀의 별스타그램에 올라온 하나의 게시 글은 방송사 측과 합의되지 않은 듯 올라온 뒤 금방 삭제되긴 하였으나…….

　한차례의 폭풍을 일으켰다.

　그녀를 팔로우하고 있던 고등학생 또한 실시간으로 올라온 그 게시 글을 봤다.

　얼핏 보면 평소 김유정이 올리던 게시 글과는 별반 다를 게 없었다.

　유명한 사업가인 자기 할아버지와 데이트라며 함께 찍은 셀카, 좀 특이한, 흔히 볼 수 없는 인테리어를 한 파인다이닝 내부의 사진.

　잘 차려진 디너 코스 요리의 사진은 하나의 예술 작품을

천재 셰프
회귀하다

보는 듯한 기분이 들 정도였다.

'과연 저런 데는 얼마나 비싸려나.'

한눈에 봐도 고급스러움이 한껏 느껴지는 만찬에 고등학생은 금수저의 일상이란 모두 이런 것일까 하며 상대적 박탈감을 느끼기를 잠시.

무언가 특이점을 발견했다.

모든 게 평범해 보이는 이 게시 글에서 고등학생의 눈에 띈 해시태그.

#서바이벌_국민_셰프

몇 번이고 눈을 씻고 다시 보아도, 그녀의 눈에 보인 것은 틀림이 없었다.

'서바이벌 국민 셰프. 이게 왜 해시태그로 적혀 있는 거지⋯⋯?'

그리고 찬찬히 다시 본 사진 속에 고등학생의 눈에 들어온, 작게 보이는 뒷모습이지만 확신할 수 있는 그 뒤통수.

"김도진이잖아!"

집에 가는 길 버스 안에서 확인한 글이었다.

하지만 깜짝 놀란 마음에 고등학생은 자신도 모르게 생각만 한다는 것이 입 밖으로 말을 내뱉었고⋯⋯.

적막하던 버스 안 갑작스러운 그녀의 외침에 사람들의 이목이 쏠렸으나 그런 것은 중요치 않은 고등학생이었다.

　그녀는 핸드폰이 뚫어질 듯 그 사진을 다시 확인했고, 끝내 확신했다.

　동그란 뒤통수, 살짝 보이는 옆모습.

　단정하게 조리사의 복장을 차려입은 모양새의 도진이 분명했다.

　고등학생은 이 믿기지 않는 현실에 다시 한번 사진을 좀 더 확대해 보고자 했으나 그 순간.

　　[확인할 수 없는 게시 글입니다.]

　게시 글이 사라졌다.

　김유정이 게시 글을 삭제한 것 같았다.

　제작진 측에서 그녀의 게시 글을 확인하고는 조처를 한 것이 분명했다.

　아마 그것으로 되리라 생각했으리라.

　하지만 그들이 한 가지 간과한 것이 있다.

　다름 아닌 그녀는 인플루언서였고, 그녀의 생각보다 파급력이 컸다는 것.

　이미 김유정이 올렸던 게시 글은 이곳저곳 캡처본이 떠돌기 시작했고, 그것은 걷잡을 수 없었다.

[New] 김유정 별스타그램 대형 스포일러 떴다(feat. 김도진)

[New] 캡처본 떴는데 백 퍼센트 확실함. 방송분이랑 뒷모습 비교본 첨부

[New] 도대체 무슨 미션이길래 저런 셰프 복장임?

[New] 방송 이미 촬영 끝났냐?

이미 방송 촬영이 끝나고 우승자가 나왔다는 말부터 시작해, 김도진이 유명 사업가의 투자를 받아 자신의 파인다이닝을 개업했다느니, 이것 또한 미션의 일부라는 등 온갖 추측이 난무했다.

그게 불과 얼마 전의 일이었는데 또다시 이런 스포일러가 나돌다니.

확실히 서바이벌 국민 셰프의 인기가 나날이 드높아지고 있는 것이 분명했다.

'김이랑이랑 백인호가 같이 있는 거 보면 이것도 분명 미션일 테니까, 저번에 김도진 사진도 미션 중에 찍힌 거겠지?'

그리고 그 와중에도 고등학생은 아직 공개되지 않은 방송분을 기대하며 밤잠을 설치는 순간이었다.

3주간의 스타주 생활 중 2주가 지난 지금.

도진은 갑작스러운 집합 소식에 어리둥절한 채 숙소로 향했고…….

한데 모인 참가자들은 오래간만에 보는 반가운 얼굴들에 인사와 안부를 묻기 여념이 없었다.

"그래도 미션 끝나면 하루, 온종일 붙어 있었는데, 이렇게 떨어져서 지내니까 한참 못 보다 오랜만에 본 것 같다."

"진짜요. 근데 희준이 형, 살 빠졌어요? 왜 이렇게 볼이 홀쭉해졌어요."

"그러게. 도진이 네가 밥 다 뺏어 먹었지!"

큰형인 희준이 필두로 안부를 묻기 시작하자 김선재와 이랑이 장난기를 주체하지 못한 채 입을 놀렸다.

그에 도진이 진지한 표정으로 희준을 보며 장난을 맞받아쳤다.

"아 형, 진짜. 내가 그런 거 티 내지 말라고 그랬죠. 돌아가면 이제 밥 없을 줄 알아요."

사뭇 과장된 도진의 말투에 지켜보던 다른 이들 또한 웃음을 빵 터트렸다.

그 모습에 표정을 푼 도진이 다른 이들에게 물었다.

"다들, 2주 동안 어떻게 지냈어요?"

"아유, 말도 마. 진짜 온갖 잡일부터 시작해서…….."

도진의 질문에 김선재의 입에서 그동안의 힘들었던 이야기가 봇물이 터지듯 나오기 시작했다.

그리고 하나둘씩 입을 모아 자신들의 고된 스타주 생활에 대해 말하기 시작했다.

심사를 받게 되는 이들이 다른 만큼 서로 어떤 생활을 하고 있는지 궁금했던 것은 도진뿐만이 아니었던 듯 모두가 서로의 말에 집중했다.

사실 모두 별반 다르지 않은 생활이었다.

누구보다 이른 시간에 일어나 가게 앞으로 배송된 재료들을 정리하는 것부터 시작되는 하루는 모두가 떠난 주방을 청소하는 것으로 마감되었다.

"그리고……."

가게가 쉬는 휴무 날에는 셰프에게 테스트 받아야 한다며 어김없이 그들은 주방으로 출근 도장을 찍어야 했으나, 이랑은 차라리 그편이 낫다며 말을 이었다.

"그전까지는 온갖 잡무에, 홀 서버로 일하면서 코스를 익히는 게 다니까. 맛있게 먹는 손님들을 보면 나도 빨리 요리하고 싶다는 생각이 드는걸."

"나는 다 떠나서 일찍 일어나고, 늦게 잠드는 게 제일 힘든 것 같아. 피곤해서 진짜 기절할 것 같은걸."

"희준이 형, 그건 나이 먹어서 그래요."

"야, 김선재. 너 진짜……."

"자, 다들 얘기는 많이 나눴나요?"

저마다 스타주 생활 중에 느낀 각각의 고충을 나누던 참가자들은 어느새 등장한 김 PD에게로 고개를 돌렸다.

"PD님! 저희 왜 모인 거예요?"

고새를 참지 못한 이랑이 질문을 던졌고, 김 PD는 못 말린다는 듯 고개를 저었다.

"오늘 여러분이 숙소로 모인 이유는 지난번에 못다 한 미션 공지를 마저 해야 하기도 하고, 중간 점검을 위해서 입이다."

"중간 점검요?"

김 PD는 의문이 가득한 목소리로 묻는 도진의 모습에 씩 웃으며 말을 이었다.

"다들 스타주 미션이 어떻게 평가되는지 기억하고 있나요?"

"셰프님들이 각자 맡은 참가자들의 스타주 생활에 점수를 매겨서 순위로 차등을 정해 탈락자를 가리는 거 아니었나요?"

"네, 심사를 맡은 셰프님들이 여러분께 각각의 점수를 부여하게 되는 건 맞습니다. 다만……."

도진의 대답에 김 PD가 동의하는 듯하다 말끝을 흐렸고, 그 모습에 김선재가 불안하다는 듯 입을 열었다.

"아, PD님 설마…… 뭐 또 있어요? 그게 다가 아니에요? 설마?"

그에 김 PD는 입꼬리를 씰룩였다.

"다만 여러분의 직접적으로 경쟁하게 되는 사람은……."

"사람은……?"

"함께 스타주를 하게 된 바로 옆에 있는 사람입니다."

"네? 그게 무슨……."

점수를 매겨 차등을 나누어 탈락자를 가리게 된다는 말을 들었을 때.

도진은 당연히 살아남은 여섯 명의 참가자들이 모두 경쟁 상대일 것이라고 예상했다.

하지만 방금 김 PD의 발언으로 그 예상이 무참히 빗나갔음을 깨달았다.

'애초부터 그런 거였나.'

생각해 보면 심사 위원들마다 각 두 명씩 맡아 심사를 진행한다는 것 자체가 이상했다.

각자의 기준이 모두 다를 것이 분명한데, 어떻게 여섯 명의 참가자에게 모두 공평하게 점수를 매겨 순위를 나눌 수 있단 말인가.

'하지만 이렇게 아예 심사 위원마다 개별 심사로 진행된다면 말이 또 달라지지.'

맡은 이들만 심사하게 되면 공정성 논란에 휩쓸리지 않고 각자의 기준으로 편하게 심사에 임할 수 있었다.

가뜩이나 참가자 본인들이 선택한 길이었기에, 무언가 덧붙여 말을 꺼낼 수도 없으리라.

"각 심사 위원은 자신이 맡은 참가자를 백분위 점수로 평가해, 둘 중 한 명의 탈락자를 가려내게 됩니다."

스타주로 함께 동고동락한 참가자끼리 겨루어 탈락자가 가려지는 이 미션.

"고로, 이 미션의 탈락자는 총 세 명입니다."

그리고 그 말인즉슨.

어제의 동료가 오늘의 적이 된다는 뜻이었다.

"미션 공지는 이것으로 끝입니다. 궁금한 점 있는 분, 질문 받을게요."

갑작스러운 공지로 혼란에 빠진 참가자들은 김 PD의 말이 들리지 않는 듯 얼이 빠진 채 자신과 함께 스타주를 한 이들의 얼굴을 바라보았다.

그리고 그 혼란이 채 가시기도 전.

홀로 정신을 차린 도진이 김 PD에게 던진 질문은…….

"저 PD님, 그럼 중간 점검이라고 하신 건 어떻게 되는 거죠?"

"마침 잘 말해 주셨어요. 중간 점검 점수 지금 발표하겠습니다."

참가자들에게 한 번 더 폭풍을 불러일으켰다.

"아악, 잠깐! 마음의 준비가!"

호들갑을 떨며 긴장감을 드러내는 김선재의 모습이 우스

천재셰프
회귀하다

꽝스러워서였을까.

참가자들은 김선재의 과한 리액션에 웃음을 터트리며 오히려 한결 편해진 마음으로 자신의 점수를 확인했다.

"PD님, 이게 최종 점수예요?"

"아뇨. 점수는 앞으로의 모습을 반영해 올라갈 수도, 내려갈 수도 있으니 참고하세요."

김이랑은 점수를 확인하고는 김 PD에게 궁금한 것을 물은 뒤 백인호에게 도발하듯 바라보았다.

"이건, 안 봐도 내가 이겼네."

야살스럽게 웃으며 말하는 김이랑의 모습에 약이 오른 인호는 못마땅한 듯 입술을 비죽이며 말했다.

"뭐라는 거야. 내가 이겼지."

"흥, 내 점수는 더 올라가려면 천장을 뚫어야 해."

"나는 하늘을 뚫어야 하거든?"

"What are you saying? 진짜 웃기는 소리 하지 마."

"둘 다 진짜 유치하다니까."

김이랑과 백인호의 투덕거림을 보고 있던 도진은 문득 옆에서 함께 웃고 있던 정희준을 향해 슬며시 입을 열었다.

"형. 근데 저는 안 봐 드릴 거예요."

"픕. 뭐, 뭐라고……?"

갑작스러운 도진의 발언에 놀란 희준은 자신이 뭔가 잘못 들은 건가 싶어 도진을 바라봤지만.

여전히 진지한 표정을 한 도진이 다시 한번 도발적인 발언을 했다.

"안 봐 드릴 거라고요."

의기양양한 도진의 표정에 기가 찬 정희준이 헛웃음을 지었다.

"그건, 나도 마찬가지야."

승부욕에 불타오르는 두 사람이었다.

김 PD의 공지가 끝난 뒤 다시금 노연우의 스튜디오로 돌아온 두 사람.

미션의 실체를 알게 된 것은 물론이고, 본인의 점수를 확인한 탓일까.

스타주로서의 마지막 주.

"자, 오늘도 파이팅!"

정희준은 유독 의욕이 넘치고 기합이 가득 들어간 상태였다. 하지만 의욕이 앞설수록 실수가 많아지기 마련이라고 했던가.

우당탕탕-

"미안! 내가 빨리 치울게. 하던 일 먼저 하고 있어!"

"아니에요, 형. 같이 치우는 게 빨라요."

"고마워, 도진아."

조리대에 올려놓은 볼을 떨어트리는 일이 한두 번이 아니었고…….

조리 순서를 헷갈려 미리 준비해 두어야 하는 재료들을 잊어버린 것은 예삿일이었다.

"아! 버터 먼저 녹였어야 했는데……. 잠시만. 빨리할게."

"형, 제가 해 놨어요. 여기요."

"도진이 없었으면 진짜 큰일 날 뻔했다. 진짜 고마워."

평소 같았으면 하지 않았을 실수를 빈번하게 하는 희준에 도진은 작게 한숨을 쉬었다.

'아무래도 부담감이 많이 큰 것 같은데. 괜찮으려나?'

두 명 중 한 명만 붙는다는 사실을 알게 된 뒤.

정희준은 이번 미션으로 탈락하게 될지도 모른다는 것이 압박감과 부담감으로 찾아온 게 분명했다.

반면 도진의 입장에서 이번 스타주 미션은 도저히 어떻게 순위를 나눠 탈락 여부가 결정될지 모르는 상태였기에 더 불안함이 컸다.

심사 위원마다 각자의 기준이 다를 텐데 여섯 명의 참가자 모두의 점수를 가지고 순위를 매겨 탈락자를 고르는 것이었다면…….

'생각만 해도 아찔하네.'

아마 자신이 떨어지게 될 가능성도 매우 크다고 판단되었다.

그도 그럴 것이 심사 위원 중 가장 까다롭고 까탈스러운 노연우였다.

셋 중 가장 점수를 짜게 줄 것이라는 예상이 드는 건 편견일 수도 있지만, 충분히 가능성이 있는 가정이었다.

'그나마 한 심사 위원에게 평가받는 사람이랑 경쟁해야 한다는 것이 다행이라고 해야 할지.'

같은 기준 선상에서 평가된다는 것은 도진의 마음에 평화를 주었다.

보통의 파인다이닝에서도 개인의 능력치를 견줘 더 잘하는 사람의 직급이 먼저 올라가는 것은 당연했다.

그렇게 생각하니 도진은 한결 가벼운 마음으로 미션에 임할 수 있었다.

그리고 모든 걸 다 떠나서.

"오늘은 수비드 기계 사용법부터 먼저 익혀 볼까!"

한눈에 봐도 부담감을 감추기 위해 오히려 더 밝고 의욕적으로 일하려는 듯한 희준의 모습은…….

마치 주방에 처음 들어가 뚝딱거리던 자신을 떠올리게 했다.

그래서였을까.

"형, 오븐 온도 올려놨어요."

"등심 손질해 놓은 거 여기 있어요."

"이 반죽 발효시키면 되는 거죠?"

도진은 괜스레 희준의 곁을 맴돌며 모르는 척 티 내지 않고 희준이 놓친 것들을 곁에서 챙겨 주었다.

그 모든 게 가능했던 이유는 아무래도 도진의 마음이 지난 공지로 인해 오히려 편해진 채였기 때문일 터였다.

그리고 아무것도 모르는 희준은 그저 도진을 우러러보며 말했다.

"도진아, 너는 가끔 보면 나보다 더 어른스러운 것 같아."

"네? 그게 무슨 소리예요?"

"그냥. 우리는 따지고 보면 경쟁자인데. 그런 거 신경 안 쓰고 이렇게 챙겨 준다는 게 사실 어려운 일이잖아."

꿀 ──⊗── 꿀

사실 처음, 프로그램 제작 단계에서 김 PD와 메인 작가로부터 심사 위원의 자리와 함께 스타주 미션을 제의받았을 때.

노연우는 반감이 앞섰다.

'귀찮아.'

번거로울 것 같다는 생각이 먼저 들었기 때문이다.

스타주(Stage)라 함은, 보통은 레스토랑.

그러니까 업장 내에서 진행되는 것이 일반적인 인턴십의 과정이었다.

'그 말은 곧, 미션을 진행하기 위해서는 자신의 업장을 운

영하는 중이어야 한다는 것이 기본값이 된다는 말인데…….'

오너 셰프로서 자신의 파인다이닝을 운영하는 최석현과 곧 새로운 파인다이닝을 오픈하게 될 김소연 셰프.

그들과는 달리 요리 연구를 위한 스튜디오 하나만 달랑 있는 노연우는 도대체 어떻게 미션을 진행해야 할지 감도 잡히지 않았다.

가뜩이나 노연우가 머지않아 프로그램이 끝나는 일정에 맞춰 짜 놓은 계획은 매우 빡빡했다.

'내 이름을 내건 파인다이닝.'

그 발돋움을 위해 근래에 들어 새로운 메뉴와 코스를 개발하기 위해 신경이 잔뜩 곤두서 있었다.

모두에게 주목받았던 셰프인 그가 처음 오너 셰프로서 오픈하게 되는 가게이니만큼…….

조심스레 준비하고 있었던 일이기에 아직은 누군가에게 노출하고 싶지 않았다.

누구보다 완벽하게 준비가 끝나면 알리고 싶었다.

그렇기에 완벽하게 짜 놓은 자신의 일상에 누군가가 끼어든다는 것은 노연우의 입장에서는 말도 안 될 일이었다.

하지만 프로그램의 미션을 거듭하면 거듭할수록 그 생각이 바뀌어 갔다.

서바이벌이라는 포맷으로 짜인 프로그램답게 참가자들은 끊임없이 서로 경쟁하며 스스로 발전해 나가고 있었다.

"이렇게 짧은 시간 내에 얼마나 더 성장할 수 있는 거지?"

그 모습은 어쩌면 매너리즘에 빠져 있던 노연우에게 충분한 자극이 되었다.

그래서 하겠다고 했다.

"스타주 미션, 해 볼까요."

극구 반대했던 노연우로 인해 결승은 새로운 미션을 준비해야 하나 고민했던 김 PD는 당연히 쌍수를 들고 환영했다.

"정말인가요? 그러면 저희는 좋죠!"

"대신, 조금 바뀌어야 할 게 있습니다."

노연우는 이 전에 설명으로 들었던 스타주 미션의 포맷을 조금 변경했다.

여섯 명의 참가자 모두 한꺼번에 순위를 매겨 탈락자를 정하는 것이 아닌.

"이러면 좀 더 경쟁 구도가 과열되겠죠?"

"그러게요. 확실히 이렇게 하면 심사 기준에 대한 말도 안 나올 테고……. 이야, 저희가 오히려 셰프님 덕을 본 것 같습니다."

"덕이라니요. 그냥 제가 편히 하려고 바꾼 건데요, 뭐."

한 셰프 밑에서 스타주를 하는 두 명의 참가자가 경쟁하는 방식으로.

그렇게 우여곡절 끝에 스타주로 맞이하게 된 참가자는 뜻밖의 인물이었다.

'정희준과 김도진.'

참가자 중에서도 가장 많이 성장하는 모습을 보여 준 연장자와 가장 눈여겨보게 되는 실력을 갖춘 막내.

스튜디오에서 스타주 생활을 시작하기 전.

제대로 된 스타주의 의미를 맛보게 해 줄 겸 두 사람을 맡겼던 친한 선배는 그들을 탐내며 물었다.

"저 친구들, 프로그램 끝나면 따로 하는 거 없는 거지? 내가 데려가도 되나?"

"그 정도입니까?"

"일단 열심히 하려는 모양새가 기특하고, 특히 그 도진이인가 하는 친구는 말 안 해도 척척 해 놓는 게 아주 본인 주방이 따로 없어."

끽해 봤자 가르치는 맛이 있네, 정도일 것이라 예상했었는데, 기대 이상의 반응이었다.

탐을 낼 정도라면 분명 자신에게도 또 다른 자극제가 되어 줄 것이리라.

노연우는 기대감을 감추지 못하고 두 사람을 예정보다 이틀 더 빨리 불러들였다.

그리고 다다른 결론은 하나였다.

'보면 볼수록 참 괜찮단 말이지.'

가장 기본적인 재료인 양파를 가지고 어떤 것을 만들어 낼 것인가.

천재셰프
회귀하다

주재료가 되어도 좋고, 부재료가 되어도 좋다.

양파를 이용해 최소한 세 가지 이상의 무언가를 만들어 낼 것.

노연우가 두 사람에게 가장 처음 지시한 것이었다.

"맑은 양파 수프에 전분 가루를 이용해 튀긴 양파꽃 튀김을 곁들여 적당한 식감을 살린 게 좋네요. 속이 편해지는 맛이에요."

그날따라 유독 많았던 외부 일정에, 두 사람이 만든 양파 수프는 영혼의 허기를 달래 주는 듯한 맛이었다.

어찌 보면 쉽고 간단한 요리였기에, 큰 노력이 들어가지 않은 것처럼 느껴질 수 있었다.

"식사를 제대로 못 하셨다고 하셔서 준비해 봤어요."

하지만 자신의 상황까지 고려해서 만들어 낸 음식은 어느 파인다이닝의 비싼 메인 요리보다 기껍게 느껴졌다.

요리 실력이 뛰어나 자신을 뽐내는 요리사는 많다.

하지만 두 사람처럼 상대방을 생각하는 다정한 요리를 만들어 내는 사람들은 흔치 않았다.

노연우는 두 사람의 앞날이 기대되었다.

'함께 있는 동안 최대한 많은 것들을 경험하게 해 주고 싶다.'

그런 생각이 들었다.

"한 번만 보여 줄 테니, 잘 보고 익히도록 하세요."

간단한 시범을 보여 주고 두 사람이 얼마나 해낼 수 있을지를 지켜보는 것은 즐거웠다.

　'호오, 생각보다 잘 따라오는데? 그렇다면 이건 얼마나 흉내 낼 수 있지?'

　특히 김도진의 경우, 하나를 알려 주면 열을 아는 천재를 보는 기분이었다.

　두 사람이 잘 해내는 모습에 점차 난이도를 올려 결국 마지막 날에는 분자 요리의 원리를 설명하고, 그를 이용해 레시피를 창작해 내는 것까지 이뤄졌다.

　"이제는 제가 더 가르칠 게 없네요."

　물론 없을 리는 없었다.

　하지만 그만큼 두 사람이 성장해 나가는 속도는 어마어마했다.

　그리고 그 모습을 보며 뿌듯해하는 자신은 낯설면서도 새로웠다.

　첫날, 누구보다 셋이 함께하는 게 어색했던 노연우였다.

　날이 거듭될수록 함께하는 새벽 시장 투어는 사뭇 자연스러운 모양새를 띠었으나, 이제는 그것도 끝이었다.

　'이래서 다들 제자를 들여 육성하는 건가.'

　노연우는 두 사람이 떠난 빈 스튜디오를 상상하자, 어쩐지 적적한 느낌에 저도 모르게 아쉬움을 나타내며 혀를 찼다.

드디어 노연우의 스튜디오에서의 마지막 날 밤이 지나고.

스타주 생활의 끝을 알리는 아침을 맞이하며 아쉬움을 느끼는 사람은 노연우뿐만이 아니었다.

"오늘이 마지막이라고 하니까 괜히 더 둘러보게 되네요."

"그러게. 여기도 정이 많이 들었는데. 시간이 너무 빠르다."

도진과 희준은 결전의 날을 맞이한 것 같은 비장한 표정으로 이른 아침 일어나 준비를 마쳤다.

이제는 결과 발표만을 남겨 둔 시점.

사뭇 긴장한 듯 정갈하게 옷매무새를 단장한 뒤 두 사람은 거실로 향했다.

노연우는 테이블에 앉아 그런 그들을 기다리고 있었다.

"지난 3주간 정말 고생 많았습니다. 두 분의 스타주 생활을 평가할 수 있어서 영광이었습니다."

평범한 안부의 말을 시작으로 도진과 희준을 격려한 곧장 말을 이었다.

"그동안의 스타주를 통해 매겨진 두 분의 점수를 공개하도록 하겠습니다."

손에 들린 큐 카드를 펼친 노연우가 긴장한 두 사람을 똑바로 쳐다보고, 이내 결과를 발표했다.

"김도진 씨 92점, 정희준 씨 87점입니다. 따라서 스타주 점수는 김도진 씨의 승리입니다."

두 사람의 얼굴에 희비가 교차했다. 도진은 드디어 조금 긴장감이 들어가 있던 어깨의 힘을 풀며 안도의 미소를 지었다.

반면 희준은 '이제 정말 끝이구나.'라는 생각에 허망한 표정을 숨길 수 없었다.

하지만.

"그리고 이번 미션의 마지막 관문은……."

갑작스럽게 이어진 노연우의 발언에 두 사람은 놀랄 수밖에 없었다.

"파인다이닝에서 낼 수 있는 본인만의 코스를 만드는 것입니다."

"마지막 관문이라니 그게 무슨……?"

"이게 끝이 아니었던 건가요?"

도진은 쉬이 끝나지 않는 미션에 속으로 '하-.' 하고 헛웃음을 터트렸다.

'그럼 그렇지. 이렇게 쉽게 끝내 줄 리 없나.'

끝날 때까지 끝난 게 아니라는 말은 이럴 때 쓰는 건가 싶은 도진이었다.

"하나의 코스를 짜 주시면 되겠습니다."

노연우의 영문을 알 수 없는 말에 도진은 깜짝 놀란 듯 눈을 크게 떴다.

긴장한 채 결과 발표만 기다리던 희준도 마찬가지였다.

"오늘부터 일주일. 두 분은 하나의 완전한 디너 코스를 만들어 주셔야 합니다."

스타주 미션은 오늘부터 끝이 난 것이 분명했을 터인데.

디너 코스라니.

도대체 이게 무슨 일이란 말인가.

"그게 무슨……."

"이번 미션의 진정한 주 내용은 바로."

혼란스러운 도진의 마음을 알기라도 하는 듯.

"셰프 스타주였습니다."

상황 파악이 제대로 되지 않은 두 사람을 보며 노연우가 설명을 덧붙였다.

"보통의 인턴십과는 다르게 직급을 순차적으로 경험하며 파인다이닝의 동향을 파악하는 것은 물론이고, 그를 통해 조화로운 메뉴를 개발해 낼 수 있는 진정한 셰프로 거듭나기 위해 준비된 것이 바로 이 셰프 스타주입니다."

잠시 숨을 고른 노연우가 다시금 말을 이었다.

"그리고 그것의 마지막 관문은 바로 여러분만의 코스를 만들어 내는 것입니다."

그의 말을 끝으로 찾아온 잠시간의 정적.

이제는 끝났다고 생각한 미션이 어쩌면 더욱더 큰 난관으로 다시 찾아온 것에 대해 희준은 잠시 눈앞이 아득해진 듯 머리를 짚었다.

셰프 스타주 미션의 최종 관문.

'자신만의 코스 요리를 만들어라.'

그것은 오롯이 하나의 코스 요리를 만들어 내는 것으로 끝나는 미션은 아니었다.

"본인이 만든 코스 요리의 레시피를 서면으로 제출한 것과 스타주 생활 동안의 점수, 그리고 코스의 메인 디시를 직접 만들어 평가받아 이번 미션의 최종 점수를 종합해 탈락자를 뽑도록 하겠습니다."

제출해야 하는 서면 자료에는 레시피뿐 아니라 원가와 수익률, 판매 금액은 물론이고 사용되는 그릇과 집기, 요리가 플레이팅 되는 모양까지 작성해야 할 정도로 매우 깐깐했다.

마치 지금까지 지나온 미션을 하나로 응축시켜 놓은 듯한 미션.

정희준이 난감한 표정으로 물었다.

"그러니까 이걸 다, 혼자 해내야 한다는 말씀인 거죠?"

"네, 맞습니다. 자신이 없나요? 그렇다면 포기해도 됩니다."

노연우의 도발하는 듯한 말에 정희준이 멈칫했고, 도진은 쉽게 대답하지 못하는 정희준을 바라보았다.

지금까지 코스 요리, 파인다이닝과 직접적인 연관이 되는 미션들은 팀 단위로 해 왔기 때문에 이렇게 혼자 모든 것을 해야만 한다는 것이 정희준에게는 부담으로 다가왔을 터였다.

하지만 이건 서바이벌이니만큼 단 한 명의 우승자를 가리기 위한 프로그램이었다.

참가자들이 몇 남지 않은 상태에서 이런 미션을 홀로 수행하게 한 것은…….

'이 정도는 혼자서 해낼 수 있어야 '국민 셰프'란 타이틀의 무게를 짊어질 수 있다는 말이겠지.

정희준이 이번 미션에 대해 부담스러워하는 이유는 이해가 되었으나, 도진의 생각은 달랐다.

'코스 요리라니, 오히려 잘됐어.'

셰프의 능력을 평가하는 기준은 여러 가지가 있다.

하지만 그중 가장 명확하게 실력을 판가름할 수 있는 것은 아무래도 요리 실력이 아닐까.

하나의 요리를 완벽하게 해내는 요리사는 많았다.

하지만 셰프(Chef)란 무엇인가.

직역하자면 수석 요리사.

사전적 의미로는 음식점 따위에서 조리를 맡은 곳의 우두머리를 셰프라고 불렀다.

그리고 흔히들 말하는 코스 요리를 내는 파인다이닝과 같은 고급 레스토랑 주방의 우두머리를 셰프라고 지칭했다.

그렇기에 진정으로 인정받는 셰프가 되고 싶다면 단일 메뉴 단 하나의 맛이나 수준이 아니라…….

전체적인 퀄리티와 조화를 이뤄 내는 코스를 만들 수 있어야만 했다.

그저 하나의 메뉴를 수준급으로 만들어 내는 것은 누구나 연습을 통해서 해낼 수 있는 일이었다.

하지만.

'후자의 경우는 경험을 통해서 길러지는 영역이지.'

조화로운 코스를 만든다는 것은 홀로 연습한다고 해서 되는 일이 아니었다.

해가 바뀌는 계절의 변화를 몸소 느끼고 몇 번이고 직접 코스를 전개해 봐야 했다.

또한 여러 파인다이닝을 돌아다니며 다른 셰프들의 코스의 구성을 연구하고, 직접 혀끝으로 맛을 느끼며 얻어 내야만 하는 것이었다.

그리고 그 모든 경험은 이미 도진이 숱하게 겪어 왔기에.

자신 있었다.

카르만 셰프의 밑에서 일할 때 매해, 매 계절이 바뀔 때마다 해 왔던 일이었다.

코스 하나 짜는 것 정도는 일도 아니었다.

머릿속을 스쳐 지나가는 여러 요리들을 떠올린 도진은 괜히 마음이 들떴다.

"미션 준비는 숙소에서 이뤄질 것이고 숙소로 돌아가시

천재셰프
회귀하다

면, 여러분이 일주일 동안 미션을 준비하는 데에 있어 부족함 없이 준비되어 있을 겁니다."

"부디 건투를 빕니다."

노연우는 그 말을 끝으로 일정이 있다며 스튜디오를 떠났다.

그리고 짐을 챙겨 숙소로 돌아온 도진은 완전히 180도 바뀐 숙소의 모습에 깜짝 놀랐다.

주방이 모자랄 텐데 어떻게 숙소에서 미션 준비를 한다는 말인가 의문이었던 도진은 바뀐 숙소를 둘러본 뒤.

그제야 노연우의 말뜻을 이해했다.

'여섯 개의 방과 여섯 개의 주방이라⋯⋯.'

살아남은 참가자들의 인원수에 맞게 준비된 방과 주방의 개수.

정말 온전히 이번 미션을 위해서 다시 숙소를 준비한 것이 분명했다.

"와, 진짜. 제작진 단단히 칼을 갈았나 보다."

"그러게요, 도저히 저희가 전에 살던 숙소라고는 믿기지가 않을 정도인데요."

"아, 여기 있었네. 두 분 이쪽으로 오세요!"

숙소를 둘러보며 제작진의 열정에 감탄하던 도진과 희준은 어디선가 자신들을 부르는 목소리에 놀라 두리번거렸고⋯⋯.

곧 그 목소리의 주인공을 찾을 수 있었다.

"두 분이 제일 늦게 오셨네요. 다른 분들은 이미 돌아와서 미션 준비하느라 정신이 없어요. 두 사람도 빨리 시작해야죠."

도진과 희준을 잡아끌고 복도 제일 끝으로 향하며 바뀐 숙소에 대한 설명을 폭포수처럼 풀어내던 메인 작가는 이내.

"방은 거의 다 비슷비슷한 구조고 주방은 완전히 똑같은 구조로 준비해 뒀어요. 방 바로 옆에 있는 문이 각자 개인 주방이니 편하게 사용하면 되고, 다른 분들은 오신 순서대로 각자 방을 골라서……."

나란히 마주 보고 있는 방문 앞에 서며 말했다.

"남은 방은 5호실이랑 6호실. 이렇게 두 개예요."

도진과 희준은 작가의 말이 끝남과 동시에 서로의 가장 가까운 곳에 있던 방문을 잡았고…….

영락없이 닮은 서로의 모습에 웃음을 터트렸다.

"우리 마음이 통했네요."

"그러게. 도진아, 우리 잘해 보자."

"네, 형도 힘내요."

그렇게 말하며 방으로 들어서던 도진은 자신의 방으로 들어가는 정희준의 뒷모습을 잠시 바라보았다.

정희준에게는 미안한 일이었지만…….

'미안해요, 형. 이건 애초에 불공평한 싸움인걸.'

도진은 이 미션에서 이길 자신밖에 없었다.

방에 들어온 도진은 우선 짐부터 풀어 놓은 뒤, 바로 옆에 주방으로 향했다.

준비되어 있는 주방은 깔끔하면서도 필요한 모든 것들이 구비되어 있었다.

각종 주방 기구들은 물론이고 수비드를 할 수 있는 조리 기구부터 분자 요리를 할 수 있도록 준비된 액화 질소까지.

말 그대로 없는 것 빼고 다 있는 수준이었다.

냉장고에는 각각의 재료들이 가득 차 있는 것은 물론이고 특별히 필요한 재료가 있다면 공용 주방에서 가지고 오거나, 오더를 넣으면 그다음 날 받아 볼 수 있는 시스템이었다.

완벽하게 준비되어 있는 주방을 보며 도진은 코스 요리 미션 공지를 받았던 순간을 떠올렸다.

―그러니까 진짜 마지막 미션이 코스를 만드는 거라는 말이죠? 코스 요리의 주제 같은 건 제 마음대로 해도 될까요? 코스의 개수는 상관없나요? 그리고…….

미션을 들은 도진은 들뜬 마음을 감추지 못하고 노연우에게 질문을 쏟아 냈었다.

노연우는 그런 도진의 반응이 조금 당황스러운 듯했으나,

흥미롭다는 듯 그의 질문에 찬찬히 대답해 주었다.

　-요리의 개수는 물론이고 코스의 주제 또한 본인이 표현
하고 싶은 대로 마음껏 해도 된다.

　도진은 그 말에 마치 첫사랑에 빠진 풋풋한 고등학생처럼
심장이 두근거리는 것을 느꼈다.

"내가 표현하고 싶은 걸 마음대로……."

　사실 지난 팀 미션의 경우 모두 함께 힘을 모아야 했던 미
션이니만큼, 레시피에 있어서는 도진의 의견보다는 팀원들
의 의견을 더 많이 반영했다.

　그렇기에 함께 손발을 맞춰 하는 재미는 있었어도, 완벽하
게 도진의 마음에 쏙 드는 코스를 내기란 어려웠다.

　하지만 이번 미션은 달랐다.

'온전히 나만의 코스를 만드는 것.'

　어떤 주제를 선정할 것이며, 그걸 어떻게 표현할 것인지
도진의 머릿속에 수많은 아이디어가 넘쳐흘렀다.

　그중에서도 도진이 '서바이벌 국민 셰프'에 참여하면서 되
새길 수 있었던 처음 요리를 시작했을 때의 감정을 떠올렸다.

　디자인을 전공했음에도 불구하고 더 이상 펜이 아닌 나이
프를 선택할 수밖에 없도록 만들었던 압도적이었던 첫 경험.

　그저 요리가 아닌 하나의 예술을 본 것만 같았던 그 기분.

잠시 잊고 있었던 그 마음은 프로그램이 진행되면 될수록 선명하게 도진의 마음속에 떠올랐다.

그리고 이내 주제를 정한 듯 빈 종이의 가장 위 무언가를 끄적거렸다.

"La Palette du gout(미각의 팔레트)."

디자인은 하나의 색만 달라지더라도 완전히 다른 느낌을 주는 경우가 많았다.

그렇기에 디자이너는 하나의 색을 쓰더라도 쉬이 사용하는 일이 없었다.

요리도 마찬가지였다.

맛의 조색을 완성하는 숨겨진 재료들은 분명 존재했다.

도진은 이번 미션에서 그 색들을 주목할 생각이었다.

마침내 일주일이 지나고 미션의 최종 점수를 결정하게 되는 메인 디시를 선보이는 날.

노연우는 촬영을 위해 준비된 세트장으로 향하는 길, 도진과 희준이 제출한 코스를 훑어보았다.

두 사람 다 열심히 준비한 게 티가 날 정도로 꼼꼼하게 작성된 메뉴들에 노연우가 짐짓 기대감을 드러냈다.

"그래도 나름 몇 번 해 봤다 이건가."

그리고 실제로 맛보게 된 정희준의 메인 디시는 훌륭했다.

한 송이의 꽃처럼 플레이팅 된 *도피누아즈(*도피네식 감자 그라탕)을 가니쉬로 곁들인 안심과 새우살 스테이크는 적절한 부드러움과 쫀득함을 넘나드는 식감이었다.

딥한 소스 대신 구울 때 소금으로만 간을 한 스테이크를 가니쉬와 함께 먹으면 고기와 감자의 고소한 맛이 더해져 배가 되어 느껴졌다.

"재료 본질의 맛을 잘 살린 요리네요. 잘 먹었습니다."

정희준을 닮아 정직한 맛이었으나 전체적인 코스와의 조화를 생각하면 훌륭했다.

기대 이상의 디쉬에 노연우는 만족스러운 표정으로 다음으로 평가하게 될 도진을 바라본 순간.

도진은 기다렸다는 듯 씩 웃으며 준비해 온 요리의 덮개를 열었고, 노연우는 감탄했다.

"양갈비에 녹색 허브를 뒤덮는다는 레시피는 심미적으로 상당히 도전적으로 느껴졌는데, 이렇게 보니 또 생각보다 괜찮네요."

과연 어떤 맛일지 궁금함을 참지 못한 노연우는 곧장 잘 익혀 낸 프렌치 렉을 잘라 한입에 넣었다.

부드럽게 썰린 프렌치렉은 촉촉하게 입안을 가득 채웠고, 가니쉬로 곁들인 브로콜리니의 아삭한 식감이 맛의 재미를 더했다.

천재셰프
회귀하다

정희준의 코스가 안정적이었다면, 김도진의 코스는 매우 도전적이었다.

'과연 맛을 잘 표현할 수 있을까 걱정했는데…….'

도진은 그의 생각보다 훨씬 잘 해냈음이 분명하게 보였다.

두 사람 모두 자신의 생각보다 더욱 잘해 줬기에 노연우의 고민이 깊어지면 깊어질수록…….

판결을 기다리고 있던 두 사람의 얼굴에는 긴장이 올라왔다.

머지않아 깊은 고민을 끝낸 그가 입을 열었고…….

"오래 기다리게 했네요."

두 사람의 얼굴에는 희비가 교차했다.

"승자는……."

한참을 고민하던 노연우가 입을 열자, 심사 결과만을 기다리던 두 사람은 그의 입에서 누구의 이름이 나올 것인지 귀를 기울였다.

그리고 결국 승리의 미소를 짓게 된 것은.

"김도진 씨, 축하드립니다."

도진이었다.

"스타주로서의 두 분은 모두 열심히 해 주셨기 때문에 해당 점수는 비등했습니다. 다만……."

서면으로 제출한 코스의 내용은 물론이고 그를 재현해 낸 것은 도진이 훨씬 월등했다.

쉬이 볼 수 있는 안정적인 코스를 전개한 정희준이 잘못했다는 것은 아니었다.

노연우도 그의 의도를 내심 짐작할 수 있었다.

괜한 도전을 하지 않고, 본인이 할 수 있는 최대한의 능력치를 끌어와 언제나 일정한 맛을 보여 줄 수 있는 코스를 만들어 내고자 했음이 분명했다.

"메인 디시는 제출한 레시피와 동일하게 잘 조리해 주었기에 예상했던 맛 그대로 맛있었습니다. 안정적인 코스는 값을 내고 찾아오는 손님들이 모두 비슷한 퀄리티의 식사를 맛볼 수 있다는 점이 장점이죠. 하지만……."

그렇기에 셰프의 기본적인 요리 실력이 어느 정도의 수준이 되는지 파악하기 쉬웠다.

정희준의 코스는 그 점이 아쉬웠다.

"예상할 수 있었다는 점이 유감이었습니다. 너무 무난하기만 한 코스였기에 과연 다음에도 또 찾고 싶을지 고민되는 전개였습니다."

반면 도진의 코스를 지문으로 읽었을 때는 너무 과하게 느껴졌다.

당장에 메인 디시인 프렌치 렉을 허브 크러스트로 감쌀 생각을 했다는 것이 충격적이었다.

하지만 눈앞에 놓인 요리는 노연우의 우려를 한 줌의 재로 만들기에 충분했다.

"도진 씨의 메인 디시는 레시피를 보고 상상했던 것보다 훨씬 좋았습니다. 녹색의 양갈비는 식욕을 떨어트리지 않을까 했는데 의외로 괜찮더군요."

가운데 넓게 도포된 진한 적갈색의 카시스 소스를 바탕으로 왼쪽 가장자리 하얀색 감자 퓌레 위에 올려진 녹음으로 뒤덮긴 프렌치 렉.

그리고 가니쉬로 사용된 또 다른 녹음의 *브로콜리니(*콜리 플라워와 차이니스 브로콜리인 가이란이 합쳐져 만들어진 새로운 품종)까지.

모두 한데 어우러져 비로소 메인 디시의 메인 테마가 되는 색상을 만들어 냈다.

그리고 무엇보다 인상 깊었던 것은 도진의 코스에는 '스토리'가 존재한다는 점이었다.

"메인 테마가 되는 색상이 차콜 카키색인거죠? 요리에 대한 스토리텔링을 아주 재미있게 봤습니다."

카키는 자연의 색을 모조리 뽑아서 배색한 야전의 보호색이라고 표현한 도진의 레시피.

음식의 디자인 또한 마찬가지다.

날것을 적절히 변형하고 복잡하게 조합해 다시금 원래의 자연을 모방해 하나로 어우러지게 플레이팅 하는 것.

제출받은 레시피만 보았을 때는 너무 외적으로 보이는 것에만 치중된 코스가 아닌가 하는 우려가 앞섰다.

하지만 메인 디시를 직접 한입 먹는 순간.

입안 가득 느껴지는 허브의 고소한 향이 잡내를 모두 잡아 부드럽고 촉촉한 양갈비 본연의 맛만 느낄 수 있게 도와주었다.

뿐만 아니었다.

함께 곁들여진 감자 퓌레와 브로콜리니를 곁들여 먹는 것은 각각의 궁합이 달라 또 다른 맛처럼 느껴지게 했다.

마치 큐브를 맞추듯 이리 돌리고 저리 돌려 맛의 조화를 찾아가는 즐거움이 있었다.

"마치 도심 속에서 마음을 숨기기 위한 숲을 찾은 듯 심리적 보호색의 역할을 하는 듯했습니다. 마음의 안식을 찾게 되는 요리였네요."

과한 듯 넘치게 느껴졌던 도진의 도전 정신은, 그의 요리 실력이 뒷받침되어 사뭇 과감하다는 말로 대체되었다.

'이전 요리가, 다음 요리가 어떻게 나올지 궁금하게 만드는군.'

그런 생각이 든 노연우는 순간 자신이 한 생각을 깨닫고 깜짝 놀랐다.

미식을 즐겨 하고, 오랜 시간 업계에 몸담고 있었던 만큼 먹어 보지 않은 요리가 없을 정도였던 그를 궁금하게 할 정도의 코스.

오랜 시간 현역에서 뛰는 셰프들도 노연우가 쉬이 이런 기대감을 들게 할 정도의 코스를 내는 이들은 흔치 않았다.

그렇기에.

"정말 훌륭했습니다. 다시 한번, 축하드립니다."

노연우는 도진의 손을 들어줄 수밖에 없었다.

도진은 자신이 승기를 잡았음이 자연스럽게 느껴졌다.

그 누구도 모를 일이었지만 도진은 오랜 시간 현역에서 뛰었던 셰프였다.

심지어는 촉망받는 유망주로 눈에 띄기 시작해 자신이 오픈하는 파인다이닝을 기대하는 이들이 줄을 설 정도였으니.

이 승리는 두말할 것 없이…….

'당연한 결과지.'

쉽다 못해 오히려 즐거울 정도였다.

오너 셰프로서 파인다이닝의 코스를 만들 때는 생각보다 고려해야 할 것들이 훨씬 많았다.

적당한 가격대를 형성해야 하는 것은 물론이고, 재료 수급에 대한 문제도 생각해야 하며, 얼마만큼의 수익률을 낼 수 있을 것인지도 따져 봐야 했다.

그 외에도 여러 현실적인 문제들과 타협해야 했기에 온전히 하고 싶은 메뉴를 그대로 내기는 쉽지 않았다.

'하지만 이렇게 미션을 통해 일회성으로 코스를 만드는 거라면 말이 달라지지.'

도진이 미션에 임하기에 앞서 노연우에게 수많은 질문을 던졌던 이유도 이런 사유가 있었기 때문이었다.

이런 것들을 전혀 따지지 않고, 정말 하고 싶은 코스를 만들어 내는 것.

'요리를 막 시작한 어릴 때나 이렇게 앞뒤 안 재고 만들어 봤던 것 같은데. 재미있었어.'

확실히 자신이 생각하기에도 이번 미션의 코스는 도전적인 면모가 컸던 것을 부정할 수 없었다.

그럼에도 불구하고 도진이 이기리라는 확신을 가졌던 것은 다름 아닌 경험의 차이였다.

정희준이 아무리 현역에서 활동한 경험이 있다고는 해도 파티시에로서의 경력이 훨씬 길었다.

게다가 직접 전체적인 코스를 짠 것도 이곳에서 미션을 하면서 몇 번이 다일 터였으니.

'미안하게 됐지만 어쩔 수 없지.'

씁쓸한 표정을 짓고 있는 희준을 보며 도진은 괜스레 마음이 불편해졌다.

그런 도진의 마음을 알기라도 한 걸까?

희준이 도진의 어깨를 툭툭 치며 말했다.

"역시 너는 못 당해 내겠다. 도진아, 축하해."

"아니에요, 형도 고생 많았어요. 감사합니다."

"고생은 무슨. 이제 네가 더 고생이지."

두 사람의 대결은 이렇게 훈훈하게 마무리되는 듯했다.

──⊠──

희준의 탈락자 인터뷰로 인해 먼저 숙소로 돌아온 도진은 거실에 앉아 가만히 문을 바라보고 있었다.

'누가 들어오려나.'

각각 이루어진 심사로 인해 누가 이겼는지 알 수 없었기에 할 수 있는 건 많지 않았다.

그저 누가 저 문을 열고 들어올 것인지 지켜보고 있을 뿐이었다.

그리고 때마침.

삐리릭-.

도어록이 열리는 소리와 함께 들어온 것은.

"도진이. 이길 줄 알았어."

다름 아닌 인호였다.

지난 미션을 준비하느라 정신이 없었던 만큼 서로 얼굴 볼 틈이 없었던 두 사람.

"인호 형! 진짜 너무 오랜만에 보는 것 같아요."

"그러게, 잘 지냈어?"

"저야 뭐, 그냥 그랬죠."

오랜만에 여유롭게 안부를 주고받던 도진이 문득 인호와 함께 스타주를 했던 이랑을 떠올렸다.

"그나저나 형이 들어온 거면 이랑 누나는……."

"인터뷰 마무리하고 숙소에 짐 챙기러 올 거라더라."

겨우겨우 탈락의 고배를 넘어섰던 이랑이었지만, 백인호라는 벽은 생각보다 높았던 모양이다.

"결국 그렇게 됐군요."

서바이벌이니만큼 탈락은 어쩔 수 없는 결과였지만 안타까운 마음이 드는 것은 어쩔 수 없었다.

도진은 아쉬운 마음을 뒤로한 채, 인호와의 대화에 푹 빠졌을 무렵.

메인 작가의 인터뷰 요청에 도진은 자리를 옮겼다.

"오랜만에 인터뷰네요. 일단 살아남은 거 축하드립니다."

"그러게요. 감사합니다."

준비된 방에서 미리 대기하고 있던 리포터가 도진의 승리를 축하했고, 이내 준비된 질문을 하나씩 하기 시작했다.

"함께 스타주를 했던 희준 씨를 꺾고 살아남은 소감 한마디 들어 볼 수 있을까요?"

"사실 조금 예상했었습니다."

"어째서죠?"

"저는 요리가 주였지만, 희준이 형은 파티시에가 주였으니까요. 게다가 저는 이번 코스 요리를 만드는 미션이, 지금까지 그 어떤 미션보다 즐거웠기 때문에 조금 더 확신이 있었던 것 같아요."

"자신감이 가득했네요."

눈을 빛내는 리포터의 반응에 도진은 문득.

'말을 잘못했나……?'

하는 생각이 들기도 잠시.

얼마 남지 않은 촬영이니만큼 이 정도는 괜찮으리라 믿고 인터뷰를 이어 갔다.

질문은 다양했다. 친남매 캐미를 보여 주던 이랑의 탈락에 대한 소감이나, 머지않은 결승에 우승할 수 있을 것인지 등의 질의응답이 이어졌다.

"네, 이것으로 인터뷰 마무리하겠습니다. 감사했습니다."

"감사합니다."

짧은 듯 길게만 느껴진 15분 동안의 인터뷰가 끝난 뒤.

인터뷰 룸의 방문을 닫고 나온 도진은 어쩐지 소란스러운 바깥.

소리의 근원지로 향하자 보인 것은 다름 아닌 마지막 인사를 나누는 탈락자들의 모습.

거실에 짐을 내려놓고 떠나기를 아쉬워하는 세 사람에 도진은 늦을세라 빠르게 그 틈 사이에 끼었다.

"다들, 고생 많으셨습니다."

"우리야 뭐, 이제 집에 가서 푹 쉴 일만 남았지 뭐!"

도진의 작별 인사에 정다은과 겨뤄 탈락하게 된 김선재가
유쾌하게 답했다.

그의 장난스러운 말에 정희준과 김이랑도 웃음을 터트리
며 조금은 가벼워진 분위기 속.

희준은 도진에게 떠나기 전 마지막으로 포옹을 제안했다.

"이왕이면 우승까지 노려보자."

"힘낼게요."

서로를 응원하는 다정한 두 사람의 모습과는 한참 대비되
는 이들이 있었으니.

"백인호! 네가 꼭 이겨야 해!"

"내가 알아서 할게."

"나를 이겼잖아! 그럼 네가 무조건 우승해야 해!"

응원 아닌 응원을 하며 백인호가 우승해야 하는 이유를 박
박 우기는 이랑과 귀찮다는 듯 대꾸하는 인호의 모습은 마지
막까지 변함이 없었다.

<hr />

탈락자들이 짐을 챙겨 떠난 뒤.

백인호와 정다은까지 인터뷰를 마치고 돌아오자 김 PD가 세 사람을 소집했다.

"그럼 마지막 미션에 대한 공지가 있겠습니다."

"마지막 미션이면, 이걸 끝으로 우승자가 가려지는 건가요?"

"맞습니다."

도진은 숨을 잠시 들이켰다.

정들었던 이들을 떠나보낸 지 하루도 채 지나지 않았건만 숨 돌릴 틈도 없이 찾아온 미션이 또 다른 이별을 암시했다.

'이제 정말, 끝이구나.'

그렇지만 이 이별을 애틋하게 여길 틈은 없었다.

길었던 여정을 끝낼 시간이었다.

"마지막 미션은 여러분이 바로 직전 메인 디시만을 평가받았던 코스를 모두 전개하는 것입니다."

미션이 공개됨과 동시에 세 사람의 얼굴에는 의문이 떠올랐다.

파인다이닝의 코스 요리는 족히 열세 가지는 넘는 메뉴가 나온다.

가뜩이나 요리를 심사받는 게 아닌, 코스를 심사받는다는 것은, 그 코스에 대한 설명도 함께 곁들여야 함이 분명한데…….

'이래서 코스를 서면으로 제출받은 건가.'

하지만 메뉴에 대한 설명은 제출한 서면으로 확인할 수 있도록 한다고 하더라도 코스 하나를 혼자서 해낼 수는 없는 노릇이었다.

그런 도진의 생각을 읽기라도 한 것인지 김 PD가 한마디를 덧붙였다.

"혼자서 하나의 코스를 매끄럽게 전개하는 것은 무리가 있으리라 판단했습니다. 그렇기에 여러분들을 도와줄 분들은 내일 소개해 드리는 걸로 하고, 오늘은 푹 쉬길 바랍니다."

남은 여독을 풀라며 자리를 떠난 김 PD에 세 사람은 마지막 미션으로 싱숭생숭해진 마음을 다잡고 아침만을 기다렸다.

그리고 찾아온 다음 날.

자신을 도와줄 스태프를 소개받기 위해 스튜디오로 향한 세 사람은…….

"어?"

그곳에서 기다리고 있는 뜻밖의 인물들을 마주했다.

다음 권으로 이어집니다

송장벌레 신무협 장편소설

귀신같은 창귀槍鬼가 돌아왔다,
때 묻지 않은 어린 시절의 몸으로!

피로 몸을 씻던 전장의 말단 독종
구르고 굴러 지고의 경지까지 올랐으나……

혈교의 혈겁을 막기 위한 회귀인가
의형제의 복수를 위한 회귀인가
알 수 없다
전생에서 그를 막던 모든 것을 치울 뿐

"내 의형의 가슴팍을 칼로 도려내기도 했고?"
"무, 무슨 소리야…… 그런 적 없어!"
"그런 적 있어. 기억은 안 나겠지만."

매 걸음마다 피도 눈물도 없는 전투
세상 모든 것이 그를 꺾으려 든다!

꿈의 도약, 로크에서 하십시오
(주)로크미디어에서 신인 작가를 모십니다

즐거운 세상, 로크미디어는 꿈을 사랑하고 도전을 두려워하지 않는 작가 분들의 참신한 작품을 기다리고 있습니다. 21세기 장르 문학계를 이끌어 갈 차세대 선두 주자 (주)로크미디어에서 여러분의 나래를 활짝 펴 보시길 바랍니다.

모집 분야 판타지와 무협을 포함한 장르 문학
모집 대상 아마추어 작가, 인터넷 작가
모집 기한 수시 모집

작품 접수 시 유의 사항

1. 파일명은 작가명_작품명.hwp형식을 갖춰 주십시오.
1. 파일에 들어갈 내용은 다음과 같습니다.
   - 성명(필명인 경우 실명을 밝혀 주세요), 연락처, 이메일 주소
   - 제목, 기획 의도
   - A4용지 1장 분량의 등장인물 소개
   - A4용지 2장 분량의 전체 줄거리
   - 본문
1. 작품이 인터넷에 연재되고 있다면, 게시판명과 사이트의 구체적이고 정확한 주소를 기재해 주십시오.

선택된 작품은 정식 계약 후 출판물로 간행되어 전국 서점에 유통됩니다.
작가 분은 (주)로크미디어의 전폭적인 지원하에 전속 작가로 활동하시게 됩니다.
※ 자세한 내용은 로크미디어 홈페이지(rokmedia.com)를 참조하세요.

(04167)서울시 마포구 마포대로 45 일진빌딩 6층
(주)로크미디어 편집부 신간 기획 담당자 앞
전화 : 02) 3273-5135
www.rokmedia.com   이메일 : rokmedia@empas.com